JN274773

文人の系譜

――――――王維～田能村竹田～夏目漱石

范淑文 著

三和書籍

目次

序 章

日本近代文学の一大文豪である夏目漱石の文壇における存在の大きさは、その研究者が広く世界各地にまで及び、今日に至っても毎年膨大な数の研究論文が増え続けていることからも窺われるだろう。そうした漱石文学、漱石芸術の魅力は、西洋的な部分とともに日本の古典を含む東洋的な部分が支えているところにあると考えられよう。

漱石研究の西洋的な面では、例えば、西洋の哲学やギリシャ神話または近代化などのジャンルの研究[1]が大変盛んであるのは改めて言うまでもなかろう。一方、東洋的な面では、良寛など禅的な視座よりの研究[2]や、中国文学の受容などの比較研究も大きな成果を挙げている。それ以外に、例えば、熊坂敦子氏[3]、中山和子氏[4]、及び関礼子氏[5]、津島佑子氏[6]など、ジェンダーの視座より漱石文学を扱う研究[7]もここ数年大変注目されている。

このように、漱石研究は東洋的な面と西洋的な面の大きく二つの方向に分けることが出来る。さらに西洋の部分においては、西洋の美術と漱石の小説を素材とする文学と絵画のクロス研究も加わっている。この分野の研究成果といえば、芳賀徹氏[8]や尹相仁氏[9]、匠秀夫氏[10]、木村由花氏[11]などの研究者の名を挙げることができる。二年弱というイギリス留学の間に漱石が、実際にギャラリーにしばしば足を運び、西洋美術の雑誌を購読し、浅井忠や中村不折など当時名高い西洋画家と交流したりしていた経緯を考えれば、西洋美術の視座による漱石文学研究は不可欠であり、価値の高い存在と認めるべきであろう。と同時に、帰国後、水彩画から絵画の創作をスタートした漱石が、晩年に至ると南画＝文人画[12]に夢中になったこと、修善寺の大患後に綴った随筆『思ひ出す事など』にある「子供のとき家に五六十幅の画があつた。ある時は床の間の前で、ある時は蔵の中で、又ある時は虫干しの折に、余は交るがわる[13]それを見た。（中略）画のうちでは彩色を使つた南画が一番面白かつた[14]」という、南画への憧れなど東洋絵画との関わりをも見過ごしてはなるまい。

平川祐弘氏は「漱石における東と西」と題した、高階秀爾氏及び三好行雄氏との三人による座談会で、次のように語っている。

> 僕は漱石の後期の作品は、非常に人間の心を扱っていて、普遍的な問題を取り上げていますから、東と西の問題は逆にだんだん消えていくんじゃないか、という気がするんです。つまり、東と西の問題に対する漱石のこだわりは、初期の作品には非常に多い[15]。

周知の通りに、近代化しつつある時代を生きていた漱石は常に東西問題を意識し、作品の中によくその問題を盛り込んでいた。とりわけ、『草枕』や『虞美人草』、『三四郎』、『それから』などの初期作品は、いずれも近代化から齎された東西問題を取り扱っている作品であるのは改めて言うまでもなかろう。そのような漱石の晩年の思想について、三好行雄氏、高階秀爾氏及び平川祐弘氏は、それぞれ次のように見解を示している。

(1) 漱石は（中略）西に救いがあるとは思っていないし、最終的にどこへ行っていいのか——どっちかといえば東に行かざるを得なかったのかもしれない。（高階）

(2) 東に回帰するのも、本当に救いがあって東に回帰しているのか、それとも生まれつきの教養とか趣味とか、そういうものは母なるものだからそれでそこへ戻っていただけのことなのか、そこはどうなのでしょう。(平川)

(3) 漱石はやはり最後まで東への回帰を拒み続けたんじゃないか。『明暗』という作品を最後に残してますし、先生は明治の精神に殉死させてしまうし、そういう意味では東へ単純に回帰していくことができなかったし、またどうしたって出来上がってしまった近代とは対峙していかざるを得なかった[16]。(三好)

漱石の東西傾向について、「東に行かざるを得なかった」という高階氏の説とは逆に、平川氏は「東に回帰しているのか」と疑問を抱いており、そして、三好氏は更に「東への回帰を拒み続けたんじゃないか」とはっきり言及しながら、最晩年の『点頭録』について、「非常に東洋的な思惟、仏教的な思惟を対比させて、この二つの見方を漱石は現在の自分の認識として語っている[17]」と述べ、『点頭録』の東洋性にも言及している。このように、漱石の中にある東洋と西洋の位置づけは研究者の間で意見が分かれているのである。洋行の明治三十三年から修善寺の大患後の明治四十三年までの十年を除き、生涯漢詩作りに励んでいたこと、殊に『明暗』の連載が百回ほど続いた時に「僕は不相変「明暗」を午前中書いてゐます。心持は苦痛、快楽、器械的、此三つをかねてゐます。存外涼しいのが何より仕合せです。夫でも毎日百回近くもあんな事を書いてゐると大いに俗了された心持になりますので三四日前から午後の日課として漢詩を作ります。日に一つ位です[18]」という書簡の一節に語られている漢詩への熱意、漢詩作りによる気持ちの落ち着きや喜びは、漱石の中にある東洋の重要性を物語っているだろう。漢詩のみならず、絵画においても、大正五年八月二十四日に芥川龍之介及び久米正雄に送った書簡には、「同時に君がたは東洋の絵(ことに支那の画)に興味を有つてゐないやうだが、どうも不思議ですね。そちらの方面へも少し色眼を使つて御覧になつたら如何ですか、其所には又そこで満更でないのもちよいちよいありますよ。僕が保証して上げます[19]」と、東洋の絵画を賞賛しているのもある。更に、晩年には、画家津田青楓に本格的に南画を学んだり、江戸時代末期の南画家の大家である田能村竹田の絵を友人への書簡[20]で頻りに讃えたりしている。以上の漱石の書簡から、漱石は生涯漢詩を嗜み、南画に惹かれていたのは明らかであろう。三好氏や平川氏が所謂「東に回帰しているか」という問題に結論を出す前に、まず、漱石の東洋への憧れ、漱石の中にある東洋の存在が大きかったことは否定できないだろう。つまり、筆者としては、漱石文学と絵画とのクロス研究のジャンルにおいては、西洋絵画に限らず、東洋絵画も研究の射程に入れるべきではないかと言いたいのである。

無論、東洋絵画とは文人画のみならず、日本画も含まれているが、漱石の絵画創作や嗜みに触れる際には、南画（文人画）を指していると考えてよかろう。それは南画（文人画）の特徴と関連がある。文人画の特徴について、上掲した『國華』の主催である瀧精一は『文人畫概論』という著書の中で次のように述べている。

> 文人畫は非職業的なもので、而かも自樂の境涯を有すべきものであるが故に、それは又遊戯的である。その仕事は遊戯三昧に出づるのである。（中略）第二の條件としては、文人畫は詩的なる事を要する。是に就て最も著しい手本を出した人は王摩詰に相違ない[21]。（下線引用者）

「非職業的」と共に、「詩的」という条件も文人画として厳しく要求されていた。この「詩的」というのは、絵画と文学とのクロスであることを意味している。言葉を換えれば、文人画に言及する際、すでに文学性——詩——が内包していると考えるのが、常識だったと言えよう。その概念について、『國華』に掲載されていた瀧精一の文章にも、また、田中豊藏というもう一人の美術評論家の文章にも言及されている。

⑴　就中王維は「蘇東坡に依りて、詩中畫あり、畫中詩ありと評せられ、（中略）繪畫に於ける山水一格の全く獨立して自由なる發達を實は宋朝に入りての事なるべし[22]」

⑵　蘇東坡も「摩詰の詩を味ふに、詩中に畫あり、摩詰の畫を觀るに、畫中に詩あり」といつて居る[23]

⑴は瀧精一が書いた中国絵画に関する記事の一部であり、⑵は田中豐藏が執筆した「南畫新論」と題した文の一節である。恐らく両者とも董其昌[24]の文人画に関する書物を参考にして上掲のような文人画に関する所見を述べたと考えられる。「詩中に画あり、画中に詩あり」という文人画の最高境地とは、プロの画家のテクニックには及ばないが、そこに素人ならではの味があり、文人の創作であるがゆえに、文人の求めようとする理想や芸術性が含まれ、詩が寄せられたり、あるいはまた全体的には詩的情緒が漂っていると思われている。画に限らず、目の前に広げられている一幅の画のような漢詩（題画詩）も一種の文人画と看做される場合もある。王維が隠遁地である輞川の周りに最も気に入った二十箇所の風景を選び、親友の裴迪を誘い各一つずつ計二十首の絶句を詠った『輞川集』という漢詩集が後世の人々を魅了する、最も有名な文人画的漢詩集と称せられよう。漱石にも晩年の南画以外に、題画詩（後に画を描くつもりで詠んだ漢詩）——画のような漢詩——が沢山残されている。それは、漱石の中国文人のライフスタイルへの憧れ、漱石風の東洋思想の捉え方として看做してもよかろう。故に、漱石の南画や、また南画（文人画）のつもりで詠んだ題画詩なども漱石文学の理解においては、西洋絵画と同じく大きな存在であり、深い意義を持っているものと考えるべきであろう[25]。にもかかわらず、上述した西洋絵画の研究に比べ、漱石の南画や題画詩、及びそのクロスの関連研究に携わっている学者は安部成得氏[26]や木村由花氏[27]、高階秀爾氏[28]及び桜庭信行氏[29]などの学者しか挙げられないのが現状である。

周知の通り、王維など中国の文人、または文人画の画家たちは生活や官位の不如意で隠遁生活を始めた文人が多かった。その隠遁の意図が現実逃避にあるとよく思われているが、文人画研究者佐々木丞平氏は、「いつの日か再び志を得ることができるという望みの下に隠逸するのであり、こうした隠逸の背後には常に政治の場への復帰の意志が強く働く極めて儒教的なものがあったといえよう[30]」とあるように、非社会性という一般的な隠遁への捉え方を否定し、「政治の場への復帰」という積極的な社会性を見出している。氏の指摘の如く、王維を含め、それらの文人の隠遁の真意はそうした積極性がないとは言い切れないが、少なくとも漱石が考えていた陶淵明や王維などの文人の漢詩にある隠遁の背後には現実逃避が強かったのではなかろうか。初期作品『草枕』には、俗塵の世界から逃れようと旅立った主人公である画家が、奥山へ向かう途中、陶淵明の「採菊東籬下、悠然見南山」、及び王維の「独坐幽篁裏、弾琴復長嘯、深林人不知、明月来相照」の詩句を思い浮かべ、それが「煩悩を解脱する」方法だと語っている。暫らくの間とはいえ、画家の旅やその旅先の地形の設定なども現実逃避[31]につながるのは明らかであろう。

そうした文人画、文人のライフスタイルは、日本に伝わるや一部は変容してしまったが、文人画を集大成したと称せられる江戸末期の田能村竹田は、若きときから中国の文人の隠遁生活に憧れ、自ら官位を辞し[32]、文人画を描きながら漂泊生活を始めた、如実の文人画家と言えよう。そうした竹田のライフスタイルやまたは彼の精神の反映の画に惹かれたのか、漱石は前述したとおりに、友人への書簡にはしばしば竹田の名に触れたり、また「大正四年十月に描かれた『青嶂紅花図』は、漱石の南画の中で一番鮮やかな色彩を有し薄い緑の山々をバックに桃の花が点在している。（中略）竹田は同じ題材を『桃花流水詩意図』で扱っている[33]」という木村由花氏の指摘にあるように、竹田の作品を意識しながら描いた南画が何点か残っている。南画（文人画）の系譜で考えれば、中国の文人画家の元祖である王維・江戸時代の集大成的な文人画家田能村竹田・漱石との間ではどのように継承され、または如何なる再生が起きたのか、というのは興味深い命題であり、中国と日本の文人系譜においても考察に値する問題であろう。

さて、もう一度確認したいが、ここで命題に定めた王維・竹田・漱石という文人の系譜には文人画と漢詩がそれらの文人をつなぐ媒介と考えてよかろう。漢詩の場合はまた、漱石が最も傾倒していた隠遁詩人である陶淵明も、そして漱石の生涯において、最も心の通い合っていた友人である正岡子規も研究の射程に入れた方が、その系譜をより広く、深く掘り下げていけるに違いない。よって、本書は文人画（＝南画）と漢詩との二本柱を考察の軸とし、漱石に至るまでの陶淵明・王維・田能村竹田・正岡子規という日中文人の系譜を中心に、それまでの文人のライフスタイルや理想などの芸術性について、漱石がどのように継承したか、あるいは漢詩を通して心がどのように通い合ったか、更には漱石が自ら構築した部分が見い出せるか、などの問題を明らかにすることを試みてみる。そうした問題解明の鍵として、アマチュア画家に至るまでの漱石——小説家以外のもう一つの漱石の顔——を明らかにしなければなるまい。従って、本書は次の章立てで構成されている。

第一章　漱石と絵画

　漱石が生きていた明治時代における画壇の風潮、そうした風潮を漱石がどのように見ていたか、つまり、絵画における漱石の嗜好や美術家達との交流や、アマチュア画家である漱石の絵画の特徴などについて考察していく。

第二章　田能村竹田から漱石へ——文人画を軸に

　文人画を通して、漱石が田能村竹田とどのような心の通い合いが可能になっただろうか、竹田への憧れはどのように絵画に反映しているか、などの問題を両者の文人画（南画）の構図や表現を比較しながら、明らかにしてみる。

第三章　王維から漱石へ――文人画を介して

漱石が傾倒していた文人画家王維の絵画的漢詩集『輞川集』に描かれている世界や隠遁者王維の内面へのアプローチを図り、漱石の晩年に描かれた29番の「漁夫図」、30番の「樹下釣魚図」、39番の「山上有山図」、42番の「閑来放鶴図」などの南画を解きながら、王維の投影、また漱石の再生を考察していく。

第四章　陶淵明から漱石へ――隠逸精神を介して

陶淵明の「飲酒二十首」に収められている漢詩の考察を通して隠遁の内実を確認しておく。一方、南画創作を含む漱石の身辺より漱石の中にあるハーミット的な内面を見出し、隠遁志向が織り込まれている小説や漢詩を考察し、漱石の隠逸精神の本質に迫っていく。そして、陶淵明を受容した部分、また漱石ならではの隠遁の捉え方を究明していく。

第五章　漢詩に見る文人の友情
――王維と裴迪・漱石と子規

漱石の文学人生においては、俳句を習ったり、漢詩の応酬を交わしたりした子規が最も重要な存在であるのは改めて言うまでもなかろう。この章では、子規を相手と想定した漱石の初期の漢詩を考察し、王維の送別詩に詠われる親友裴迪への感情や友人との付き合い方などと比べながら、漱石の漢詩における中国文化の受容を明らかにしてみる。

第六章　自然に身を浸す王維／都会的な漱石
――春に因んだ詩を中心に

漱石の題画詩には春をモチーフとする作品の数が目立っている。第六章では漱石の春に因んだ題画詩に詠われている表現に焦点を合わせ、王維のそれと比較しながら、両者の異同を探り、王維の痕跡、また漱石独自の春の捉え方を究明していく。

第七章　題画詩にみる漱石の「文人」像
——王維の『輞川集』との比較を通して

のち、画を描くつもりで先に詠んだ漱石の絵画的な漢詩は最も絵画的な漢詩と言われる王維の『輞川集』に相当するものと思える。王維に憧れ、王維の漢詩を頻りに賞賛していた漱石の題画詩にはどんな画趣が見い出せるか、王維の『輞川集』と比べ、王維の文人画精神をどのように継承したか、そして如何なる形で再生したかなどを考えていきたい。

結論

以上の漢詩及び文人画の考察を通して、陶淵明・王維・田能村竹田・正岡子規・漱石という日中の文人系譜で、漱石はそれらの文人の芸術性や文人精神を如何に継承し、また再構築したかなどの問題について、結論をまとめ、その継承されなかった部分、あるいはあらたに生成した部分などの背後にある文化的な理由やそうした結果の持つ意味を考えたい。

凡例

1、本書に収録した七本の論文は、これまで大学の機関紙や学会誌で発表したもので、その初出は本書の261頁「初出一覧」に示してある。

2、漱石作品をはじめ、引用文の表記に関しては、テキストとする全集の表記に従うが、横書きの表記の便を図り、引用文にある踊り文字について、例えば「云々」の漢字の繰り返しも、一音節の繰り返しの「まゝ」「こゝろ」の場合も同様原文のままで、そして、二音節以上の「いよ／＼」の場合は仮名で、それぞれ表記する。

[注]

1　例えば、前田愛「世紀末と桃源郷　『草枕』をめぐって」（『漱石作品論集成　第二巻』編者片岡豊・小森陽一1990.12.1桜楓社）、平岡敏夫「『虞美人草』論」（『漱石作品論集成第三巻』1991桜楓社）／平川祐弘「クレオパトラと藤尾」（『漱石作品論集成　第三巻』1991.7.10桜楓社）／竹盛天雄「『虞美人草』の綾――「金時計」と「琴の音」――」（『漱石文学の端緒』1991.6.15筑摩書房）、熊坂敦子「三四郎――西洋絵画との関連で――」（『国文学解釈と教材の研究　第28巻14号』1983.11学燈社）などの研究はいずれも近代化の視点よりなされている研究である。

2　加藤二郎『漱石と禅』1999.10.20翰林書房／陳明順『漱石漢詩と禅の思想』1997.8.20勉誠社　など、禅の視座よりの漱石研究を挙げることができる。

3　熊坂敦子「『虞美人草』――女性嫌悪《ウーマンヘイティング》と植民地――」（熊坂敦子『迷羊《ストレイシープ》のゆくえ――漱石と近代』1996.6.1翰林書房）

4　中山和子『漱石・女性・ジェンダー』2003.12翰林書房

5　関礼子「「装い」のセクシュアリティ――『草枕』の那美の表象をめぐって――」『漱石研究第3号』小森陽一・石原千秋編集1994.11.20翰林書房

6　津島佑子「動く女と動かない女――漱石文学の女性たち　津島佑子・小森陽一・石原千秋鼎談」『漱石研究第3号』編集者：小森陽一・石原千秋1994.11.20翰林書房

7　ジェンダー論に立脚する漱石研究は女性学者になされている研究が多いようであるが、男性研究者も例えば、佐藤泰正氏（1990.9「漱石の男性観・女性観―作品の軌跡を追いつつ」）や上田正行氏（1990. 9「『虞美人草』―「型」の美学」）なども、そのジャンルでの研究に携わっている。

8　芳賀徹『絵画の領分――近代日本文化史研究』1990朝日新聞社

9　尹相仁「ヒロインの図像学―漱石のラファエル前派的想像力」（川本皓嗣編『美女図像学』1994.3思文閣）

10　匠秀夫「漱石文学と挿絵」『日本の近代美術と文学』2004.8.12沖積社

11　木村由花「漱石とターナー――二〇世紀初頭の問題――」（片野達郎編著『日本文芸思潮論』1991.3桜楓社）

12　両者の関係の詳細については第一章で述べるが、明治時代画壇の有名な絵画雑誌である『國華』を主催していた瀧精一は、「日本では殊に文人畫即南畫と考へるのが普通になつてゐるが、（中略）狭義の文人畫が即ち南畫である事を事實なりとしても、廣義の文人畫は別に自由の天地を有してゐる。」（瀧精一『文人畫概論』大正十一年十一月十一日改造社P48）と語り、厳密に言えば南画と文人画との間に隔たりがあることを指摘している。一方、同時期のもう一人の美術評論家である田中豊藏は、「元以後の南畫家は皆な詩文を研鑽し、又詩文を修むる程のものは大概技巧本位の北畫よりも詩趣本位の南畫を選むだ。此の繪畫史上の事實から歸納して南畫即文人畫といひ得る。」（田中豊藏「南畫新論」（四）『國華』No.268 大正一年九月P78）と、南画＝文人画という一般説を支持している。つまり、明治時期には文人画は南画の同義語と見なされていたのは事実のようであった。いずれにしても、漱石にとっては、一般の人々と同じく、南画＝文人画と理解していたようであり、殆んど南画という言葉を使っていた。よって、本論文では、南画＝文人画という概念に従う。

13　横書きの便宜を図り、引用文の繰り返しの踊り文字を全て仮名で表示する。
14　「思ひ出す事など」『漱石全集　第十二巻』岩波書店P426
15　「漱石における東と西」（高階秀爾・平川祐弘・三好行雄ら三人による座談会『国文学解釈と教材の研究』第8巻14号　昭和58年11月学燈社P15）
16　注（15）に同じ。P26
17　注（15）に同じ。P15
18　大正五年八月二十一日に久米正雄と芥川龍之介に送った書簡である。『漱石全集　第二十四巻』P554.555
19　『書簡　下』『漱石全集　第二十四巻』P559
20　大正四年五月三日に津田青楓に送った書簡には「銀座に小川一真の拵え[た]昔の名画の原物大の複製が九十点ばかり陳列されたのを見に行きました、（中略）夫から竹田〔の〕雀に竹なんかも気韻の高いものですね。」と、そして、同年十二月十四日に寺田寅彦宛ての書簡には「大雅の特色あるものゝうちで最上等のもの一幅及び竹田の極いゝものを一幅加へたい気が致し候」（下線引用者）とあるように、田能村竹田の絵に魅力を感じているのがうかがわれる。『漱石全集　第二十四巻』P419.497
21　瀧精一「文人畫について――」（『文人畫概論』大正11年11月11日改造社P26.29）
22　瀧精一 明治四十年四月「支那畫に於ける山水一格の成立」『國華』191号P278
23　田中豐藏 大正元年五月「南畫新論」（二）『國華』264号P284
24　「文人畫自王右丞始。其後董源僧巨然李成范寬為嫡子李龍眠王晉卿米南宮及虎兒。皆從董巨得來。直至元四大家。」董其昌「畫禪室隨筆卷二」「畫訣」『畫禪室隨筆』1968.6廣文書局P52
25　安部成得氏は、「漱石の画の本命ともいうべき山水画の力作に賛した題画詩は、画ともに漱石研究には重要な意義をもつものであることを筆者は主張したい。」と、漱石文学における題画詩の重要性を語っている。（安部成得「漱石の題画詩について」『帝京大学文学部紀要　国語国文学第13号』1981.10.1帝京大学文学部国文学科P343）
26　安部成得「漱石の題画詩について」（『帝京大学文学部紀要　国語国文学　第13号』1981.10.1帝京大学文学部国文学科）
27　木村由花（1）「漱石と文人画――「拙」の源流――」（『日本文学の伝統と創造』1993.6.26きょういく出版センター）
28　高階秀爾「b絵画――「詩は絵の如く」の伝統をめぐって」『岩波講座　文学一　文学表現とはどのような行為か』猪野謙二 大江健三郎等1975.12.1岩波書店
29　桜庭信行「漱石と絵画」（『大正文学論』編者 高田瑞穂 1981.2.20有精堂）
30　「文人とは」『文人画の鑑賞基礎知識』佐々木丞平・佐々木正子　1998.12.15至文堂P92.93（下線引用者）
31　南画のジャンルにおいても、安部成得氏は「青楓氏が、漱石は、現実の生活の圧迫からの逃避場所を画にもとめて、遊んだことをいわれたのである。もともと淵明や王維の詩境にあこがれた東洋趣味の漱石の描く山水画が「人間世界を逃避する一種の隠逸主義を出」すのは、当然の帰結といってよい。」と、漱石の南画にある隠逸の象徴を逃避につながると捉えている。（安部成得「漱石の題画詩について」（『帝京大学文学部紀要　国語国文学第13号』1981.10.1帝京大学文学部国文学科 P343）
32　『竹田』という本によれば、文化十年、竹田が三十七歳の時に、「その許可が下り、ここの竹田は自由の身となった」のである。(『竹田』編者：鈴木進　解説：佐々木剛三 1963.6.10日本経済新聞所P84)

33　木村由花「漱石と文人画——「拙」の源流——」(『日本文学の伝統と創造』1993.6.26きょういく出版センターP264)

第一章

漱　石　と　絵　画

序章で簡単に触れたが、漱石は漢文や英文学以外に、幼年時代から絵画を嗜み、イギリス留学した際には、ギャラリーにしばしば足を運び、そこから画家との交流も次第に頻繁になり、芸術鑑賞の目を養っていた。帰国後、自ら絵葉書を描き、友人と作品を頻りに交換しはじめ、以来、明治三十八年から大正元年までの文学創作の最も忙しい時期を除き、晩年まで絵画の創作を続けていた。特筆すべき点は、絵画の創作が洋画からスタートしたものの、そのなかには南画の手法や構図と思われるものも少なくなく、更に晩年には南画に専念していたことがあげられる。そうした背景に支えられた漱石、つまり、一介の東洋文人と看做される漱石の芸術真髄を理解するには、南画＝文人画[1]の源である中国の王維をはじめとする文人のライフスタイルやその理想、また文人画と漢詩とのかかわりなどを見落としてはなるまい。従って、一介の東洋の文人である漱石の題画詩を含む漢詩などの芸術真髄にアプローチするには、先ず、東洋の文人に至るまでの漱石と絵画とのかかわり、漱石の画業、つまりアマチュア画家である漱石の絵画の教養や絵画好みなどを把握しなければなるまい。

第一節　　明治時代画壇の風潮

日本美術史の研究学者である高階秀爾氏が、「伝統は、ある意味では危機の時代の産物だといってもよいのである。（中略）美術の分野では、明治十年代の後半頃から、この極端な西欧化に対する反動が目立つようになり、やがて明治二十二年の東京美術学校創立に集約的に示されるような「復古主義」の時代を迎える[2]」と語っているとおりに、文壇とほぼ同様、日本の美術界においても明治二十年代を機に、以後さまざまな面で大きく変化していることが分かる。

明治時代の画壇で大きな役割を果たしていた美術誌である『美術新報』には、当時の画壇における日本画と西洋画のそれぞれの位置づけや評価などについて次のような一文が見られる。

> 日本畫は既に考《ママ》朽に瀕し洋畫と彫刻はと問ふに共に書生時代である、西洋的音樂に至つては未だ小學時代であるらしく思はれます、此の點は何人も同感であるに相違ない、（中略）今日洋畫界に對し種々私の新しい眼に映じたる中で差當り第一に肝要の問題は寫生時代の寫生といふ事である。是は我々新藝術家に取りては最も注意すべき危險なる問題であります。然るに世間では此寫生なる意味は極めて平易なるものゝ如くに心得て唯だ眼に見たる形をそのまゝに寫してその實物の如くに見えさへすれば好い事の様にして大切なる寫生美の意義と著色描法の巧拙などは殆ど相知らざるものゝ如くであります、實に此上もない不料簡であります[3]。

明治三十八年十月の『美術新報』に掲載された、「寫生に就て」と題した文の一節である。周知のとおりに日本の画壇では、江戸末期からすでに写生のブームが起こり、明治時代に至ってはさらにイタリアから初めての外国人美術教師アントニオ・フォンタネージが招かれ、彼の指導のもとで、小山正太郎をはじめ、浅井忠、中村不折など多くの弟子がその写生の理念を忠実に守り続け、日本明治初期の洋画壇で大活躍していたのである。しかし、その写生の最も重要な精神[4]がいつの間にか忘れ去られ、描写対象をありのままに描くという表面の形にだけこだわる洋画家が多くなった。そうした「實物の如くに見えさへすれば好い」と誤解された明治三十年代の洋画界の実態を憂い、フォンタネージが当初日本で唱えていた写生の真義を思い起こさせようと、上掲した引用文の筆者小林千古が新たに画家たちに呼びかけたのであろう。

ところで、その引用文の冒頭にある「日本畫は既に考《ママ》朽に瀕し」ているという指摘に注目したい。当時日本画と言えば南画（文人画）も含まれていたと考えられる。とすれば即ち、南画（文人画）も日本画も生気がなく、マンネリ化しているとの批判として捉えられるだろう。一方、『美術新報』とほぼ同じく当時の画壇において重要な地位を占めていたもう一つの雑誌『國華』は、当時の美術界の動きについてどのように評価していたのであろうか。関連記事を幾つか掲げておこう。

⑴　一時廢れたりし文人畫の近頃に至りて再び世人の歡迎を博せんとするの傾向あるは何ぞや[5]

⑵　兎に角彼等（欧州―筆者注）の間に東洋画の研究特に支那大陸に於ける古畫の研究的氣運の漸く勃興せんとするあるは吾人の一顧に値すべき事實と云はねばならぬ[6]。

⑶　近時支那畫に對する研究的氣運は漸く其頭を擡げ來つて學者の之に對する研究は勿論、作家の方面よりも其研究の必要なる事を自覺し來らうとする時に於て[7]、

⑷　西洋人にして東洋の畫論に留意したる人は、もとは多くなかつた。然るに近年彼地の學者にして此方面に注意する人士が漸く多くなつて來たが、我が國に於ても最近支那畫論の研究が少壮なる學者間に漸く頭を擡げ初めた事は注目に値すべき事實である。勿論わが國に於ける支那畫論の研究は、今日に初まつた事ではなく、可成古くから行はれてゐる[8]。

⑴から⑷までの発行時期は、それぞれ明治四十一年、四十四年、四十四年、大正五年となっている。一時期衰退していた文人画が再び重視されるようになり、またその源である中国絵画の研究が盛んになり、西洋人までがこうした東洋絵画に興味を持つ機運を迎えてきたという内容の記事である。前掲した『美術新報』の記事に比べれば、日本画に対して異なる評価を示している。これは次のように解釈できよう。すなわち、『美術新報』に寄稿した小林千古は明治二、三十年代の日本画（文人画を含む）の表現や作風を見て、日本画家に共通する弊として、所謂気韻[9]など古人の教えに拘った結果、古人の絵を模倣し、自分の味が出なくなり、マンネリ化したとの批判を下したのである。そのような弊の改革の必要性が共有された結果、上掲した『國華』の記事のように、明治四十年前後から、文人画や日本画、更にその源である中国の絵画も日本の画壇で新たに注目され、画家たちに再研究されるようになったのであろう。これは、「一八八〇年代から九〇年代において日本美術のカノンから排除された、漢画の一種である南画（文人画）は、一九一〇年代以降に再評価がなされた[10]」という、南画の盛衰期に関する千葉慶氏の推論と一致している。高階氏が言う「明治二十二年」という日本画壇における復古現象の時期に比べ少し遅れてはいるが、明治三十年代の南画や日本画の衰退、及び明治四十年代から大正初期にかけた南画の再評価も、高階氏が言う明治時期の日本美術界における大きな変化の延長と見なしてよかろう。

こうした明治二、三十年代日本の画壇における変化や改革は絵画のテクニックや表現などの面以外に、絵画と文学の結合という側面においても見出される。『スケッチ月刊』という絵画雑誌は、そのような主旨に基づいて明治三十八年に発刊された雑誌である。その編集者や執筆者は美術関係者が大半を占めているが、寄稿者の中には文学者も少なくない。その発刊の辞に当り、編集長である三宅克己は発刊の主旨について次のように述べている。

繪畫と文學とは藝術の兩翼なり、繪畫は眼に訴へ、文學は心に語る、觀照の快は繪畫の獨り擅にする所にして、情想の美は文學の緣つて立つ所、兩者は其の所緣を異にし、其所長を異にす、然かも兩者は相須つて常に一代の文華を發揚す、今や新代の文運將に其盛を致さんとして、人は新たなる藝術に向つて渴仰す、此の時に於て兩者は漸く相近かんとして、尚ほ其の間に多くの距離あるが如きは、主として其の互に相知らざるに原く、吾人此の兩者融會を思ふこと既に久し、今に於て本誌を發刊する所以は、たゞ文人をして繪畫を解せしめ、畫家をして文學を解せしめんことを期するがためのみ、吾人の微力を以て若し兩者をして親しく其の手を握らしむることを得ば、吾人の願望は茲に盡きん[11]。

雑誌の名前から我々が想起するのは絵画のみであるが、実は、このスケッチと名を付けた意図は、芸術本来の文学と絵画の接点である「詩書画一致」という伝統芸術の精神を文学者も画家も忘れ始めているのに危機感を感じて、彼らに警告しているところにあるのである。異なるテキストを持つ文学と絵画が今正に同じ写生を意識した近代写実主義の実践として、西洋の外来技術を取り入れた新時代を意気揚々と築き始め、多くの文学家や画家が努力をしており、互に「相近かんとし」ているが、まだ隔たりがあるため、「文人をして繪畫を解せしめ、畫家をして文學を解せしめんことを期する」と、『スケッチ月刊』を発刊した主旨をはっきりと述べている。つまり、文学と絵画が同じ範疇の芸術であり、これまでの壁を越え、互に切磋琢磨をしようと文壇にも画壇にも呼びかけているのである。こうした発刊の主旨に応じ、文学と絵画の関係について「文と畫」と題した文章も『スケッチ月刊』の第一号に掲載されている。

文には文の特色があり、畫には畫の特色がある。同じ物を寫しても文では其の物の心を書き、畫では其の物の形を描く。文を讀む時は先づ其の物の中心點ともいふべき所を會得して、心の中で其の物の形を組立てるのであるが、畫を見る時は、丁度反對に先づ其の物の形が目に映つて、次に其の心を思ふといふ順序になる。（中略）文と畫が其の手段を異にして居る以上、畫には畫の特色があり、文には文の特色があるのは自然のことであらう。

此の文と畫の二つの特色を調攝して、畫を以て文を補ひ、文を以て畫を補はうといふ計畫は、絶えず人間の腦中に企てられて居た。（中略）無論文は文、畫は畫で各々獨立の藝術であれば、畫を待たでわかる文、文を待たで分る畫でなくてはならぬのは固よりだが、兩者相須つて更に一段の光彩を添えることが出來たらと思つたのである[12]。

文学は「物の心を」、画は「物の形を」、とそれぞれ描く際に、真っ先に創作者の心が捉える中心が異なっているため、鑑賞する際にも、文学と画とでは、その手順や効果が違ってくると、指摘されている。文学の読者は、「物の中心點ともいふべき所」を心得てから物の形を各自想像する。つまり、心──→形、という図式の手順である。それに対して、画の鑑賞の場合は逆の順で、先に「其の物の形」が目に映ってから、鑑賞者が物の心を推測する。つまり、形──→心、という図式によるものである。表現方法において得意分野が異なる以上、「畫には畫の特色があり、文には文の特色がある」という現実を認めざるを得ない。とはいえ、互いに「畫を以て文を補ひ、文を以て畫を補」う意図は、昔から試みられてきた歴史があることを正視し、絵画と文学の補完関係が成り立つことによって「一段の光彩を添える」結果が得られることをも重視すべきだと強調している姿勢が窺える。

絵画と文学との関係に言及する際、両者を異なる範疇と看做していたレッシングが想起される。絵画と文学が密接に結ばれていたその歴史について次のような言説がある。

文学と絵画とが相互に持っている類似性について、スペンスはまことに奇妙な観念をいだいている。この二つの芸術は、古代人においてはきわめて密接に結ばれていたので、両者は絶えず手を取りあって歩き、詩人は画家から、画家は詩人から、けっして目をはなさなかったと彼は信じている。（第八章）（中略）古代人もまた、絵画と文学とを結びつけるきずなを知っていた。そしてそのきずなを、双方に役立つ限度を越えてきつくしめつけることはしなかったのであろう[13]」（第二十六章）

「詩人は画家から、画家は詩人から、けっして目をはなさなかった」という、スペンスの考え方をやや批判的な態度でみていながら、「絵画と文学とを結び付けるきずなを」古代人が知っていた事実を認めざるを得なかったようである。

とはいえ、上掲した『スケッチ月刊』の創刊号で唱える「畫を以て文を補ひ文を以て畫を補」う主旨は、西洋における文学と絵画との関係より、東洋的、つまり「詩中に畫あり、畫中に詩あり」という中国の文人画の精神に基づいたものだと思われる。なぜなら、文人画は早くも江戸時代には中国から日本の画壇に持ち込まれ、池大雅や与謝蕪村、浦上玉堂、田能村竹田などの文人画大家によって日本に広げられ、祇園南海が郭南海に、柳沢淇園が柳里恭に、と文人画家が中国人にならって名前を三文字に変えたりして、日本の画壇で大変人気を集めた時期もあったようだが、その歴史、その精神が日本の画壇にしっかりと根付かれていたからである。それに比べ、西洋画においては絵画と文学の結合より、絵画そのものの表現に引かれ、日本では絵画だけに専念した画家が殆どだったのである。また、西洋の所謂「絵画と文学とを結び付けるきずな」とは具体的には如何なるものか、次の文からはっきり掴める。

Ruskin の終生の運命を左右すべき事柄が1832年に彼が十二歳の

時起つた。それはその誕生の祝に父の共営者の Telrord から Samuel Rogers（1763－1851）の詩集 Italy を貰つたことであつた。これはイタリーの風景の詩で、各詩に Turner（1775－1851）の小畫が附けてある本であつたが、いろいろな點に於て Ruskin を喜ばすものであつた。それに第一 Ruskin の好きな山の事が彼の好きな詩で書いてあるし、また彼が好きな繪が入つてゐる。而もそこには繪が詩を説明し、詩が繪を説明してゐるのを見ては彼は雀躍せざるを得なかつた。彼はこれ迄 Turner の繪に就いて少しも知らなかつたが、この挿繪を見て Turner が非常に好きになり[14]、（下線引用者）

これは、ジョン・ラスキンの著作『MODERN PAINTER』の解説の一節で、ラスキンが小さい頃ターナーの詩集に傾倒した経験が、その後のラスキンの運命を決定したという解釈の文である。そのターナーの詩集は「繪が詩を説明し、詩が繪を説明して」いるという形、つまり絵画と文学の合作でできている。すなわち、詩と絵との関係は、それぞれが独立しながらも互に「説明」することによって築かれているというのである。一方、東洋の文人画の詩と絵との関係は作品の奥深くに潜んでおり、具体的に表現しなくても、内包している。鑑賞者は、そこから創作者の精神、理想の境地が感じられるのである。西洋の詩と絵との関係が顕在的であるなら、東洋の文人画の関係は内在的、含蓄的と言えよう。

明治時期に盛んになっていた絵画と文学との結合という風潮は、西洋の古き時代にあった詩と絵画との関係を受け継いでいないとは言い切れないが、上述した東洋の文人画が日本に伝来された経緯及び江戸時代における中国文化への熱狂や傾倒振りから、明治時代文学と絵画との融合を考える際、東洋文人画の思想の投影が強かったと考えたほうが妥当であろう。

第二節　漱石と美術家達との交流

漱石と絵画、そして漱石と南画との出会いといえば、真っ先に思い起こされるのは、修善寺の大患後、漱石が回想する形で綴った『思ひ出す事など』という散文の一節であろう。

> 小供のとき家に五六十幅の画があつた。ある時は床の間の前で、ある時は蔵の中で、又ある時は虫干しの折に、余は交るがわるそれを見た。（中略）画のうちでは彩色を使つた南画が一番面白かつた[15]。

この回想文から、漱石と絵画との出会いが意外に早かったこと、また漱石が小さい頃から最も心を惹かれたのが南画だったことが窺えよう。そして、大正三年、東京高等工業学校での講演（東京高等工業学校文芸部発行の『浅草文庫』第三十一号に「おはなし」と題して掲載された）の中で、漱石が青春時代のことを思い出して次の一節を語っている。

> 私は建築家にならうと思ひました。何故つて云ふ様な問題ではない、けれども話のついでに話します。（中略）高等学校時分の事でした。親友に米山保三郎と言ふ人、夭折しましたが、此の人が説諭しました。その説諭に曰くセント、ポールの様な家は我国にははやらない。くだらない家を建てるよりは文学者になれと云ひました。当人が文学者になれと云ふたのはよほど自信があつたからでせう。私はそれでふつつりやめました[16]。

何か技術を持っていれば食べていけるというのが理由の一つだったらしく、漱石は、最初は建築家を目指そうとしていたが、後に哲学者になった親友の米山保三郎の意見に従って英文科に転向した。この親友の助言がなければ、文豪漱石の代わりに無名の建築家が生まれていたかもしれない。

建築も芸術のジャンルの一環と思えば、漱石の芸術への嗜好は高校になっていても変わらなかったと言えよう。そして、イギリス留学の期間中、しばしばギャラリーや美術展覧会へ足を運び、画家との交流を始めたことも日記や友人への書簡などから窺える。更に、帰国後自ら絵を描き始め、作家としての事業が多忙になってからは、一時期絵画を中断したものの、晩年には本格的に絵を描くようになった。アマチュア画家とはいえ、当時画壇で活躍していた名高い画家との交流も大変頻繁であった。その画家たちには洋画家も南画家もいた。それらの画家との交流を年代順に見ていこう。

⑴ 朝浅井忠氏ヲ訪フ夫ヨリ芳賀藤代二氏と同シク散歩ス、雨ヲ衝テ還ル樋口氏来ル
博覧会ヲ覧ル日本の陶器西陣織尤モ異放ツ[17]

⑵ Craig氏ニ至ル、KingLearノIntroduction ヲ書キツヽあり、帰途Water Colour Exhibitionヲ見ル画題筆法油画ヨリモ我嗜好ニ投ズル者頗ル多シ日本画ニ近キ故カ日本ノ水彩画抔ハ遠ク及バズ[18]

⑴は明治三十三年十月二十六日と翌日二十七日の日記で、⑵は明治三十四年一月二十九日の日記で、漱石は当時もっとも有名な洋画家浅井忠と交流を持ったり、美術館などに足を運んだりしたのみならず、自ら洋画と日本画の優劣について批評まで下している。その批評が正しかったかどうかは別であるが、展示されたもの、及び日本画、日本の水彩画とを比較する事ができる点から、そのジャンルにおいてある程度の教養を身につけていたと思えるだろう。

浅井忠のほかには、中村不折との交流もかなり密接であったようだ。

拝啓御帰朝後一寸機会なく御面語の折なく打過候処愈御清穆奉賀候偖今回ホトヽギス所載の拙稿を大倉書店で出版致し度と申すについては其内に挿画を入れる必要有之之を大兄に願ひ度事小生も書肆も一様

に希望につき御多忙中甚だ御迷惑とは存じ候へども御引き受け被下間敷や[19]

明治三十八年八月七日付中村不折宛の書簡の一節である。『吾輩は猫である』の出版に当り、その挿絵を不折に依頼したのは有名な話であるが、この書簡の冒頭から、不折とはイギリス留学時代から既に知り合い、帰国後も挿絵の依頼などで交際が続いていたと推定できる。

また漱石と親しく付き合っていた洋画家として、浅井忠や中村不折のほかに、橋口五葉も挙げずにいられない人物である。

・昨日君の所へ絵端書を出した処小童誤つて切手を貼せず定めし御迷惑（の）事と存候然し御覧の通の名画故切手位の事は御勘弁ありたし[20]

・絵はがきを有難
あの色が非常に気に入つたが全体あれは何の絵ですか一寸見当がつかない
是は久し振りでかいたら無暗にきたなくなつた夜だか昼だか分らないから（春日影）とかいた[21]

二点とも明治三十七年七月に橋口五葉に送った書簡である。当時、流行していた自作絵はがきを交換する風潮に乗っていたのか、漱石は、橋口五葉及びその兄橋口貢兄弟二人と頻繁に自作絵葉書のやり取りを行い、それが晩年まで続いていたことが書簡資料から窺われる。趣味の絵の交換のほか、本の出版に当たり表紙の依頼のために送った書簡もある。

昨夜は失礼致候其節御依頼の表紙の義は矢張り玉子色のとりの子紙の厚きものに朱と金にて何か御工夫願度先は右御願迄　　匆々拝具[22]

明治三十八年八月九日付け橋口五葉宛の葉書きである。書簡の日付からも判明しているように、所謂『吾輩は猫である』の表紙デザインの依頼である。漱石は表紙を依頼する際、完全に相手に任せるのではなく、図案や色などについて自らも意見を出しながら、画家と相談することも少なくなかったのである。浅井忠や中村不折は、明治初期中期の画壇の大家で、よく知られていた洋画家であったが、橋口五葉はそれほど名高い画家ではなかったようである。五葉のことについて、美術史研究の専門家である匠秀夫氏が、「漱石文学と挿絵」と題した一文の中で次のように書いている。

> 当時、『ホトトギス』は『明星』とともに、誌面に挿絵やコマ絵を盛んに用いて画文交流の雰囲気を出すのに積極的であったが、(中略) おしなべて、漱石の文学界への登場の新鮮な刺戟感にあわせて、絵画類の絢爛さ、特に新人五葉の活躍を讃えている。(中略) この年の七月、五葉は首席で美校西洋画科を卒業したが、人気の焦点になっていた『吾輩は猫である』の単行本装幀の大役が漱石によって与えられた。その序文で漱石は「(中略) 中村不折氏は挿絵をかいてくれた。橋口五葉氏は表紙其他の模様を意匠してくれた。両君の御蔭に因つて文章以外に一種の趣味を添へ得たるは余の深く徳《ママ》とする所である」と書いている[23]。

浅井忠や中村不折たちに比べ、明治三十八年に美術学校西洋画科を卒業した橋口五葉は、キャリアがまだ浅く、画壇上ではまだ雛という存在でしかないにもかかわらず、大阪朝日新聞で大いに賞賛され、『我輩は猫である』という大作の装丁の大役まで漱石に依頼されるに至ったのである。「首席で美校西洋画科を卒業した」という理由もあろうが、またその画風が漱石の好みに大変合っていたため、漱石に高く評価されていたと推測できる。漱石はこうした橋口五葉とその兄である外交官の橋口貢の兄弟二人とよく書簡を交わし、家まで招待したりするほど親しく付き合っていたことが書簡から伺える。

洋画家だけではなく、漱石は日本画家や南画家など東洋画家の何人かとも深く関わっていた。漱石と交際していた東洋画家のうち、最も名高いのは瀧精一と横山大観だといえよう。瀧精一との交流は下記の書簡からその一端が窺える。

> 東洋美術図譜は余にかう云ふ料簡の起つた当時に出版されたものである。是は友人滝君が京都大学で本邦美術史の講演を依託された際、聴衆に説明の必要があつて、建築、彫刻、絵画の三門にわたつて、古来から保存された実物を写真にしたものであるから、一枚々々に観て行くと、此方面に於て、我が日本人が如何なる過去を吾々の為に拵へて置いて呉れたかゞ善く分る。余の如き財力の乏しいものには参考として甚だ重宝な出版である。文学に於て悲観した余は此図譜を得たために多少心細い気分を取り直した（中略）もし日本に文学なり美術なりが出来るとすれば是からである。が、過去に於て日本人既に是丈の仕事をして置いてくれたといふ自覚は、未来の発展に少なからぬ感化を与へるに違ひない。だから余は喜んで東洋美術図譜を読者に紹介する[24]。

明治四十二年、有力な美術誌『國華』を主催し、南画を始め沢山の絵画評論を執筆していた東洋美術史家瀧精一[25]が、『東洋美術図譜』という東洋美術を紹介する本を出版する際に、漱石はその序文を依頼されたが、その時書いた文の一節がこれである。漱石自身も「此れは友人滝君」と、瀧精一を友人と称し、序文の依頼を喜んで引き受けたと述べている。前節にも述べたとおりに、『國華』は美術誌、特に日本画や文人画などをアピールする美術誌であるため、瀧精一は日本画や文人画家関係の動向以外に、文人画の由来や本質についてもその典拠である董其昌の説を引用しながら詳細に述べている。

こうした文人画や日本画に詳しいという背景の友人を持っていたことで、

漱石が絵画の創作において、また絵画の鑑賞において東洋の影響をかなり受けていたことも納得できるだろう。

次に触れなければならないのは、横山大観との関わりである。

⑴　御叮嚀なる御招待辱なく候ことに横山画伯も御来会と承はり候へば是非都合つけ参り度と存候へども打明けた御恥づかしき処を申すと目下御承知の小説に追はれ[26]

⑵　拙著彼岸過迄漸く出版の運に至候同書とは執筆当時より縁故浅からざる大兄と大観画伯にまづ一本を呈して記念と致し度小包にて差出候[27]

⑶　却説大観の柳表装と箱わざわざの御使にて御持たせ被下難有存候[28]

⑴は明治四十五年二月九日付け、⑵は大正元年九月二十二日付けのともに笹川臨風宛ての書簡であり、⑶は大正二年五月二十九日付け橋口五葉宛ての書簡である。そのいずれも横山大観のことに触れた内容の書簡である。ただ直接大観に送った書簡は現存していないため、大観とはどの程度の交流を持っていたかは判明しないが、漢詩に収められている108番「獨坐空齋裏／丹青引興長／大観居士贈／圓覺道人藏／野水辭君巷／閑雲入我堂／徂徠隨所澹／住在自然郷」、及び109番「大觀天地趣／圓覺自然情／信手時揮灑／雲煙筆底生[29]」との二首の漢詩には、それぞれ大観の名が盛り込まれており、また「横山画伯の画を恵まるるに酬ゆ」という説明から、大観とはある程度親しく交際していたと思える。

改めて説明するまでもなく、大観は明治時代に線描を大胆に抑えた没線描法、所謂「朦朧体」を始めて試した日本画家であることでよく知られている。こうした「朦朧体」という大観の画風に惹かれたのか、漱石の初期水彩画の中には、水墨画と紛れるほど描線が薄いか、あるいは被写体の輪郭がはっきりしない作品が何点か残っている[30]。

次に紹介する津田青楓は、アマチュア画家としての漱石に最も強く影響を与えた画家である。特に漱石がこの世を去るまで最後の数年間、往来が非常に頻繁で、交換した書簡が最も多かった友人といえよう。ここで、漱石に影響を与えたこと、漱石と深い関係であったことを思わせる内容の書簡（大正元年から二年にかけての分）を掲げておこう。

(1)　私はもう画を切り上げやうやうと思ひながらま（だ）書いてゐます今度来たら又見て忠告をしてください此間色々いつて貰つたので大変利益を得ました。といふと画がかけるやうで可笑しいですが、近頃は中々かけますよ三日に一つ位傑作を拵えては一人で眺めてゐます、水彩画展覧会の方も見ました[31]。（下線引用者）

(2)　拝啓先達中より絵の具などの事にて種々御配慮を煩はし恐縮の至に候何か御礼を致さうと思ひ候へども是といふ思ひつきもなく候[32]

(3)　津田さん其後画はかけましたか（中略）あなたに見て貰つた四枚の画は其後又手を入れました、よくなつた積ですから来た時又見てください[33]。

(4)　拝啓私は昨日三越へ行つて画を見て来ました色々面白いのがあります。画もあれほど小さくなると自身でもかいて見る気になります。あなたのは一つ売れてゐました。同封は今日社から送つて来ましたから一寸入御覧ます書いた人は丸で知らない人です。今日縁側で水仙と小さな菊を丁寧にかきました。私は出来栄の如何より画いた事が愉快です。書いてしまへば今度は出来栄によつて楽しみが増減します。私は今度の画は破らずに置きました。此つぎ見てください[34]。

(5)　画は其他何も描きません。山水の方を仰に従ひ土手を不規則にし山を藍にし、屋根を暗い影をつけて益きたなくしました。寺田が見て面白いが近くで見るとびほふ百出できたなくて見るのが厭になるといひました。私はあれをあなたの画の下の襖へピンで貼りつけて次の間の書斎から眺めてさうして愉快がつて居ます[35]。

本名が亀次郎の津田青楓は、洋画家浅井忠に洋画を学び、洋画家として画壇にデビューしたが、後には南画のほうをよく描くようになり、『道草』『明暗』の装丁をも手がけた画家である。書簡の往来の頻繁さから二人の交流振りの一端が窺え、また「絵の具などの事にて種々御配慮を煩はし」という言葉からも、プロの画家である津田が初心者の漱石に絵の具の準備までしてあげたことが見て取れる。そして、「今度来たら又見て忠告をしてくださいこの間色々いつて貰つたので大変利益を得ました」とか、「あなたに見て貰つた四枚の画は其後又手を入れました」や、「私は今度の画は破らずに置きました。此つぎ見てください」、「山水の方を仰に従ひ土手を不規則にし山を藍にし、屋根を暗い影をつけて益きたなくしました」などの表現から、漱石が津田から助言を受けながら、津田に絵を習っていたことは明らかであろう。そして、絵が上手であろうかなど気にせず、絵を描くこと自体、完成した絵を眺めることだけで楽しいという心境も「私は出来栄の如何より画いた事が愉快です」という言葉から察せられよう。

では、漱石が自ら絵の師と選んだ津田青楓はどんな人物であろうか。それについて、金原弘行氏は次のように評価している。

> このように芋銭、放庵、恒友、また津田青楓らのように近代の洗礼を受け、西洋画の世界から東洋画に移行する過程で、東洋の風趣風韻とその奥にひそむ気韻生動の大切さに気づいた画家たちが、獲得した両洋の視覚でそれを筆致に生かし、醇乎とした文人画に新境地を開いていくのである[36]。

氏が述べているように当時は、西洋画及び東洋画の両方を学び、それぞれの良さを生かし、より芸術性の高い創作に励む画家が少なくなかった。そうした時代のもとで、津田青楓は「近代の洗礼を受け」、西洋画からスタートしたが、後、東洋の「風趣風韻とその奥にひそむ気韻生動」に惹かれ、東洋画に移った画家である。とはいえ、昔のままの文人画でもなく、西洋の優れた点を考慮した、新しき文人画の境地を津田青楓は切り開いたのである。そうした経緯をもつ津田の影響もあったのだろうか、洋画を習い始めた漱石も晩年になって本格的に南画を描くようになったことは意味深い。

以上紹介した実際に交流のあった画家のほかに、漱石の画業に影響を与えたであろう一人の画家の存在がある。それは、日本における文人画の歴史で最後に南画を集大成したと思われる田能村竹田である。本場中国の文人画家は、職業画家とはすみ分けをし、技法が拙くても自負を抱き、戯れのために描いていた。一方、日本では、南画家の大家である池大雅をはじめとする文人画家はアマチュアではなく、生活のために絵を描き、絵を売る職業画家が殆どであった。そんな中、田能村竹田は一風変わった存在であったようだ。佐々木剛三の解説[37]によれば、若き頃より官職から遁れようと企てていた竹田は、文化八年に「大規模な百姓一揆が勃発した」ことを「機会に藩政改革に関する建言書を二度にわたり提出し、一揆収拾の対策などを論じ」たが、「藩当局の採用する所とならず」、「いよいよ退隠の決意を固めて内願し、文化十年三月その許可が下り、ここの竹田は自由の身とな」り、漂泊の生活を楽しみながら、本場中国の本格的な文人画家の人生を歩み始めたのである。こうした田能村竹田の隠遁を、吉澤忠氏は「反社会的隠遁者、反体制的隠遁者[38]」とみなしている。また、こうした隠遁の背景を持っていた竹田の文人画に描かれている境地について、太田孝彦氏は次のように評価している。

> 彼が試みたのは、大雅のように「山水の真」（自然の本当のありさま）を表現することではなく、その場所から受けた印象を「隠棲の理想境」（住んでみたいとこころのなかに思いついた自然風景）として表現することであった。（中略）竹田が求めたものは、目に映った自然の姿の美しさだけを描くことではなかった。そこは、内面的な精神世界が展開していることが必要であった。「清らかで潤いのある趣を

もち、昔のことに浸り楽しむ気持ち」が起るような画面でなければならなかったのである。（中略）「趣」を描くこととは対象がもっている心を写し出すことだというのである。そして、田能村竹田にとって絵を制作することは、単に技術がすぐれて、本物の通り描くことではなく、俗気のない精神を発露させるもの、つまり汚れなき「写意」の表現であると宣言するのである[39]。

隠遁者が自然と向き合っている一つの姿勢であろうか、描写対象の外見そのものに囚われることなく、個々の「対象がもっている心を写し出す」ことが竹田が常に構えていた姿勢だと論じているのである。「単に技術がすぐれて、本物の通り描くことではなく、俗気のない精神を発露させるもの」という点はまさに中国の文人画家が唱えていた画家の精神そのものであろう。それによって、職業画家の持っている匠気から脱することができ、「俗気のない精神」が作品に滲むことがはじめて可能となる。そうした脱俗精神に惹かれたのであろうか、漱石は友人への書簡の中で竹田の作品を賞賛している。

⑴　今の人の画を買ふよりあれを買つて参考にした方が余程有利だと思ひます。楊舟といふ清人の虎はいゝですよ。夫から竹田（の）雀に竹なんかも気韻の高いものですね[40]。

⑵　夫から大雅の横巻は珍品として眺め候いつもの大雅とはまるで違つてゐるから妙だと存候大雅の特色あるものゝうちで最上等のもの一幅及び竹田の極いゝものを一幅加へたい気が致し候[41]

⑴は大正四年五月三日付けの津田青楓宛ての書簡で、竹田の絵を「気韻の高いもの」と高く評価している。⑵は同年十二月十四日に寺田虎彦に送った書簡で、展覧会で絵を見た感想を述べ、「竹田の極いゝものを一幅加へたい気が致し候」と、竹田の作品が好きだという気持ちを表している。

現に大正四年十月に描かれた漱石の「青嶂紅花図」という色の鮮やかな南画は竹田の『桃花流水詩意図』を模倣したものとされている[42]。これらのことからも、漱石が竹田の人生観やその作品に傾倒していたと言えるのではなかろうか。

また日本の画家以外に、漱石は中国の画家董其昌――文人画の地位を固めた画家――にも何回か言及している。例えば、『道草』の中で養父について、「董其昌の折手本を抱へて傍に佇立んでゐる彼に取つては其態度が如何にも見苦しくまた不愉快であつた[43]」（十六章）と回想している場面で董其昌の名が触れられている。また明治四十二年十月四日（月）の日記には「勧農斎と云ふ董其昌の額ある所に出づ　清楚可喜。後ろに白岳を望む。午後尚《昌》徳宮に之《ゆ》く。内閣と名のつく妙な所を通る。[44]」という記載が見える。董其昌に関して、漱石がどれ程知識を持っていたか知る術もないが、中国の絵画史において文人画の地位を確立した董其昌の名を書物に盛り込んだことから、漱石は南画についてある程度教養をもっていたと捉えても差支えがなかろう。

以上見てきた通りに、漱石は浅井忠、中村不折、橋口五葉などの西洋画家と交流を持つ一方で、横山大観や瀧精一などの日本画家や文人画擁護者とも頻繁に交際し、更に晩年には津田青楓に付いて本格的に南画を習ったり、古人竹田に傾倒したりしたことから、作家である漱石は執筆の傍ら、自ら画業、殊には文人画（南画）への道を拓こうとする芸術への精励の志の一端が窺えよう。

第三節　　作家である漱石のもう一つの顔

アマチュア画家としての漱石と絵画との出会いといえば、前掲した「思ひ出す事など」の回想文を思い浮かべずにはいられない。

画のうちでは彩色を使つた南画が一番面白かつた。惜い事に余の家の蔵幅には其南画が少なかつた。子供の事だから画の巧拙などは無論分からう筈はなかつた。好き嫌ひと云つた所で、構図の上に自分の気に入つた天然の色と形が表はれてゐれば夫で嬉かつたのである[45]。

修善寺の大患後、静養中の漱石が幼少時代など昔のことを懐かしく思い起こし、綴った回想文の一節である。「彩色を使つた南画が一番面白かつた」とは述べているものの、勿論幼少時の漱石には絵画について未だ詳しくはなかったであろうし、絵の出来具合が上手であったかどうかも区別がつかなかったはずである。ただ仙郷のような境地と連想できる山水画に惹かれたことだけは推測できる。ここでいう、仙境のような山水画とは、この引用文の続きに「或時、青くて丸い山を向ふに控えた、又的皪と春に照る梅を庭に植へた、又柴門も真前を流れる小河を、垣に沿ふて緩く繞らした、家を見て——無論画絹の上に——何うか生涯に一遍で好いから斯んな所に住んで見たいと、傍らにゐる友人に語つた[46]」という一文が綴られているからである。漱石が眺めていた南画とは、如何なるものであったかは分からないが、「青くて丸い山」や「的皪と春に照る梅を庭に植へた」との描写から、季節は人間には最も過しやすく、花が咲き乱れている春という季節であり、そうした素朴な空間と特定の時間との絶妙なコンビネーションであったことは容易に想像できる。その絵画に描かれている虚構の空間に身を委ねていれば、束の間でも不愉快なことや当時の不安感を癒すことが出来たという記憶がその深層にしっかりと根付いていたのかもしれない。幼少の頃から嗜んでいた南画というのは、漱石にとってはまずこうした癒しのある効果のものとして認識されたと言えよう。

とはいえ、大人になった漱石が、留学先のイギリスで惜しげもなく足を運んだ画廊や展覧会に展示されていたものが、殆ど西洋的なものであったのはいうまでもない。加えて、イギリス留学時代や帰国後の暫らくの間も、交流をしていた画家は浅井忠、中村不折、橋口五葉など洋画家の一色であったためであろうか、当時流行していた自作絵葉書を交換する風潮に乗って漱石が描いた絵も殆どが洋画であった。小さい頃憧れていた南画の本格的な創作に至るまではまだ時間が必要であった。荒正人氏の『漱石研究年表』によれば、留学の地イギリスより帰国した後、漱石は明治三十六年から画を描き始め、その年の十一月頃には「水彩画に熱中し[47]」ていたことが分かる。『漱石研究年表』には、明治三十八年「三月以後、自筆の水彩絵葉書を送ることは殆ど絶えてしまったと推定される」と記述されてはいるが、漱石書簡には明治三十八年五月八日付け橋口貢宛の絵端書が一通収録されている。それは帽子を被った婦人像で、漱石の自筆による絵端書である。よって、厳密に言えば、自筆の水彩絵葉書を送ることが絶えてしまったのは、明治三十八年六月以後と言ったほうがより正確であろう。つまり、漱石の絵画創作空白期は、明治三十八年六月から大正元年までの凡そ六年の間となる。大正元年から再び絵の創作に取り組み始めた。洋画からスタートしたものの、後に南画に転向した津田青楓に本格的に手解きを受け、晩年に至るころには南画に専念するようになっていたのである。

『図説漱石大観[48]』によれば、友人への絵葉書を含め現存している漱石の絵画は大まかに⑴明治三十六年から四十五年までが初期、⑵大正元年から三年までが中期、そして⑶大正元年から五年までが後期、との三期に分かれている。初期が水彩画、中期が水彩画的日本画、そして晩年になって漸く南画の創作に専念するに至る。絵の題材は山水に限らず、菊の花、竹、猫などの動植物、更に達磨までもが含まれている。

明治三十六年から四十五年までの初期二十八点の作品は、水彩画と分類されているが、例えば『図説漱石大観』に納められている９番の「草花図」（図2）及び10番の「月と芒図」（図3）の二点は南画と看做してもよいほど、色彩の使用、または構図などいずれも南画に近い絵画の技法が用いられている。何故ならこの二点の作品から、南画によく使われる余白という構図法がはっきり窺えるからである。『故宮博物院２南宋の絵画』によれば、東洋画に織り込まれる余白の役割は次のように解説されている。

> 山水·人物·花鳥の主題のちがいにかかわらず、いずれも景物を画面の片方に配し、その対角線上に余白を大きくとって、そこに詩情を漂わせることを意図した作品が少なくない[49]。

山水（風景）ばかりではなく、人物も花鳥も画面の余白によって「詩情を漂わせること」ができるのである。「景物を画面の片方に配し、その対角線上に」スペースを開けておくことは余白の表現法であり、現実から切離され、鑑賞者に想像させる余裕の場として設けられるのである。『図説漱石大観』に納められている9番の「草花図」にも10番の「月と芒図」にもその余白の要素が見事に備わっていることが一目瞭然であろう。

つまり、初期に水彩画を描く意図で、洋画の魅力を表そうと努力したが、南画への憧れという潜在意識の働きによって、南画の要素が無意識に盛り込まれたと考えられるだろう。西洋絵画と東洋絵画がこうして漱石の内部で常に相争い、同じ作品に同時に顔を覗かせているのは少なくなかった。言葉を換えれば東西両方の美の相克——否、融合といった方が適切であろう——その融合が常に漱石の内部で顔を覗かせていたのは十分にあり得るだろう。

このように初期には洋画に熱中していた漱石の内部には、南画への憧れ、南画手法を取り入れようとする意識は、決して穏やかではなく、激しく騒いでいたはずである。その南画の世界に接したいという情熱は、南画に描かれている風景を眺めることを通して消化したり、漢詩を詠じたりするほか、文学作品の中に南画の要素を投影することによって発散させたとも考えられるだろう。実際に、明治三十八年から大正元年までの絵画創作のブランク期にあたり、絵画への熱意は冷却するどころか、『草枕』や『一夜』、『虞美人草』などの作品にはそれぞれ表現こそ異なるが、いずれも南画（文人画）の要素が所々に盛り込まれており、漢詩、ことに題画詩がそのまま南画の現われと思われるのも少なくない。

さて、自己流で始めた漱石の絵画、特に、絵を描くよう頼まれる程技法も構図も一段と上達した晩年の作風は如何なるものであろうかという次の問題が問われるだろう。まず文人画とはどのようなものなのか『文人画粋篇　第一巻王維』から参考に引用しておこう。

> 文人画においては山水画を第一とする。しかも水墨に重きをおく。花木にも及ぶが、宋元時代では墨竹、墨梅をたっとぶ。また枯木樹石などの淡白な題材をえらぶ。（中略）郭熙の『林泉高致』のなかに「山水訓」がある。これには君子が山水を愛する所以をといて、丘園に素を養い、泉石に嘯傲し、漁樵の隠逸に擬し、猿鶴の飛鳴を懐い、塵世の束縛を厭い、烟霞の仙聖を願うに、仕官や家族生活に制約されてその希みもかなえられないが、名手の山水画によってその本意が遂げられるという[50]。

文人画の定義に関する一節である。恐らく文人が煩わしい世俗の世界から遁れ、奥山に隠遁するという、昔からの隠者の漂泊的な行いのイメージから、描かれる対象がその憧れの奥山と一般にされていたのであろう。漱石は『思ひ出す事など』という回想文のなかでも、南画（文人画）といえば山水画である、というイメージの言い方を用いている。が、上掲の引用文にあるように文人画は、山水画のみならず、花や竹、梅などの植物も含まれているのが明らかであろう。それ以外に、君子のシンボルである菊の花や蘭の花、または達磨など情操が高いと評価された人物なども一種の内面性のシンボルとして文人画の描く対象とされているのである。

一方、漱石もまたそうした文人画の定義を十分に理解していたようで、晩年の作品のうち、山水以外に竹や蘭の花が大半を占めており、植物のほか達磨などの人物も、更に桃源郷と連想される物語性のある「漁夫図」（図4）も描かれていたのである。

今日残されている漱石の南画に対して、平川祐弘氏が「だけど、漱石の描いた南画風の絵というのはずいぶんと洋画臭くないですか[51]」という見解を示している。一方、親友であり、漱石に絵を教えていた画家津田青楓は、絵を描いていたころの漱石の様子を回想しながら、次のように漱石の絵を評価している。

　それから第三期にはいつて先生の画と云ふものが急に立派なものに成つた様に思ひます。これは主に風景画等です、山水画です。（中略）その後四五日して先生を訪問すると「君高芙蓉をやつたから一つ見てくれないか」と云つて半折の山水画を見せられました。私はその図柄を明瞭に頭の中に描く事はできませんが、非常にうまく成られたと思つて感心した事を記憶してゐます。その頃から非常に油がのつて来てずんずんいゝものが出来た様です。その中で一幅私が非常に激賞たのがありました[52]。

平川氏とは違い、かなり具体的に、かつ細かく漱石の絵を評価した内容である。平川氏が指摘した「洋画臭」い漱石の南画という傾向は、まさに初期の南画風洋画と似通い、東西融合というべきであろうか、こうしたイメージは漱石の絵画の中には時々見られる。漱石の初期の絵に対して、「ちつとも分からない」という印象を受け、いい評価を与えかねるという記憶もあったが、第三期、つまり専ら南画を描く時期に至ると、プロの画家である自分も感心するほど漱石の南画が上達したと評価した津田のほうが、客観的に漱石の画業を見ていたと思われると同時に、晩年の漱石の南画は一定の水準に達していると受け止められるのであろう。

第四節　アマチュア画家である漱石が理想とした絵画とは

子供の頃から南画を嗜んだ漱石は自ら絵画の創作に取り組んだのみならず、当時行われた絵の展示会などにもしばしば足を運び、見学した後、さらに展示されていた絵に対してよく評論を下した。

芸術は自己の表現に始つて、自己の表現に終るものである。（中略）自分の冒頭に述べた信条を、外の言葉で云ひ易へると、芸術の最初最終の大目的は他人とは没交渉であるといふ意味である。親子兄弟は無論の事、広い社会や世間とも独立した、全く個人的のめいめい丈の作用と努力に外ならんと云ふのである。他人を目的にして書いたり塗つたりするのではなくつて、書いたり塗つたりしたいわが気分が、表現の行為で満足を得るのである。其所に芸術が存在してゐると主張するのである[53]。

明治四十年十月、上野公園内元東京府勧業博覧会跡で、日本に於ける最初の官設美術展覧会である第一回文部省美術展覧会が開催された。第六回目の展覧会は大正元年十月十三日に開催され、その会場まで漱石は足を運び、出品作を鑑賞した後自分の芸術観や又それぞれの作品に対するコメントをつけ、評論を書いた。上掲した文はその時の芸術評論の冒頭の部分である。冒頭にある「自己の表現に始つて、自己の表現に終るもの」というのが最もよく漱石の芸術観を物語っている表現と考えても差支えがなかろう。言葉を換えれば、あくまでも自分の味を現さないと意味がないということであり、これは昔の人の所謂「気韻」ばかりに気を取られ、マンネリ化していた明治初期の文人画家の腐敗した画壇の状況への批判にもつながるだろう。

この「文展と芸術」以外に、芸術に関する漱石の言説といえば、「素人と黒人」と題した一文も思い起こさずにはいられない。研究者によく引用される文である。

良寛上人は嫌いなものゝうちに詩人の詩と書家の書を平生から数へてゐた。詩人の詩、書家の書といへば、本職といふ意味から見て、是程立派なものはない筈である。それを嫌ふ上人の見地は、黒人の臭を悪む純粋でナイーヴな素人の品格から出てゐる。心の純なるところ、気の精なるあたり、そこに摺れ枯らしにならない素人の尊さが潜んでゐる。腹の空しい癖に腕で掻き廻してゐる悪辣がない。器用のやうで其実は大人らしい稚気に充ちた厭味がない。だから素人は拙を隠す技巧を有しない丈でも黒人より増しだと云はなければならない。自己には真面目に表現の要求があるといふ事が、芸術の本体を構成する第一の資格である[54]。

周知の通り、漱石は晩年になって、大変良寛を慕い、良寛の詩書に傾倒していた[55]。この「素人と黒人」と題した文でも素人の書画を賞賛していた良寛の言説を借り、素人は「拙を隠」せないからこそ、「自己には真面目に表現」できると漱石が指摘している。この主張は上掲した「文展と芸術」にある「他人を目的にして書いたり塗つたりするのではなくつて、書いたり塗つたりしたいわが気分が、表現の行為で満足を得る」という芸術の理想とは表現が異なるが、芸術における精神の根源が重なっていると捉えられるだろう。

絵画の精神を自分なりに悟った漱石の「自己に真面目に表現」すること、「ナイーヴな素人の品格」、「わが気分が、表現の行為で満足を得る」などのモットーは、瀧精一の『文人画概論』という著書に述べられている「外からの拘束を受けないで自身の樂む境涯をその儘に吐露すると云ふ事がなければならぬ（中略）他人の為めにするよりも自分の為にする點に於て職業的のものとは違はなければならぬ[56]」という、文人画家が標榜していた四つの特徴のうち最も大切な原則と相通じていることは明らかであろう。そこまで心得た芸術の精神が文人画のそれと重なっているのは偶然とは思えない。池大雅や与謝蕪村、頼山陽など日本の文人画家のみならず、董其昌や石濤など中国の画家もよく知っており、それぞれの画業に対しても時々批評を下したり、横山大観や瀧精一など当時の文人画家や評論家とも交流をしていたなど、文人画とのかかわりという背景がその裏づけとして思える。

繰り返しになるが、西洋絵画からスタートしたアマチュア画家である漱石は、勿論洋画に引かれていた時期があったことは否定できないが、以上に掲げた漱石が残した絵画評論、漱石が語っていた画家の持つべき態度や従うべき原則などを考慮すれば、漱石芸術の根底を流れていたのは文人画（南画）精神だと看做したい。こうした漱石に対して、美術史専門家の芳賀徹氏は「まことに、夏目漱石ほど生涯にわたって絵好きで、みずから絵をかき、絵で考え、絵で息をしたとさえいえるような文学者は、徳川・明治・大正の日本でも数少ないのではなかろうか。同時代の世界でも珍しいのではあるまいか[57]」と、絵画における漱石の才能や感受性を讃えている。氏が言う「絵で考え、絵で息をした」とは、恐らく、『草枕』や『三四郎』などに盛り込まれている絵画的な場面、絵画的な手法[58]などを指しているだろう。正に氏のいうとおりに、文学者として世界中に名を知られ、その小説は今日でも多くの人々に愛読されている漱石は、一方の絵画のジャンルにおいても、「自己」である素人の「ナイーヴな」味――『図説漱石大観』に収められている水彩画や、晩年の南画――を後世に残している。上述した漱石における南画（文人画）の背景から、晩年の南画は、漱石芸術にとっては大きな意義を持っていると看做すべきであろう。文人画精神に感銘を受けた漱石は、芸術の創作に際し、昔の文人画家と同じ芸術の境地の再現を試みていたという可能性が十分に有り得る。とは言え、「文展と芸術」という芸術評論にあるように、「自己」をあくまでも尊重したい漱石は、決して古人のままを再現することはなく、自己流にアレンジし直し、オリジナル的芸術を作り出したに違いない。よって、次の章からは、漱石が王維や竹田などの文人から何を継承したか、あるいは自己ならではの味を表現せずにはいられない漱石の構築、などの点を明白にしていく。

［図版］

図１：三羽のあひる図

図２：草花図

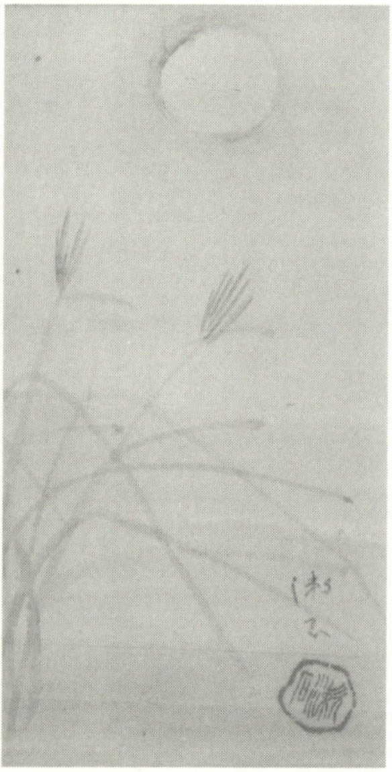

図３：月と芒図

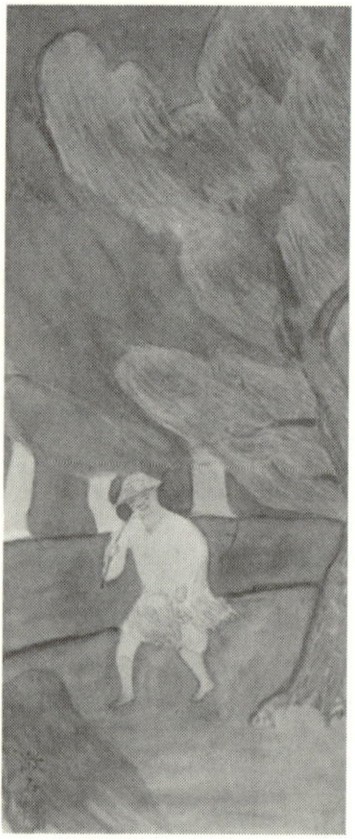

図４：漁夫図

[注]

1　瀧精一が「世人往々にして文人畫を南宗畫とを混同し、両者を以て異名同物なるが如く思惟するものあり、然れとも是は誤れり」（瀧精一「文人畫説」『國華』No.216 明治四十一年五月 p300）と、文人画が南宗画とみなされていたことを批判していた。が、数年後の大正十一年に出版した『文人畫概論』のなかで、再び文人画と南画のことに触れ、「論じ詰めて來ると、文人畫はその明かに流派化したるものに於ては南畫であるのである。其時に至つて文人畫と云ふも南畫と云ふも同じものであると云つて差支ない事になる。日本では殊に文人畫即南畫と考へるのが普通になつてゐるが、それは文人畫が主に流派化してから傳はつたからそうなるのである。けれども廣い意味の文人畫から云へば、それは必しも南畫でないと云ふ事が云ひ得られるのである。狭義の文人畫が即ち南畫である事を事實なりとしても、廣義の文人畫は別に自由の天地を有してゐる。」（瀧精一『文人畫概論』大正十一年十一月十一日 改造社 p48）と、一般的には文人画が即ち南画であると見なされているが、厳密に言えばまだ隔たりがある、文人画の方がもっと自由自在に筆を振舞うことができると堅持しているようである。そして同時代の美術評論家である田中豊藏が「元以後の南畫家は皆な詩文を研鑽し、又詩文を修むる程のものは大概技巧本位の北畫よりも詩趣本位の南畫を選むだ。此の絵畫史上の事實から歸納して南畫即文人畫といひ得る。」（田中豊蔵「南畫新論」(四)『國華』No.268　大正一年九月 p78）と、瀧精一と違い、南画即ち文人画であることに完全に同意している。そして、現在では、例えば、大槻幹郎が「今日わが国でも南宗画は略して南画というが、文人画と同義語として用いられている。」（大槻幹郎『文人画家の譜』2001.1.10 ぺりかん社 p10）と、南宗画＝南画＝文人画と看做している。いずれにしても、漱石は文人画のつもりで描いていたが、文人画その言葉を殆ど使わず、専ら南画という言葉を使っているようである。よって、本書では南画＝文人画という概念に従って推論していく。

2　高階秀爾「明治三十年代芸術における世紀末的背景」『日本近代の美意識』1993.9.10 青土社 p12

3　「寫生に就て」――小林千古氏談――『美術新報』第四巻第十五號 明治三十八年十月二十日(復刻版 1983.7.31 八木書店)

4　松井貴子氏が写生の由来について細かく調べ、イタリアから招かれた画家フォンタネージまで遡って、本来の写生の真意について「一つには自然の中から描くものを取捨選択すること、もう一つは自然をそのまま描くのではなく、絵の中心として焦点を合わせたものを精細に写し」たものだと語っている。（松井貴子「近代「写生」の系譜――子規とフォンタネージの絵画論」『比較文学』第三十九巻 1997.3.31 日本比較文学会 p9）

5　瀧精一「文人畫説」『國華』216号 明治四十一年五月

6　『國華』253号 明治四十四年六月「雜録」

7　『國華』257号 明治四十四年十月「雜録」

8　『國華』310号 大正五年三月「雜録」

9　美術の鑑賞にも自負をしていた漱石も、明治四十三年九月に「自然を離れんとする芸術」と題した文の中で、「日本画とかく人のうちに、写生々々といふ人と、気韻々々といふ人のあるのは、此広く且自由な範囲の両極を代表したもので、（中略）たゞし気韻派の弊は自然を軽んずると同時に自己の頭をも重んぜず、たゞ気韻のある作品を遺した人の頭丈を重んずるがため、徒に粉本のみに拘泥して、草木花鳥悉く同一模型より出るが如き単調に陥る事がある。」と小林千古と同じく、気韻を重視しすぎる日本画家たちの欠点を指摘している。(「自然を離れんとする芸術」〈新日本画譜の序　明治四十三年九月〉『漱石全集　第十六巻』p343.344)

10　千葉慶「日本美術思想の帝国主義化——一九一〇－二〇年代の南画再評価をめぐる一考察——」『美学』213号 2003.夏 美学会編 p57

11　三宅克己「發刊の辭」—『スケッチ月刊』第一号(スケッチ会支部 明治三十八年四月十八日 p1)

12　中島孤島「文と畫」『スケッチ月刊』第一号 明治三十八年四月十八日 スケッチ会支部 p5. 6

13　レッシング『ラオコオン』斉藤栄吉訳 1970.01.16 岩波書店 p129.317

14　ラスキン(RUSKIN) INTRODUCTION『MODERN PAINTER』塩谷栄　註釈昭和二十五年八月二十五日 研究社出版株式会社

15　『漱石全集　第十二巻』p426

16　『漱石全集　第二十五巻』p71.72

17　『漱石全集　第十九巻』p26

18　『漱石全集　第十九巻』p51

19　『書簡上　漱石全集　第二十二巻』p399

20　明治三十七年七月二十五日(月)橋口貢宛『書簡上　漱石全集　第二十二巻』p313

21　明治三十七年七月橋口貢宛『書簡上　漱石全集　第二十二巻』p314

22　『書簡上　漱石全集　第二十二巻』p400

23　匠秀夫「漱石文学と挿絵」(『日本の近代美術と文学』2004.8.12 沖積社 p195-197)

24　『評論ほか　漱石全集　第十六巻』p307.308

25　瀧精一は『國華』を主催する傍ら、大正十一年十一月に『文人画概論』(改造社)という本を出版したことでよく知られている。

26　『書簡下　漱石全集　第二十四巻』p7

27　注(26)に同じ。p89

28　注(26)に同じ。p165

29　二首とも明治四十五年七月の作と推定されている。(『漱石全集　第十八巻』p292.294)

30　『図説漱石大観』に収録されている5番の「三羽のあひる図」(図1)や、9番の「草花図」(図2)と10番の「月と芒図」(図3)などがはっきりした線が見えず、「朦朧体」とも見えるし、南画にも近い手法を用いた画である。

31　大正二年六月十一日(水)津田亀次郎宛(津田青楓)『書簡下　漱石全集　第二十四巻』p176

32　大正二年七月二十五日(金)津田亀次郎宛『書簡下　漱石全集第二十四巻』p188

33　大正二年九月二日(火)津田亀次郎宛『書簡下　漱石全集　第二十四巻』p202

34　大正元年十一月十八日(月)津田亀次郎宛『書簡下　漱石全集　第二十四巻』p117

35　大正元年十二月二日(月)津田亀次郎宛『書簡下　漱石全集　第二十四巻』p121

36　金原弘行『日本の近代美術の魅力』1999.9.20 沖積社 p68

37　佐々木剛三「竹田の世界」(鈴木進　編『竹田』1963.6.10 日本経済新聞所 p84

38　吉澤忠『水墨画美術大系／別巻第一　日本の南画』1976.2.25 株式会社講談社 p60

39　太田孝彦「文人画の変容——画論を手がかりにして」神林恒道『日本の芸術論』2000.4.25 ミネルヴァ書房 p121-123

40　大正四年五月三日（月）津田亀次郎宛『書簡下　漱石全集　第二十四巻』p419

41　大正四年十二月十四日（火）寺田寅彦宛『書簡下　漱石全集　第二十四巻』p497（下線引用者）

42　木村由花氏が「漱石と文人画——「拙」の源流——」と題した一文のなかで漱石の「青嶂紅花図」が竹田の『桃花流水詩意図』を髣髴させていると指摘している。（『日本文学の伝統と創造』1993.6.26 きょういく出版センター）

43　『道草』『漱石全集　第十巻』p48

44　『日記・断片下　漱石全集　第二十巻』p129

45　「思ひ出す事など」『漱石全集　第十二巻』p426

46　注（45）に同じ。p427

47　荒正人『増補改定漱石研究年表』1984.6.20 集英社 p339.343.346

48　『図説漱石大観』1981.5.26 角川書店

49　小川裕充『故宮博物院 南宋の絵画』1998.5.24 日本放送協会 p73.74

50　『文人画粋編第一巻王維』1975.5.5 中央公論社 p152.153

51　「座談会　漱石における東と西」（『国文学解釈と教材の研究』第八巻十四号1983.11 学燈社 p17）

52　津田青楓「漱石先生の画事」『漱石全集　別巻』p256.257

53　「文展と芸術」（『評論ほか　漱石全集　第十六巻』p507.508）

54　「素人と黒人」『漱石全集　第十六巻』p559

55　漱石は、大正三年十一月四日付け森成麟造宛ての書簡に「良寛はしきり〔に〕欲いのですとても手には入りませんか」と書いており、一年後の大正四年十一月七日にまた森成麟造に「時々先年御依頼した良寛の事を思ひ出します良寛などは手に入らないものとあきらめてはゐますが時々欲しくなりますもし縁があつたら忘れないで探してください。」と、良寛の書が欲しい気持ちを吐露し、森成に何とか探してくるように依頼した。そして、大正五年漸く願望が叶い、三月十六日にそれを斡旋してくれた森成麟造に、「良寛上人の筆蹟はかねてよりの希望にて年来御依頼致し置候処今回非常の御奮発にて懸賞の結果漸く御入手被下候由近来になき好報感謝の言葉もなく只管恐縮致候（中略）良寛の珍跡なるは申す迄もなく従つて之を得るにも随分骨を折れる位は承知致候所で是はどうしてもたゞで頂戴致すべき次第のものに無之故相応の代価を乍失礼御取り下さるやう願ひ上候」と、良寛の書を手に入れた喜びを伝え、大いにお礼を言っている。以上の書簡より、晩年の漱石がどれほど良寛の書に傾倒していたかはうかがわれよう。（『漱石全集　第二十四巻』p354.481.482.521）

56　瀧精一『文人畫概論』大正十一年十一月十一日 改造社 p25

57　芳賀徹『絵画の領分——近代日本比較文化史研究』1990.10.20 朝日新聞社 p355

58　芳賀徹氏は『草枕』に描かれている那美が野武士を待っているポーズがヴィナスを彷彿させると論及しており、新関公子氏は『草枕』や『三四郎』、『夢十夜』などの作品に織り込まれている小道具などから有名な絵画を連想させることを指摘している。また、尹相仁氏は『一夜』の女や『草枕』の那美、『虞美人草』の藤尾などの漱石の作品に登場しているヒロインの髪や視線の描写から、ロセッティなど世紀末絵画中の女性と表情やその象徴を論じ、漱石とアール・ヌーヴォーとの係わりを論証している。(芳賀徹『絵画の領分－近代日本比較文学史研究』1990.10.20朝日新聞社／新関公子『「漱石の美術愛」推理ノート』1998.6.17 平凡社／尹相仁「ヒロインの図像学－漱石のラファエル前派的想像力」(川本皓嗣編『美女の図像学』1994.3.15 思文閣)

第二章

田能村竹田から漱石へ
——文人画を軸に

第一章でも触れたが、漱石は「夫から竹田（の）雀に竹なんかも気韻の高いものですね[1]」、また「大雅の特色あるものゝうちで最上等のもの一幅及び竹田の極いゝものを一幅加へたい気が致し候[2]」など、友人への書簡で田能村竹田の絵を褒めている。この叙述から、漱石はある程度竹田の絵を見ていた、そして惹かれていることが窺われよう。漱石の絵画集である『図説漱石大観』で吉田精一氏が、漱石と竹田との関係について次のように解説している。

　田能村竹田の「春隄夜月詩意図」「梅花書屋図」「松巒古寺図」「桃花流水詩意図」「曲渓複嶺図」「積水畳巘図」などみていると、少年時の漱石がみた南画の中に竹田があったのではないかと思われる位どこか影響があるようである[3]」

『思ひ出す事など』という回想文の中にある、「小供のとき家に五六十幅の画があつた。ある時は床の間の前で、ある時は蔵の中で又ある時は虫干しの折に、余は交るがわるそれを見た。」という漱石の述懐に語られている具体的な画について、吉田精一氏が以上のように挙げている。田能村竹田の「桃花流水詩意図」については、「大正四年十月に描かれた『青嶂紅花図』は、漱石の南画の中で一番鮮やかな色彩を有し薄い緑の山々をバックに桃の花が点在している。（中略）竹田は同じ題材を『桃花流水詩意図』で扱っている[4]」という、木村由花氏の指摘もあるとおりに、漱石が作品の中で田能村竹田の作品を意識して描いたか、あるいは模倣したことは十分に考えられるだろう。しかし、それ以外の吉田精一氏が指摘した「春隄夜月詩意図」や「梅花書屋図」、「松巒古寺図」などの作品については、漱石のどの作品と連想できるのかはっきりせず、ただ「どこか影響があるようである」という、やや曖昧な表現で漱石の南画と竹田の作品との類似性に言及している。

竹田も漱石も中国の文人精神に憧れ、作品にもその影響と看做せるのが幾分かあるのは言うまでもないが、竹田が中国文人をそのまま受容したとも思えないし、漱石が中国文人または竹田の文人画精神を完全に継承したとも限らない。よって、本章では、竹田の絵画から何点か特徴のある作品、竹田の作品を彷彿させる漱石の南画、及び漱石ならではの作品を考察しながら、漱石と竹田のつながりやそれぞれの個性を見出すことを試みてみる。

第一節　竹田の文人画にみる世界

漱石に高く評価されていた竹田は、文人画壇ではどのように地位付けられているだろうか。これについて、佐々木剛三氏は、「「小青緑山水図」（図版8)、「桃源山水図巻」（図版19・20)、「亦復一楽帖」（図版2・9－13）などの高い画境は、竹田の長い期間にわたる自然との対話の末に得た結論として、日本の文人画家の到達し得た最高のものとすることが出来よう。」[5]（下線引用者。以下同。なお、図版の掲載は省く）と述べている。江戸時代に文人画家が求め続けようとしていた自然との究極の境地に竹田が達していたという高い評価である。これによれば、ある意味で竹田は江戸時代末期における文人画の集大成とも捉えられよう。中国文人のライフスタイルが憧憬され、池大雅や与謝蕪村などの大家の活動によって文人画が人気を集めていた時代を生きていた竹田は、早くも二十代から隠遁志向を吐露していたが、その願いが叶うまでには十年以上の歳月が必要であった。その願望の達成に至るまでの経緯について、佐々木剛三氏は次のように述べている。

> 文化八年（中略）の大規模な百姓一揆が勃発した。竹田は、この一揆を機会に藩政改革に関する建言書を二度にわたり提出し、一揆収拾の対策などを論じている。（中略）この建言書に見る竹田の経世の方策は当時の社会情勢の明確な把握の上に立った優れたものであるが、藩当局の採用する所とならず、また、由学館頭取伊藤鏡河がその職を罷免されたこともあり、いよいよ退隠の決意を固めて内願し、文化十年三月その許可が下り、ここの竹田は自由の身となったのである[6]。

文化十年（一八一三年）に漸く隠遁の願望が達成し、「自由の身となった」時、竹田は、すでに三十七歳であった。「大規模な百姓一揆」への対策として、竹田が考えた建言書が「藩当局の採用する所となら」なかったことが一つの契機で、竹田は隠遁の「決意を固め」たのである。このようなきっかけで始まることになった竹田の隠遁に対して、佐々木丞平氏は次のように見解を示している。

> つまりは、儒教的教養を身につけた人々で、儒教的教養主義、燃えるような理想主義と、その裏に、必ずおとずれるといってもよい挫折感とそれに伴なう老荘思想に対する傾斜の間を行き来する精神の彷徨の中にいた人といえるのである。こうした知の世界に生きる人物は日本にも居たわけである。祇園南海がそうであったし、（中略）田能村竹田はその典型といってもよい[7]。

「燃えるような理想主義と、その裏に、必ずおとずれるといってもよい挫折感とそれに伴なう老荘思想に対する傾斜」という表現は注目に値する。竹田も一般の文人と変わらぬ、仕官をやめようと決意した際、「挫折感」があったことは否定できない。「それに伴う老荘思想に対する傾斜」という文脈では、その後の生活や人生観は建設的というより、寧ろ消極的な姿勢だと受け止められる。一般にはそのようなタイプの文人が多かったろう[8]が、仕官していた頃すでに沢山の文人画を描き、また前述したとおり、二十代から隠遁を志していた竹田の場合は、たとえ挫折が一時的にはあったかもしれないが、暫らくの「挫折」のときが過ぎた後、若き青年時代から望んでいた隠遁の願望が叶った喜びや、自由の身になった解放感を竹田は、思うが儘味わったに違いない。従って、佐々木丞平氏がいう「老荘思想に対する傾斜」が見えたとしても、それは積極性[9]——目標に向かう努力——が根底にある部類の老荘思想の現れと看做した方が妥当であろう。このことは、次に掲げる高橋博巳氏の竹田の「題画詩」に関する論文の一節からも裏づけできるであろう。

> こうして竹田は文人仲間との交流を通じて詩画の世界を築いていったのであるが、画期は竹田五十歳のときの長崎遊学だった。驚くべきことに、知命の年を迎えてほとんど功成り名遂げつつあった竹田が、画法修得のためにわざわざ長崎に一年間滞在したのである。その結果、竹田は《稲川舟遊図》をはじめとする傑作を物して、竹田様式は完成をみた[10]。

「詩画の世界を築」くことも「画法修得」も隠遁生活を始めた竹田の目標と看做すことができる。竹田が文人仲間と頻繁に交流をしたり、「長崎に一年間滞在した」のも、こうした目標の達成を図るためのものであったろう。上田秋成や菅茶山、頼山陽などの名高い文人をはじめ、竹田は幅広くさまざまな文人と交流し、大阪や九州などを方々回っていた。そのような自然との対話という豊富な経験をとおして、竹田ならではの詩画の世界

——新たな自然との捉え方——を切り拓いたといっても過言ではなかろう。

さて、こうした人生の背景を持っている竹田は、絵画の創作に臨む際、どんな題材を好んでいたか、また構図においてはどんな特徴が見出せるか、次に具体的に幾つか画を見ながら、探っていく。

まず、竹田の画集『竹田』に納められている画の題材については、例えば、図版109の「七夕美人図」や図版106の「白衣大士像」などの人物を題材に扱ったものが何点か入っており、また花鳥なども少なくないが、風景を描いた山水画が圧倒的に多かった[11]。勿論、それらの山水画は創作時期によって、作風が変わったり、技法などが年毎に熟練していったりしていたのは改めて言うまでもない。「退隠のころとなって、竹田の描く山水図はその構図が複雑となり、また描かれるものが表情を持つようになるが、（中略）文化十年の「山水図」はその前の沈石田風の山水図を基礎として発展した様式と技法の延長であるが、ここでは格段の進歩のあとが看取できる。」また、「天保元年より三年にかけて絶頂に達する[12]」と、それぞれの時期の変化について、佐々木剛三氏は語っている。恐らく、隠退後、自然と向き合う時間が増え、更に交遊を通して絵画における技法を磨き続けた結果、さまざまな成果を挙げることができ、殊に晩年には文人画の究極の世界を拓いたものと捉えてよいのであろう。文人画とはそもそも、中国の王維より、職業画家と一線を画くし、技法には拘らず、寧ろ素人の拙や詩画一体の境地を求めようとしてきたのは改めて言うまでもないことであろう。よって、ここでは、絵画の技法より、竹田の絵画の構図やモチーフなどに焦点を合わせ、その特徴を考察していきたい。

（一）川や橋に拘る竹田の山水画

1　「船窓小戯帖」（図版17）[13]（図1）

文政十二年（五十三歳）の作と推測されている。遠景に小高い山、近景には木が何本か点在している小道（畦道と捉えられないこともないが、「船窓小戯帖」というタイトルから、田圃の間の畦道より川岸の小道と看倣した方がよいであろう）を、蓑を着けている二人が歩いているという構図である。「是日風浪甚恬」という竹田の説明から、雨が降っているようだが、風は穏やかな日であったことが推測できる。話しながら歩いている二人は顔がはっきり描かれてはいないが、雨が降っていることなど一向に構わず、またその歩き方より明るくて楽しそうに話していると看做せるだろう。この作品を含めこのような構図について、佐々木剛三氏は次のように論評している。

> 自然の種々相をありのままに把えることをその基本とする文人画家として、既成の常識や因習にとらわれずに写したものには、職業的画家たちの表し得なかった型破りの面白さが画面に出て、それが思いがけぬ近代性を持つことにもなっている。かくて、「船窓小戯帖」が生まれた[14]。

氏は、恐らく「自然の種々相をありのままに把える」という竹田の文人画の創作手法によって、竹田の文人画、殊に「船窓小戯帖」から、竹田の文人画の「型破りの面白さ」を見出し、そのような表現を「近代性を持」っている、と評価しているのであろう。『竹田』画集に収録されている「船窓小戯帖」は、図版16、17、18の三点が含まれている。図版16（図2）は、波が高く、極めて荒れている川の中を揺れている舟、舟に乗っている十数名の人は舟が無事に進むように帆を引っ張っている、という構図の画である。図版17は、前述したとおりに、雨の中を楽しそうに歩いている二人の農夫の絵であり、図版18（図3）は、舟で親子関係らしいの三人が章魚を売っている画である。いずれも、山などの風景が主体で、客体である人間が小さくその間に点在されるという従来の文人画の構図の型を破り、客体とされるべき人間か、人間を囲むハードウェアである舟が主体に変身している画であり、またそれこそが庶民の生活そのままの再現であり、即ち、佐々木氏がいう「自然の種々をありのままに把える」表現と言わざるを得ないのであろう。

2　「秋渓訪友図」（図版26）（図4）

山に囲まれている盆地、その盆地を川が流れており、川の下流に視座を据えて眺めた横長の山水画である。近景の左に橋がかかっており、橋の右手の平地に二人の男の姿が見え、そこから少し離れた奥の更に右の方に家屋が構えられており、中に人影がみえる。こうした構図（図5）から、手前の二人のうち一人は客であり、橋を渡って友人を訪ねてきたと推測できる。この画の中における川や橋の役割りを見落としてはならない。山に住んでいる主人公が奥山に住んでいながら、外界に閉ざしているのではなく、川や橋によって友人との交流が容易になっているのが示唆されていると思える。

3　「梅花書屋図」（図版28）（図6）

険しい山々の間を川が流れており、その山の麓に家屋が構えられ、最も手前の近景に橋がかかっており、琴か農具のようなものを背負っている人が橋を渡ろうとしており、橋を渡った少し右手の奥には話しているような二人の姿が描かれている、という構図の絵である。橋が左手の最も前に構えられている構図は奥に住んでいる主を訪問するなら、先ずこの橋を越えなければならないということを示唆していると捉えられよう。

4　「秋江風怒詩意図」（図版33）（図7）

近景の下流である川岸に視座を据えて眺めた川、少し遡った川岸に構えられている家屋、更に遠くに見える高い山という平遠の山水画である。「秋江風怒樹若林」という題詩の第一句から、嵐のような強い風が吹いている秋の川の風景と推測できる。そうした嵐にもかかわらず、近景の川岸に小舟の姿がみえ、しかも、その舟に人が載っているような気配が感じられる。嵐の日にも、というより、嵐の日に舟に乗っている風情こそが竹田の求めていた究極の地であったかもしれない。

5 「松渓聴泉図」(図版42)(図8)

視点が奥山に据えられ、険しい山が重なり、その狭い峡谷を渓流が流れており、松の木が山を覆っている山水画である。近景である渓流に橋がかかっており、その橋の上に人が座って、松の葉の囁きや泉のせせらぎを楽しんでいる、という構図である。佐々木剛三氏は、この作品に対して、「竹田の深い自然に対する情感は、画中に自然の韻律を引き出すことに成功して、真に「画中に詩あり、詩中に画ある[15]」諄乎とした画趣を盛り上げている。聴かれるはただ松籟と清流の潺湲のみの清澄秀潤な幽谷に、すべての不純物をのぞいた自然と人との一如の世界が展開する[16]」と、文人画の究極である詩画一体の境地に達している作品と看做し、高く評価している。木陰の下に位置している橋に座っている人物が、渓流の流れる音に耳を傾け、終日放心の態にかられているようすは、正に「自然と人との一如の世界」という氏の言葉そのものであろう。

6 「松泉山水図」(図版43)(図9)

「松渓聴泉図」(図版42)と構図がほぼ重なっている。図版43の方が松の木も渓流も更に強調され、そして、渓流にかかっている橋の位置が少し上流の方に描かれている。橋を中心とする中景の部分の拡大図である「松泉山水図」(図版5)、(図10)をみれば、橋には二人が話しながら座っているのがはっきりしている。顔は見えないが、二人の頭の向きから、かなり話が弾んでいると窺われる。

上掲している竹田の六点の作品は、渓流や川が画の主役とされるか、かなりクローズアップされている脇役に見える構図ばかりである。更に「秋渓訪友図」(図版26)、「梅花書屋図」(図版28)、「松渓聴泉図」(図版42)、「松泉山水図」(図版43)の四点とも川に橋がかかっている点は興味深い。勿論、中国の山水画にも日本の山水画にも山があり、川があるのは一般的であろう。が、瀧をモチーフにする場合は、瀧を引き立てるために山が脇役として登場する、そうでない場合は大抵は山が主体で、泉か川が目立たない脇役にされるか、あるいは渓流が主体である場合は険しい山の代りに小高い丘が配置されるのがよく見られる構図であろう。上掲の竹田の山水画には険しい山が主体でありながら渓流や川の存在が強調されていると同時に橋が伴われている点は興味深い。橋とは、元来、川か峡谷などで隔てられた場所を他所との交通が出来るようにする役割りがあるのは改めて言うまでもないことであろう。ここに挙げている竹田の絵には大半橋が描かれているのはいくら深い山でも、いくら辺鄙な場所でも隔絶されることなく、どこか通路が設けられるという潜在意識の反映と捉えてもよいのではなかろうか。その人間好きな性格の反映は更に次の作品にも見られる。

（二）竹田の山水画に描かれている人物

1　「亦復一楽帖」（図版9）（図11）

鈴木進編の『竹田』に収録されている「亦復一楽帖」は計七点ある。佐々木剛三氏は、七点の「亦復一楽帖」に対して、「風景、人物、花鳥など主題の別なく、意ある所自ら存在ありといった世界、これこそ文人画の極致であって、竹田が絶えず称えていた拙ということも、ここに至って理解できる[17]」と賞賛している。筆者はその七点のうち、図版9の作品に殊に惹かれ、文人画の醍醐味と称してもよいほどその芸術性を感ぜずにはいられない。山を背にして、川岸の松の木陰に座っている二人の男の人が楽しそうに話している構図の画である。手前の男は両手で右足を抱えて話を聞きながら、目の前の風景をのんびりと楽しんでいる姿である。この男に向かって座っている相手の男は自分の左の方——つまり画面の右手——を指しながら話している。指されている画面の右の中央は雲がかかっている山である。二人のポーズを含む絵の構図は恐らく、陶淵明の有名な句「雲無心以出岫」を下敷きに書かれている「雲無心而出岫入亦如此　人之処世能如此亦復一楽」という、作者が理想とする境地そのものを示唆しているだろう。絵に描かれている男の人の身振りや表情から、二人とも松の木陰、岸辺、山の麓、この自然界と一体になっているほど融合していると思える。

2 「秋渓訪友図」（図版26）（図4）

山に囲まれている川岸で、訪問に見えている友を家に案内しようとするモチーフの画である。川が遠景の山から蜿蜒と左の方の近景まで流れてくる。左手に近いところに橋がかかっており、その橋を渡って右の平地に二人の男が描かれている。そして、少し離れている右奥の方に家があり、その家では主が客のためにお茶でも用意しながら客を待っている様子が見える。つまり、左手にある橋を渡って来た訪問客を、家の書生かまたは主自身が表まで迎えに行き、家まで案内する、という情景の画として解ける。奥山まで来た訪問者が友人に会いたい気持ちも、客を待ち焦がれている招待側の期待の心情も画面に躍如している。

3 「梅花書屋図」図版28（図6）

前項目ですでに取り上げて説明したが、険しい山々の間を川が流れており、その山の麓に家屋が構えられ、もっとも手前の近景に橋がかかっていて、琴か農具のようなものを背負っている人がその橋を渡ろうとしており、橋を渡った少し右手の奥に話しているような二人の姿が描かれている、という構図の絵である。その奥に立っている人が家屋の方向を指しながら、手前の人に話している様子から、訪問客を自分の家へ案内しようとする画と捉えられないこともない。タイトルには訪問などの言葉は見当たらないが、人物の位置や仕草などから、前項の「秋渓訪友図」と同じく、梅の花が咲いている美しい季節に奥山に住んでいる友人を訪問する、あるいは逆に友人を山に花見に誘った[18]という情況の画として推測できよう。

4 「稲川舟遊図」（図版40・41）（図12.13）

図版40の「稲川舟遊図」は途中には色々な木が点在されているが、遠

景から蜿蜒と川が近景までずっと流れてくる、まるで川がモチーフと思われる構図の画である。近景の部分を拡大した図版41（図13）には、最も近景である川岸で、二人がそれぞれ小舟に乗って話しながら釣りを楽しんでいる様子が描かれ、少し離れたところにはもう一隻の小舟が見える。更に進んでいくと、画面の中心にある橋を渡ろうとしている人の姿が描かれている。鋤のような農具を肩にかけて片方の手で、牛の首につけた綱を引いて川の向こう側に渡ろうとする農夫である。この画の構図について、佐々木剛三氏は、次のように意見を示している。

　それが現実認識の変化に従って、いっそう明瞭に、いっそう意識されて現われてきたのである。例えば、文政十二年（一八二九、五十三歳）の「稲川舟遊図（図版4・41-42）、天保元年の「暁粧図」がそれである。「稲川舟遊図」の、竹田には珍しい現実的なマチエールな感覚は他にほとんど例のないものであり、また、この構図の表現するいかにも長閑な味わいは、京都派の風景画のそれでなくて何であろう[19]。

氏の指摘の通りに、「稲川舟遊図」は「現実的なマチエール」と看做せる。但し、「他にほとんど例のないもの」という見解は果たして的確であろうかは疑問である。なぜなら、次に説明する「軽舟読画図」（図版59）、後の項目で解く「船窓小戯帖」（図版18）や「舟中売章魚図」（図版38）、また「暁粧図」（図版39）など、人物の構図から考えれば、いずれも「現実的なマチエール」な感覚と看做しても差し支えがないからである。

5　「軽舟読画図」（図版59）（図14）

これは図版58を拡大したもので、全体の画は重なる山から川が流れてくる山水画であり、近景の川に浮かぶ舟がこの画のポイントとなっている。その舟には船頭以外に客が三人乗っており、そのうちの一人が持っている画のようなものを三人が眺めこみながら議論している様子である。画の鑑賞が目的かあるいは同じ趣味によって三人が集まっていると推測できる。

以上の五点の作品に描かれている人物がいずれも一人ではなく、常に友に伴われている点は興味深い。友人を訪問する、または画の鑑賞や花見などの目的によって友人が集まるというモチーフで共通している。例えば、「梅花書屋図」（図版28）（図6）は梅の花見の誘いに応じ友人を訪問する、「稲川舟遊図」（図版40）（図12.13）は釣りという共通の趣味で友人と会っている、あるいは釣りという趣味を通して友が出来た、そして「軽舟読画図」（図版59）（図14）は画を嗜んでいる友人が集まっている、など特定の趣味で友人とつながっているとして捉えられる画ばかりである。文人画の世界では、梅の花が君子の象徴と看做され、釣りが隠遁の世界や理想郷につながり、そして、画が文人の世界のシンボルであるのは贅言するまでもなかろう。すなわち、花を以って友に会す、釣りを以って友に会す、画を以って友に会す、という文人の究極の世界が以上の絵を通して繰り広げられていると言えよう。

（三）竹田の山水画にみる主人公の趣味

1 「梅花山水図」（図版29）（図15）

遠景に険しい山が聳え、近景には大きな岩及び梅の木があり、その手前、つまり最も鑑賞者に近いところに川が流れており、満開の梅の花の下に二人の男の人が立っているという構図の画である。前項に述べている「花を以って友に会す」というモチーフが十分に表わされている。のみならず、川岸に小さい台が置かれており、その台の上にお茶のセットが用意されているのがはっきりと見える。花見——君子の象徴である梅の花見——をしながらお茶を楽しむのは文人の「雅」な趣味の表れであるのは明らかであろう。

2　「風雨渡渓図」（図版34）（図16）

遠景の山と近景の家屋の部分との間が大きな川で隔てられている構図の山水画である。「落木号乎各自鳴、鑑光忽破万波生、葉飛」如艇々如葉、一棹斜衝風雨行、船頭出没幾」多峰、尺余傘底坐才容、風雨草堂如此夜、燈孤」炉小話偏濃、奉似逸雲高士笑正　竹田生憲」という題詩の内容から、風が相当強く、雨も頻りに降っている日であることが窺われる。嵐のような天候の中、川を遡っている小舟が弱い葉のように見え、際どい場面である様子が想像できる。一方、近景にある家屋はどんな風景であろうか。右下の近景を拡大した（図17）を見れば、風のせいで家屋の周囲の木がかなり揺れている。にもかかわらず、この家屋の二階には二人の人影が見え、いずれも外の風景を眺めている様子がある。上掲の題詩によれば、友人との話が大変はずんでいるようで川を渡ろうとする舟を眺めているのか、あるいは船を待っている様子にも見える。その下の部屋では男がお茶か御膳でも用意しているような雰囲気の風景である。

3　「考盤図」（図版55）（図18）

相変わらず険しい山の重なりで、その間を川が流れている縦長の山水画である。画面の中央の平になっているところに座っている三人の男たちが話しながら、いずれも寛いでいるような仕草でいるのが分かる。そこから少し右に松の木があり、その木の下で、書生のような人がお茶を点てている（図19）。三人から少し近景に近付いた川岸に足を川に下して寛いでいる男が描かれている。この男が三人の方をやや向いているようなポーズをとっている様子から、三人の仲間であることも十分に考えられるだろう。つまり、これらの人たちが誰かの誘いでここに集まって、お茶を飲みながら友に会い、友情を温めているという捉え方もできないことはなかろう。

4　「澗道石門詩意図」（図版70）（図20）

険しい山々の間を川が近景まで流れ、近景に近い、山に囲まれている平のところに家屋が構えられている縦長の山水画である。その家屋の部分を拡大すれば（図21）、左側応接間風の簡素な部屋に男が二人向かい合って座っており、その応接間の横に炊事場みたいな部屋があり、そこで男が一人お茶を点てているか、または料理を準備しているかのような風景に見える。この書生らしい人は恐らく応接風の部屋にいる主とその友人のために、炊事場でお茶を点てているとも考えられるだろう。

以上の四点の画のうち、2番と4番は室内であるがゆえ、御膳を用意する可能性もないことはないが、実際、竹田は画のほかにお茶も嗜んでおり、中国茶にも相当詳しいことから、四点の山水画に描かれている釜や薬缶などの前に座っている人がお茶を点てていると捉えた方が適切であろう。となれば、上掲した四点の画は、友人や仲間とお茶を味わいながら寛ぎ、楽しんでいるという点で共通しているのが明らかであろう。つまり、前の項目で述べた友に会するのは花見、釣り、画の鑑賞のほかに、更に茶道が加わるのである。茶を以って友に会すという江戸後期の文人のライフスタイルの一端を、竹田の文人画を通しても窺われよう。

（四）竹田の文人画から伝わってくる生活の匂い

1 「船窓小戯帖」（図版18）（図3）

文政十二年竹田が五十三歳の作品である。平遠の山水画であるが、岡くらいの小高い山の遠景よりは、大人一人、及び男の子らしき子が二人乗っている舟である近景の方が主役に見えるという構図の画である。舟の中央から右の端までのスペースをとって父親らしい人が、釜の前で炊飯をしているのか、捕れた章魚などを茹ででもいるのか調理をしている様子がある。また左のスペースには男の子が二人おり、一人がそこを通りかかる客に章魚を売ろうとするような感じで、もう一人がその手伝いをしているなど、舟の中の様子が細かく描かれている。

2　「舟中売章魚図」(図版38)(図22)

「船窓小戯帖」(図版18)(図3) と殆んど構図が重なっているが、「舟中売章魚図」では遠景の山が省かれ、親子三人が乗っている舟の部分が画の焦点となるように更にクローズアップされている作品である。いずれの人物も表情が明るくて、章魚売りの生活を楽しんでいるような雰囲気の画と言えよう。このような作品に対して、佐々木剛三氏は、次のように評価している。

> 竹田の到達した高い画境を支えるものは、彼の深い教養や優れた詩人的才能、そして文人としての高い理想であることはこれまでのべてきたが、当然のことながら彼の持つ造形感覚と豊かな人間性も忘れてはならない。動的な画面の中に、湧きあがる感動を内に抑えて描かれたこれらの図は、また温かい人間味と詩情をたたえて我々に語りかけてくる[20]。

恐らく、川の流れ及び波で少し傾いている舟、そして何よりも親子三人の表情や仕草によって、氏は「動的な画面」、「温かい人間味と詩情」と称えたのであろう。とりわけ「船窓小戯帖」の方が生き生きとしている二人の男の子の表情や、釜から煙が裏の山の方へと立ち上っているなどの表現によって、生活の匂いが鑑賞者のところにまで伝わってくるのである。こうした生活の匂いに溢れている作品は他に次の「暁粧図」が挙げられる。

3　「暁粧図」(図版39)(図23・24)

近景の高いところから俯瞰した風景で、山に囲まれている家屋が見え隠れしており、それらの山々に木が茂っている山水画である。全体的には木の表現に力を入れたような感じであるが、近景から少し奥の方に行くと、周囲に木々が植えられている屋敷が作品全体のポイントと看做せる。そこには二階建ての家屋が構えられており、手前一階の部屋にはこの屋敷の主であろうか、読書でもしているようで、奥二階の部屋には女主人であろうか、鏡の前に座って丁寧に化粧をしている風景がある。「芝蘭生於深林不以無人而不労」という、竹田の題詩から、ここの女主は奥山にいるからといって化粧を怠るのではなく、このように我が主人一人のみのためにでも、まめに装い、最も美しい姿を見せようとしている、言い換えれば、奥にある山でも讃えられる価値のある美しい風景であるという、創作者の感動がこの画のモチーフと捉えられるだろう。一方、この題詩をつけた後、竹田が「陰々夏木覆園池、昨日春花己」謝枝、少婦閨中思無限、更開明鏡掃双眉」という、初夏に因んだ兄観瀾の詩に感銘を受けて更に付け加えたものがある。春の花がすべて散ってしまい、木々が茂り、夏の池を覆っている。散った花に思いを寄せ、若い女主人は花と同じように自分の美貌も褪せて行くことが思わず気になり、今日は一層装いに力が入っているのである。こうした詩的でありながら、色褪せることへの懸念、そこから構える姿勢——旦那について奥山に隠居している女性の焦っている心理——などのリアルさが同時にこの作品では感じられるのではなかろうか。言葉を換えれば、この画では、男性中心の世界である一般的な文人画のテーマから離れ、女性に焦点を合わせたのは正に佐々木剛三氏の所謂「現実的なマチエール[21]」な感覚そのものであろう。

4 「小青緑山水図」(図版8)(図25)

相変わらず山々が重なり、その険しい山々の峡谷を川が遠景から蜿蜒へと流れてくる山水画である。ここで興味深く感じるのは極めて奥深い山に視点が据えられていながら、岸辺に描かれている賑やかな風景や山の間に散在している人家の多いことである。従来の文人画の山々では、人が多くてもせいぜい三、四人程点在している構図がほとんどである。が、竹田のこの「小青緑山水図」には、はっきりと何人か集まっている、あるいは家屋が何軒か集中していると見えるのが九箇所にも上っている。先ず、左の最も遠方から見ていくと、左の連峰の最も高いところに何軒か家屋が見え、そこから少し下ってくれば、渓流に面している連峰の右側に一箇所、更にやや左に進んだところから徐々に高さが下がっていくにつれ、合わせて三箇所、そして近景の左側の岸辺及び右の岸辺と、右側の連峰の中程にある平のところに、合わせて九箇所に人が集まっているか、家屋が集中しているといった風景がこの作品の特徴であり、文人画としては珍しい構図だと言わずにはいられない。勿論人々の顔ははっきりと描かれてはいないが、なかんずく、近景にある川の両側の風景、及び右連峰の中程にある村らしい構図に注目したい（図26）。右近景の川岸には川の向こう側に声をかけているように手を挙げている二人の姿が描かれている。声をかけられている対象はその向こう側の、舟を漕いでいる人か舟に乗っている客と考えられる。その人たちの手の挙げ方や身振り及び家の前で腰を曲げて何か仕事をやっている人の姿は、いかにもダイナミックな雰囲気が感じられる。更に右連峰の中程にある集落に目を向けよう。家屋の中に商いでもしているかのような雰囲気の挨拶が見られ、広場の前には驢馬か牛などの家畜の姿や、挨拶を交わす人たちの姿などいずれも活動写真のような雰囲気で、農村の匂いが濃厚な画である。これこそが「船窓小戯帖」（図版18）と共に、佐々木氏が言う「動的な画面の中に」にある「温かい人間味と詩情をたたえて[22]」いる作品の類と称することができよう。と同時にそこに竹田の文人画の写実性を見出すことも出来よう。

以上の四点の作品は、捕れた章魚を小舟で売ったり、炊事をしたりする親子三人の姿も、奥山で亭主と暮らしている若い女主人が訪問客がいるかいまいかなど一向に構わず、丁寧に装いをして一日の始まりを迎えようとするその姿も、また辺鄙な奥山でありながら、その川岸の賑わいや山麓にある集落に感じられるバイタリティーも文人画でありながら、生活のにおいが強く漂う点で共通していると言わざるを得ない。それらは、まさに江戸時代を生きていた庶民の生活ぶりや明るさが如実に再現しているものと言えよう。

第二節　漱石の南画が語る世界

『日本南画史』の中で、「南画という語は日本だけに通用する独特のもので[23]」という叙述の通りに、中国では画家の出身別やまたは時代別によって南宗画や南宋画などの名称はあるが、南画という言葉は見当たらず、王維から始まると言われる詩文一体の境地をモットーとするものは、文人画という表現でしか使われていなかった。第一章でも触れていたが、日本では文人画＝南画と看做されているが、日本に伝わった当初には文人画とそのまま称せられていたのである。

> 日本の文人画を手掛けた者の中には、農民の出身者もいれば画工ともいい得る専門画家や商人もいる。（中略）事実、この南画という言葉は明治以降日本に定着し、文人画という言い方よりも一般的に使用されている[24]。

佐々木氏の調べによると、南画という言葉は「明治以降」になってから定着し、その後、江戸時代に使われていた文人画という表現より広く使われるようになったのである。漱石の場合は殆んど南画ということばを使っていたようであるため、漱石の項目においては敢えて南画という言葉を使うことを断っておく。

（一）漱石の南画に描かれている人物

1　「閑来放鶴図」（図版42）（図27）[25]

仰視による険しい山の風景であり、松の木で山々が覆われ、山の間にある僅かな平地に構えられた隠者風の家屋の前に二羽の鶴が餌でものんびりと食べている、という隠遁世界の画である。鶴がいる平地の他、更に奥に進んだ山の間にも、この平地から少し離れた左の山の中にも何軒か人家が見え隠れしている。この画のモチーフについての先行研究を次に掲げておく。

(1) 「厓臨碧水図」と同様に、筆者は画中の主役を演じている景物となっていると思うが、詩中に詠出する「四山の青」の中で、ひときわめだつ存在が、この松林だし、易経を読むにふさわしい虚堂もまた松林中にあることに注目するものである。虚堂の前に放鶴を見るのは、仙境を意味している[26]。

(2) 山人が、大宇宙の中において粟つぶのように小さな草堂でのんびりと明け暮れしている。そしてこの山人の眼中には、ただぐるりの山々の青さだけが映るだけで、俗世間の人が嘱目するようなものは一向入って来ない。

暇つぶしには、高い古松のもとで鶴を放ってその鳴き声を聞いて悦に入ること、またがらんとした部屋に入って『易経』を読むといった風流ぶり[27]。

(1)は安部成得氏の「漱石の題画詩について」と題した論文の一節であり、(2)は飯田利行氏の『新訳　漱石詩集』から引用した一節である。両氏とも画に焦点を合わせるのではなく、画に題している漢詩「起臥乾坤一草亭　眼中只有四山青　閑來放鶴長松下　又上虚堂讀易經」の内容を考察しながら、以上のような「易経を読む」とか「四山の青」、または「虚堂の前」など、絵だけでは読み取れない具体的な表現を用いている。安部氏の指摘の通りに、虚堂や易経という表現は仙界につながる象徴として捉えられる。または飯田氏の見解のように「風流」の極地と看做せないこともない。それより、筆者は絵の表現に興味深く感じる。この主役の平地の家屋を拡大してみれば、最も手前に近い部屋の中に外に背を向けて座っているようなポーズを取っている男の姿が微かに見える（図28）。先ず、こんなに巨大な山々の山水画には家屋が何軒か、また村落みたいなところも点在しているが、人間の姿は一人しか描かれていない。きわめて示唆的な描き方としか言いようがない。上掲(1)の引用文にある安部氏の「筆者は画中の主役を演じている景物」という説に従えば、つまり漱石の身に置き換えて見ると、絵に描かれている家屋の主人公の心境を推測することができるのである。明治三十九年七月二十五日浜武元次に宛てた漱石の書簡には、「此方は毎日御苦しみの方で何とも申されない位。文債を果す約束はある、人はくる、めしを食ふ、腹がはる、薬を飲む、文章を書く気がなくなる、かくひまもなくなる。(中略)「無人島の天子とならば涼しかろ」是は発句なり[28]」と、誰もいないところに行きたい心境が語られた箇所がある。また、同年『草枕』執筆前の九月十八日に畔柳芥舟宛の書簡には「近来来客で食傷の気味あり。(中略) 草枕の画工見た様になつて一ヶ月ばかり遊びたい[29]」と、生活への倦怠感が感じられる一節がある。無論、持病の胃痛の苦しみも一つの理由であったろうが、原稿依頼の殺到や世間の付き合いなど世俗の煩いを若いころから漱石が絶えず感じていたのは周知のとおりである。そうした状態に陥っている漱石は、南画の創作をとおして、『草枕』に描かれている画工のごとく、精神的に暫しの間でも「閑来放鶴図」に広げられている仙境みたいな世界へ逃れ、奥山で長閑な一時を味わうことができたのであろう。こうした背景から、人間の姿は一人に拘られたと受け止められるのであろう。このような人物の設定は次の「孤客入石門図」にも見られる。

2 「孤客入石門図」(図版44)(図29)

岩壁に沿って奔る山道を、驢馬か馬かに乗っている人が、更に遠景の険しい山の麓にある簡素な庵に差し向かっているようで、ゆっくりと進んでいる風景の画である。安部氏は石門を含め、画に添えてある題詩「碧落孤雲盡　虚明鳥道通　遲遲驢背客　獨入石門中」のモチーフについて、次のように解いている。

「石門」に注して、「石の門、石を穿って作った門ではなく、磐石が、どっかと通路に置かれた門。つまり名利にあくせくしている俗人は入ることを拒まれている絶対不動の門。」といわれた。しかし、漱石のかいた石門を観察するかぎり漱石が石門をかいた画は、「一路万松図」がある。画で見るかぎり石をうがって作った門である。また、石門を読み込んだ作には、大正五年九月一日の作「石門　路遠くして尋ぬるを容さず」の句ではじまる近体の七言律詩がある。この詩は「驢背の客」の尋ね到った別天地（仙境）を詠じたもののごとくである[30]。

氏は「盤石が、どっかと通路に置かれた門」「俗人は入ることを拒まれている絶対不動の門」という飯田氏の解釈に従わず、「石をうがって作った門」と看做している。石門に対する見方の違いで、この画に描かれている「孤客」の指している目標の捉えかたも異なってくる。「孤客」が求めようとする世界は「俗界にうごめく人々をしりめに、関された磐石の門[31]」のかなたにあり、寧ろ禅の世界につながるのは飯田氏の主張である。一方、安部氏は驢馬に乗っている客が「尋ね到った」のは「別天地（仙境）」であるという見解を示している。この石門はうがったものであるか、否かは論断しがたい。それより、筆者は「孤客」（図30）の描き方に注目したい。岩壁に沿っている山の中にある細道にたった一人の「孤客」という風景だけでいかに寂しいかが想像できる。更に「遅遅驢背客」という詩の表現では、客も驢馬もかなり遠い道のりを辿ってきた、両方と草臥れていることが明らかであり、画に描かれている「孤客」も嬉しい表情の代りに何か考え込んでいるとも思われるような真剣な表情、などの情況から安部氏の「別天地（仙境）」説より、飯田氏の禅を求めようとする説の方が適切であろう。

さて、「孤客」の客と言う表現から、奥山に住んでいる人間ではなく、ここへの訪問客と看做すべきであろう。石門の部分を拡大してみれば、門をぬけたところに微かに一人の姿が見える。ここでは、竹田の絵を思い浮かべずにいられない。第一節で考察したが、竹田の山水画には人物が大抵二人、三人、多い場合には六、七人がかかわっているのも少なくない。例えば、「桐陰高士図」竹田（図版73）（図31·32）はタイトルのとおりに孤高の文士、しかも社会から離れて一人が辺鄙なところに庵を構えていると推測されがちであるが、庵の部分を拡大して見てみれば、中間に座をとっている主人公らしい人が外側に向かっており、その奥の左と右にそれぞれ一人ずつ座っているのが見える。更に画につけてある題詩の一部である、「時迎酔客兼吟客、儘看他郷作」故郷、老大所耽唯適意、終朝笑話」倚藤牀」に詠われている通りに、一人ではないことが窺われる。「高士」でありながら、暗い雰囲気が見当たらず、「終朝笑話」という表現の通りに、恐らく趣味や意気投合の友人であるため、終日話が弾み、明るい雰囲気に満ちている情況であろう。即ち、竹田の「高士」であろう、「驢背尋梅図」（図版69）（図33）にしろ、「琴客候門図」（図版44）（図34）の客と主の情況にしろ、いずれも一人ではなく、複数の人が登場し、登場人物が互に交流するというのが竹田の絵に描かれている人物の特徴と言えよう。それに対して、漱石の南画の場合は竹田ときわめて異なっており、例えば「孤客入石門図」には外来の客以外に、もう一人の客か現地の人が画面に登場しているにもかかわらず、互に交流する気配などは見えず、画面全体には寂しい、暗い雰囲気が漂っているとしか捉えようがない。内省する姿勢が隠しきれない漱石は、常に交流を楽しむ竹田のような真似ができず、この画の創作に臨んでいた時にも恐らくその「孤客」に自分を重ねたゆえ、禅を求めようとする真剣な表情しか描けなかったのではなかろうか。

3　「山下隠栖図」（図版48）（図35）

最も近いところに岩があり、その次は家屋、家屋の前と裏にはそれぞれ一本の木があり、そのすぐ裏には山、そして山には大きな雲がかかっているという構図の画である。家屋が画の主役と思われるように画の中央に構えられ、家の前にもすぐ右手にも岩がある。つまり家が岩に囲まれている、かなり辺鄙なところにあると推測できる。また、家屋の裏の山に厚い雲がかかっている点から、きわめて高い山に住まいを構えていることも窺われる。部屋の中にははっきりと男が一人座っている、など象徴的な描き方である。ここで竹田の「秋渓読書図」（図版32）（図36）を思い起こそう。主役が同じく簡素な部屋にいる隠遁者らしい人であり、家屋の裏が険しい山である点で共通している。漱石の「山下隠栖図」は明らかに竹田の「秋渓読書図」を彷彿させると言える。竹田の画にある題詩「晴山歴々遠容明、晩水瀏々徹底清、千歳」誅茅家此際、読書閑坐慰残生」から、王維の晩年の境遇と似通っていると捉えられる。前述したとおりに、三十六歳の時の認められなかった建言書がきっかけで、三十七歳にして長年の隠居の志を果たすことができた竹田は、交遊の生活の中で画の技法を磨き続けてきた。晩年に描いたこの作品には志が認められない悔しさが全然ないとは言い切れないが、読書をしながら、雄大な山や清らかな川に囲まれている閑静な生活に満足している竹田の心境、あるいは画に描かれている主人公の表情から、いずれも長閑な雰囲気であるのが窺えよう。それに比べ、漱石の「山下隠栖図」に描かれている隠者は手には何も持っておらず、ただただ山の方向に目を向けているのである。それは山の奥深さを考えているとも捉えられ、また内省しているとも受け止められよう。更に、家屋の周りの植物も主人公の内面に合わせるかのように、竹田の「秋渓読書図」では梅か美しい花が咲く木々であるのが、漱石の「山下隠栖図」ではその美しさの代りに、穏やかな木々が描かれているだけである。

上掲した三点の漱石の作品には、奥深い山に焦点が据えられている山水画にいる主人公が一人であり、その主人公が内省しているか、考え込んでいる表情——言い換えれば明るい表情より真剣そうな表情——という点で共通していることが言えよう。

（二）桃源郷がモチーフとされる漱石の南画

1　「青嶂紅花図」（図版47）（図37）

険しい山々の左を渓流が遠景から流れてきており、重なっている山々はピンク色の花に覆われており、山間の平地に家が何軒か見え隠れしている風景である。ピンク色の花は言うまでもなく桃源郷の象徴である桃の花であり、近景にある渓流に小舟が浮かんでいるという構図は見事に陶淵明の『桃花源記』の桃源郷をなぞらえているのは明らかであろう。木村由花氏はそれを指摘するとともに竹田の作品との類似性にも言及している。

> 竹田は同じ題材を『桃花流水詩意図』で扱っている。（中略）明らかに李白の「山中問答」に依拠している。そしてまた李白は陶淵明の「桃花源記」を踏まえていることを考えると、漱石が生涯を通じて強い影響を受けた陶淵明の桃源境がまさしくここに完成したと言わなければならない[32]。

竹田の『桃花流水詩意図』（図版53）（図38）に題してある「桃花流水杳然去、別有天地非人間」という詩句が李白の有名な「山中問答」を踏まえられ、画の寓意とされている、という氏の見解である。「桃花」及び「流水」だけで陶淵明の「桃花源記」を彷彿させ、更に「別有天地」も「非人間」も俗世界ではなく、仙界であるか隠遁者世界、即ち桃源郷を示唆しているのは言うまでもない。奥山に囲まれている別天地がモチーフである点で両者は一致している。とはいうものの、村落が見当たらず、代りに桃の花の下で話を交わしている隠者風姿の二人（図39）が描かれている竹田の『桃花流水詩意図』はより風流で、詩的雰囲気[33]が強く感じられるが、一方、漱石の「青嶂紅花図」には詩的な要素が薄く、桃の花の林にある集落や老人と子供の姿、及び渓流や漁師などで理想郷を表現しようとする作者の意図が強く感じられると言わざるを得ないのである。

2　「山上有山図」（図版39）（図40）

遠景の山と木が茂っている近景である川岸とが広大な川で隔てられている山水画である。向かい側の岸辺に浮んでいる小舟、及び遠景の険しい山が重なっているのは意味深い。

「山上有山路不通」を、飯田利行氏の『漱石詩集訳』が

出路不通、桃花源のような仙境のこと。

とし、詩の大意をのべる冒頭に

仙郷には出路は不要。つまり路はないのである……

といわれたのは、全くわが意を得たものである。漱石はこの画の場面設定に、外界から隔絶された「絶境」（「桃花源の記」に見える語）の、とある川添いの村里の岸べに「わざわざ呑気な扁舟を泛べて」（『草枕』一）糸を垂れる釣翁をおいたのである。この詩はそうした南画的な世界を説明したことになろう[34]。

安部成得氏は飯田利行氏の説に従い、画に付けてある題詩「山上有山路不通　柳陰多柳水西東　扁舟盡日孤村岸　幾度鷺群訪釣翁」にある、山が重なる設定を外界と隔絶された情況設定と捉え、その岸辺でのんびりと釣りを楽しんでいる風景は、即ち「南画的な世界」と看做している。柳や「扁舟」だけでも文人や隠遁者世界の象徴であり、更に「盡日」（終日）、人気のない村の岸辺にその舟を漕がず、そのまま浮ばせているという表現によって、主人公は如何に世俗の世界に背を向いているのか、釣りをしていながら釣れるか否かなど一向に気にかけていないのはまさに無為、その人生態度であろう[35]。桃の花もなく、麗らかな春の季節でもないが、外界の紛らわしさや煩いから完全に遮断された、閑静でまるで時間が静止したような夏の桃源郷そのものであろう。桃源郷と捉えられる作品は他にもう一つ挙げられる。

3 「樹下釣魚図」（図版30）（図41）

大きな木が二本、その木陰に漁夫（取り敢えず漁夫と称せよう）が釣りをしている構図の画である。漁夫という題材の持つ意味について、安部氏は次のように見解を示している。

> 「柳陰漁夫図」といってよい図柄のものである。柳と漁夫との取り合わせに注目したい。漱石にとって「漁夫（人）」とは、「漁夫の辞」（中略）陶淵明の「桃花源の記」に見える「魚を捕えることを生業とする」ような単なる漁夫（人）とは異なるものであって、漱石はそこに出世間的な世界の雰囲気をかもし出すものとして、詩（画の場合も同じ）の中に「漁翁」（釣翁）を持ち出しているのである[36]。

陶淵明の「桃花源記」にある生計として漁をしている漁師とは異なり、この画に描かれている漁夫は「出世間的な世界の雰囲気をかもし出す」ものという意図で設定されていると、氏は画における漁夫の役割りを看做している。単なる生計を図るために釣りをしている漁師とは異なると言う氏の意見に全く賛成はするが、主人公のポーズや表情を見落としてはならない。プロの漁夫であれば、魚が釣れるか気になり、竿を手にしっかりと握っているのが一般的であろう。しかし、画の主人公はどうであろうか。竿を横に置きっぱなしにして、木の幹に寄りかかっており、遠いところを眺めているか、物思いに耽っているとも見えるような表情である。言い換えれば、喜びや生命力に溢れるような桃源郷とはやや隔たりがあり、俗世間に夢を抱かなくなり、消極的な姿勢でこの世界に身を投げたという雰囲気の桃源郷としか言いようがないのである。

以上の三点の漱石の南画は、陶淵明など中国の文人が憧れていた桃源郷の再現という点で共通していながらも、微妙に異なっている。「青嶂紅花図」は豊かで明るい雰囲気に溢れ、そこの人物がその世界に溶け込んでいると受け止めても差し支えがないと言える。それに比べ、「山上有山図」に描かれている世界は明るい雰囲気とはうって変わって、閑静なムードに満ちており、外界に無関心という主人公の処世態度が匂える。そして「樹下釣魚図」に至るや、まず明るい雰囲気が消えてしまい、漁夫——否、プロの漁夫とは異なっているため隠者というべきだろう——隠者である主人公は、外界に背を向けながら遠い外の世界を懸念している憂鬱な表情が隠しきれない。安部氏は漱石の南画に描かれている世界を次にように見解を示している。

青楓氏が、漱石は、現実の生活の圧迫からの逃避場所を画にもとめて、遊んだことをいわれたのである。もともと淵明や王維の詩境にあこがれた東洋趣味の漱石の描く山水画が「人間世界を逃避する一種の隠逸主義を出」すのは、当然の帰結といってよい[37]。

「樹下釣魚図」の主人公は、氏の所謂「人間世界を逃避する」という説が最も当て嵌まる例と言えよう。生活の束縛からしばしば逃げようと思っていた漱石は暫し安息する場として南画の虚構の世界にそれを求めたが、その憂いを隠し切れない主人公は如何にも漱石自身の投影と思われるだろう。

（三）虚構でありながら写実的な漱石の南画

1　「竹林農夫図」（図版34）（図42）

文人画の題材について、次に掲げる幾つかの資料で把握できる。

(1)　竹林山水圖の如き實に逸品である。その竹を畫き山岩を描く、何等氣取り氣のない、極めて率直な表出法を以てして、是程の靜かに落附いた深味のある畫を畫く事の出來るのは、決して技巧の所為ではない[38]。

⑵　文人画においては山水画を第一とする。しかも水墨に重きをおく。花木にも及ぶが、宋元時代では墨竹、墨梅をたっとぶ。また枯木樹石などの淡白な題材をえらぶ。すべてその幽玄さを愛するからである[39]。

⑶　文人画の主要な画題に竹図がある。主に水墨でもって描かれるところから、墨竹という。（中略）なお竹が文人画の画題として選ばれるのは、自然の性や視覚的に美しく感じるだけではなくて、これらに対し人間の精神的な高い境地が付託される。本来文人画のもつ理想的な精神性の表出として描かれるのである。まさに文人画の真骨頂を示す画題ともいえるのである。

竹は高尚·高雅·高節·高潔な心情を象徴する植物とされる。文人たちはこのような精神性を備えた植物を、四君子として選んだ。四君子とは蘭·竹·梅·菊の品格豊かな四種の植物である。四君子画は文人画のみならず。東洋画の主要な画題ともなった[40]。

⑴は明治時代の美術誌『國華』の主宰である瀧精一の著書『文人畫概論』の一節であり、⑵は文人画の始祖である王維の関係作品を収録した画集である『文人画粋編第一巻王維』に書かれている解説であり、⑶は大槻幹郎氏が文人画の歴史や特徴について述べた文の一節である。竹は、節があることで人間の節操を守る精神に通じ、まっすぐ立っている様子は君子の悪環境に屈しない内面の表われと思われ、古き時代から現代に至るまで、「高尚·高雅·高節·高潔な心情を象徴する植物」とされ、蘭·梅·菊と共に四君子と称せられることは、以上の引用文から明らかであろう。それゆえ、日本でも中国でも、古くから多くの文人に愛されている。例えば、王維の『輞川集』に収められている17番の「竹里館」――「獨坐幽篁裏、彈琴復長嘯、深林人不知、明月來相照」――には竹林に囲まれている詩人のライフスタイルや竹に託している詩人の気高い精神がよく詠われている。そのような王維の隠遁精神に憧れていたのだろうか、漱石は書簡や日記などでよく王維に触れたほか、初期作品である『草枕』でも俗塵を

遁れるには究極の境地として、主人公は思索した挙句、王維のこの「竹里館」を挙げているのである。竹、竹林は文人画の中では隠者の隠れ場として捉えられ、文人の精神のシンボルとされるのは、漱石が十分に心得ているのは言うまでもない。こうした漱石は竹の墨絵を沢山描いた。とは言え、この「竹林農夫図」は上記の君子や隠者の精神以外に、また他の意味が含まれていることを見落としてはなるまい。

画面全体が茂っている竹林で覆われ、近景には鋤を肩にかけている百姓と鶏が二羽、そして竹藪の奥にはもう一人働いている人の姿が見えるという構図の画である。ここで幾つか注目したい点がある。まず、奥にいる人は、白の作業着に青のもんぺ、そして頭に白の頭巾を被っており、更にその優しそうな仕草から、女性にしか見えない点である。南画（文人画）、特に山水画を描く際、隠遁者世界の象徴として、険しい山、重なっている奥山と川が画面の全体を占め、人物はあくまでも脇役で、しかも男性に限っているのが暗黙の約束である[41]。この「竹林農夫図」に女性が描かれているのは家庭的なムードを醸し出そうとする作者の意図として捉えられる。のみならず、二羽の鶏の頭の描き方に注目したい。よく見てみれば、人間と同じく、雄鶏と雌鳥というペアの設定になっているとみえ、つまり、子供や次の世代が生まれる、生命が永遠に繁栄していくということを示唆していると窺われよう。

生命の繁栄のほか、竹林を題材にしたのも意味深い。勿論、最も単純に考えれば、竹の子という食材面として考えられるほか、また竹を家具や建材としてもその経済的価値を十分に発揮することが出来るからである。竹は一つの生計として立派にその役割りを果たすことが出来、それによって、画面に描かれている土地の人々が豊かに生活できることを物語っているのは明らかであろう。

竹以外に、鶏も生活の豊かさの象徴と考えられる。明治四十三年、大患後に作った漢詩、つまり、「大患直後」と名付けられる時期の漢詩に「遺却新詩無処尋　嗒然隔牖対遥林　斜陽満径照僧遠　黄葉一村蔵寺深　懸偈

壁間焚仏意　見雲天上抱琴心　人間至楽江湖老　犬吠鶏鳴共好音」という一首がある。尾聯の「犬吠鶏鳴共好音」に、農村のイメージとされる家畜の犬や鶏が詠われていることは漱石の漢詩としては珍しい[42]。家畜を漢詩の材料としてあまり取り扱わない漱石がここで「犬吠鶏鳴」を盛り込んだのは、中国の隠遁者詩人である陶淵明の漢詩[43]に基づいたものであるのは明らかであろう。これについて、加藤二郎氏は次のように語っている。

> 淵明の「帰園田居」其一を典故（classical allusion）とした「隠」への志向であり、詩全体の形而上的な抒情、というよりは所謂「言志」の確かさが、日本漢詩通有の「和臭」の域を脱して、つまりは漱石の淵明受容の確かな質の保証するかの如くのである[44]。

氏は、「「淵明の「帰園田居」其一」に原典があると指摘し、そこにある「「隠」への志向であ」ると捉えている。言い換えれば、ここで詠われている犬も鶏も隠遁世界につながるものという見解である。一方、上垣外憲一氏は「「犬吠鶏鳴」は文字通り陶淵明の「園田の居に帰る」による一句である。陶淵明の故郷の田園では、犬、鶏の鳴き声は心の平和の象徴であった[45]」と述べている。加藤氏と同じく、上垣外も陶淵明の「帰園田居」に倣っていることを指摘するほか、犬や鶏の鳴き声を「心の平和の象徴」と看做している。犬や鶏が詠われているのは「帰園田居」という漢詩のみならず、『桃花源記』にある「阡陌交通、鶏犬相聞ゆ」という一節も挙げられる。「「隠」への志向」、あるいは「心の平和の象徴」、いずれも俗世界と相対する——俗塵や煩いから遮断される空間——、またはそのような精神的な状態を指していると捉えられる。『桃花源記』にある「鶏犬相聞ゆ」の物語における位置づけや描写から考えれば、鶏は自給自足の桃源郷にとっては、そこの住民が生計を立てるのに役立つ実用的な存在、つまり、豊かな生活の象徴と看做すことができるのであろう。

しかし、漱石の絵「竹林農夫図」に置き換えれば、近景に描かれている雄鶏及び雌鶏の二羽の鶏は、上述した子孫繁栄という象徴のほかに生計を立てるのに必要な存在であり、そこに暮らす人々の生活が裕福であることの示唆とも解釈できる。

2　「煙波漂渺図」（図版43）（図43・44）

遠景からは岡と称してもいいほど低い山が重なっており、その周りに広い川が流れている。中景には山と川の間の平地に家屋が集中し、その岸辺に近い川に小舟が沢山浮んでおり、近景に至ると、舟が二艘と岸辺に家屋が何軒か配置されている、という平遠の山水画である。ここで注目に値するのはイベントでも催されている雰囲気と思われるほど舟が多い点である。漁村の風景と看做すことも出来るし、行事などのために小舟が集まっている特別な日の風景とも考えられる。いずれにしても虚構の風景にこうした生活の匂いを嗅がせる写実性を盛り込んだ画とも捉えられる。

3　「秋景山水図」（図版46）（図45）

近景の集落のような場所に視点を据え、更に深まっていく奥山を仰視する山水画である。タイトルどおりに秋の奥山の風景がモチーフとされているが、山と山の間に橋がしっかりかかっている配置や、山の間にある小道に人が一人ではなく、何人か通りながら互に挨拶でもしているようなポーズ、そして何よりも近景に描かれている集落にある広場の様子によって、この奥山の秋は寂しいムードが一向にしないと言うより寧ろ、賑やかなムードが広がっていると言える。近景の集落の間にある広場を拡大して見てみれば（図46）、馬か驢馬に乗って通っている人も見えるし、農具のようなものを担いで通る人も、またお喋りをしている人たちの姿も見える。この人たちの動きや仕草によって、生命力が吹き込まれ、画全体が生き生きしているように見える。竹田の図版8「小青緑山水図」（図26）に漂っている雰囲気を彷彿させており、生活の匂いが漲っている画と感ぜずにはいられない。

木村由花氏は、「漱石は「南画」において恐らく「実風景」は描いておらず専ら「心象風景」や画本から得られた風景を描いているのである[46]」と、漱石の南画の写実性を否定している。氏の指摘の通りに、漱石の南画は「実風景」を描いているのではなく、「画本から得られた風景を描いている」のは明らかである。現に、上述したとおりに、竹田の画を彷彿させるのが何点かある。とは言うものの、例えば、「竹林農夫図」や「煙波漂渺図」、また「秋景山水図」などはいずれも虚構の画でありながら、現実の反映や生活の匂いが漂っている点から、虚構の中に潜んでいる写実性も否めないのであろう。

（四）結論

文人画（南画）の特徴について、瀧精一の『文人画概論』という著書の中には次のような一節が述べられている。

> 以上に述べた四つの事項即ち（一）文人畫は職業的でなく、自ら樂むの境涯を得なければならぬ事、（二）文人畫は詩的でなければならぬ事、（三）文人畫は其筆法に於て書法的傾向を必要とする事、（四）文人畫は用墨を尊重する事が文人畫に於ける特殊の條件であり、將た原理であると認める事が出來やうと思ふ。此の四箇條の中でも、第一の自樂の境涯を得ると云ふ事は殊に大切である[47]。

非職業的（自楽）、詩的、書道につながること、及び墨の使い方などの四点が文人画の特徴として挙げられているが、そのうち、最も重要なのは一番の自楽——即ち、アマチュア——であると言及されている。また、中田勇次郎の『文人畫粋編　第一巻　王維』という著書の中では、文人画の題材などについて次のように語られている。

> 董氏の説によって、文人画が水墨の山水画を主旨とし、水墨のなか

に幽玄な内面性を掘り下げてゆくものであり、あわせて多くはその人物の逸脱して世塵を離れたものを条件としていることが考えられる[48]。

隠遁志向者の精神の反映として、枯淡なる山水が文人画家に好まれるという、董其昌の説に従った見解である。文人画における「自楽」を積極的な目的と看做すことができれば、隠遁志向は消極的な表現と言える。言葉を換えれば、何かの理由で俗世界に背を向き、社会の評価に気を取られず、極端な場合は、一時的でもそのコミュニケーションを遮断する願望さえも潜んでいると捉えられる。そんな背景のためか、文人画の構図においては、外界と通路のない桃源郷を彷彿させるような別世界か、人気のない奥山が人気を集めているモチーフとされているのである。

このような文人画への一般的な認識に沿いながら、以上、漱石の南画、及び漱石が賞賛していた竹田の文人画を考察してきた。が、両者の作品に見られる特徴や相違点は次のように幾つかの点に纏められる。

1　自楽性――

竹田は三十七歳の時に、若き日からの願望が叶い、官職を辞し、自由の身になり、文人と交遊をしている中、画の技法を修得しながら、ほぼ画の創作に全力を挙げて余生を過ごしていた。とは言え、友人のためまた自分のためでも描いたりしていた意図などから、文人画創作の自楽性は疑いのないものであろう[49]。

一方、晩年に画を習い始めた漱石は素人であるのは言うまでもない。次の書簡からもその文人画家肌が窺えよう。

今日縁側で水仙と小さな菊を丁寧にかきました。私は出来栄の如何より画いた事が愉快です。書いてしまへば今度は出来栄によつて楽しみが増減します。私は今度の画は破らずに置きました。此つぎ見てください[50]。

大正元年十一月十八日に画家である友人の津田青楓に送った書簡の一節である。画の技法などに拘らず、「出来栄の如何より画いた事が愉快です」という心境はまさに「自ら樂むの境涯」そのものであるのは明らかである。そのような漱石は時々画を描くことを通して、暫し別世界に身を浸すことができ、精神の安らぎを得られたのであろう。

2　隠逸願望の現われ——

竹田には「桃花流水詩意図」(図版53)・「梅花書屋図」(図版28)・「松渓聴泉図」(図版42)・「秋渓訪友図」(図版26)・「軽舟読画図」(図版59)・「梅花山水図」(図版29)・「澗道石門詩意図」(図版70)など、隠逸願望の反映と思われる奥山や隠遁者の孤高精神の表れなどの作品が圧倒的に多いのは言うまでもない。太田孝彦氏は、こうした竹田の画を池大雅と比較しながら、次のように評価を下している。

> 絵画は画家の心を対象の心として表現するものと考えたのである。画面に写意として描かれるものは、池大雅にとっては「自然の真」であったのに対して、田能村竹田は「画家の個性」であり、「人間の生き方」ということになる[51]。

池大雅の「自然の真」に対して、竹田は「画家の個性」であり、「人間の生き方」であるという見解である。繰り返しになるが、隠遁とは社会の束縛や煩いから遁れようとする願望の具現であり、実際に行動に移すか、あるいは実現できない場合には画にその心境を託すタイプも少なくない。専ら隠遁世界を描いた竹田の文人画を「画家の個性」、「人間の生き方」と看做す太田氏の指摘は、つまり、竹田の精神、またそのライフスタイルも画に描かれている隠遁そのものであり、自然と融合する自由奔放の表現と捉えられるのであろう[52]。

一方、作品の数が少ない漱石の場合でも「青嶂紅花図」(図版47)・「山上有山図」（図版39）・「樹下釣魚図」（図版30）などのように、桃源郷や隠遁世界を描いた作品が大半を占めている。俗塵の煩いに悩みながら竹田のように遁れるには至れなかった漱石は、竹田のライフスタイルの具現とは異なり、南画の世界に隠遁願望を託し、創作し、できた作品を眺める暫しの間、社会とのコミュニケーションを遮断し、精神の隠遁を享受していたと捉えられよう。

3　生活の匂い――

上述したように、文人画とは一種の現実逃避であり、俗世界とかけ離れた超現実の世界を仮構するのが一般的な印象である。が、竹田の文人画にも、漱石の南画にも虚構の世界でありながら、現実の世界、生活の匂いが盛り込まれているのが見られる。例えば竹田の「暁粧図」（図版39）が最も顕著な例として挙げられる。と言うのも、中国の王維に始まった文人画の世界では、山水画が最も俗から離れた尊い画題とされ、その山水画に描かれる人物は、男性に限られるのが一般に知られている文人画の印象である。文人画に女性が排除される理由について、宮崎法子氏は次のように推論している。

> このような話は、かなり多く、その中で画像や彫塑から抜け出すのは何も美女ばかりではないが、特に美人像や美人画の持つこのような機能（魅力）こそは、高尚な「雅」を求める絵画観にとって、最も忌避すべき「俗」な要素であったと考えられる。
>
> 中国の文人・士大夫が人物画を芸術から切り離したのは、まさにこのような危険性が人物画、特に美人像に潜んでいることをよく知っていたためかもしれない[53]。

氏は、中国の文人画の起源や背景、歴史などを調べ、唐の時代に流行っていた艶やかな美人画や女性が公開の場に参加していた風景は、宋の時代の展開と共に次第に消えていき、また山水画の創作にも女性が禁じられていたことに言及している。俗世界に一線を画し、「雅」の世界を求め続けていた文人たちにとっては、そもそも女性が誘惑の存在であり、「俗」世界に緊密につながっていると思われていたため、「雅」の世界の象徴である山水画や最も高尚な山水画には女性、厳しい場合には男性を含むすべての人間も排除されるのである。

上掲の宮崎氏の論証に従えば、竹田の「暁粧図」には奥山に構えられている家屋に女性が鏡に向かって化粧をしているという構図は、「俗」的な要素を避けていないどころか、一階の部屋に主がいるという配置は士大夫や文人にとっては「危険」な情況に陥っていると言わざるを得ないだろう。文人画大家である竹田がそのような文人画の背景について知らない筈はない。となれば、「雅」を追究し、この奥山まで隠遁している主についてきた女主人公は、主のために美しく装うように努めているという作者が盛り込んだ現実の生活の匂い、言い換えれば竹田の写実性の表れと看做せよう。

憚らずに女性という題材を山水画に盛り込むことだけではなく、更に「小青緑山水図」(図版8) で表現されているように、険しい山が重なっている奥山にもかかわらず、人家が集まったり、交流が頻繁に行われている様子の強調によって生活の匂いが濃くなり、その写実性も高まっていると思えよう。

一方、漱石の場合も竹田と同じく生活の匂いを強く鑑賞者に感じさせる作品を描いていた。「竹林農夫図」(図版34) に見える夫婦や、雄鶏と雌鶏のペア性は庶民の生活をそのまま反映していると共に[54]、生命を重んじる作者の内面の反映としても窺えよう。また、「煙波漂渺図」(図版43) や「秋景山水図」(図版46) に描かれている市の様子やイベントっぽい舟の集まりなどの写実的な構図は、竹田の影響を受けた可能性がないこともないだろう。ただし、竹田の作品には、例えば、「船窓小戯帖」(図版18) や「舟中売章魚図」(図版38)、「亦復一楽帖」(図版9) などの作品に見られるように、庶民の生活が如実に描かれているほか、更に人物の豊富な表情やその躍動する仕草に富んでいるダイナミックさが鑑賞者に強く伝わってくると言わずにはいられない。大阪から九州まで頻繁に行き来している間に出会った風景やエピソードを絹に再現させたため、それぞれの地方の生活ぶりや諧謔性が自ずから紙上に躍動しているのであり、これこそが竹田のライフスタイルの現われであろう。竹田は中国の文人に倣ったが、中国文人画を継承したのみならず、日本文化を絵画に織り込み、竹田ならではの文人画世界を再構築したと思わざるを得ない。

4　画中に描かれている人物の相違

竹田の文人画の中には、「梅花書屋図」（図版28）、「稲川舟遊図」（図版40）、「軽舟読画図」（図版59）などの作品に描かれているとおりに、花見――君子の象徴である梅の花の観賞――や釣り、画の鑑賞といった高尚な趣味――文人画家が唱える「雅」――を通した文人との交流が画のモチーフとされるのは少なくない。また、それらの画の一角にお茶を点てる風景が描かれ、友人や仲間とお茶を味わいながら寛ぎ、楽しんでいる風景も目立っている。つまり、花見、釣り、絵画の鑑賞や茶道などの「雅」の趣味を以って友に会す、というのは竹田の文人画にみられる主なモチーフであると同時に、江戸後期を生きていた文人のライフスタイルの反映とも捉えられよう。

一方、漱石の「閑来放鶴図」（図版42）、「孤客入石門図」（図版44）、「樹下釣魚図」（図版30）など隠遁世界を思わせる山水画にも人物が織り込まれている。が、人が二人から四、五人ほど盛り込まれている竹田の作品とは異なり、漱石の場合は大抵一人の設定であり、その主人公の仕草や真剣そうな表情から、主人公が内省しているか、考え込んでいるのが殆んどである。即ち、友に会すことを隠遁生活の中心とし、そのような交流を重んじる反映として、橋を意識的に設けている竹田の画に溢れる明るい雰囲気に対して、漱石の南画に描かれている人物には比較的暗くて厳しいムードが流れているのは、外界との接触を拒んでいる姿勢を物語っているように窺わずにはいられない。

[図版]

図 1：「船窓小戯帖」（図版 17）

図 2：「船窓小戯帖」（図版 16）

図３：「船窓小戯帖」（図版 18）

図４：「秋渓訪友図」（図版 26）

図5：「秋渓訪友図」（図版26）

図6：「梅花書屋図」（図版28）

図7：「秋江風怒詩意図」（図版33）

図8：「松渓聴泉図」（図版42）

図9：「松泉山水図」（図版43）

図10：「松泉山水図」（図版5）

図11：「亦復一楽帖」（図版9）

図12：「稲川舟遊図」（図版40）

図13：「稲川舟遊図」（図版41）

図14：「軽舟読画図」（図版59）

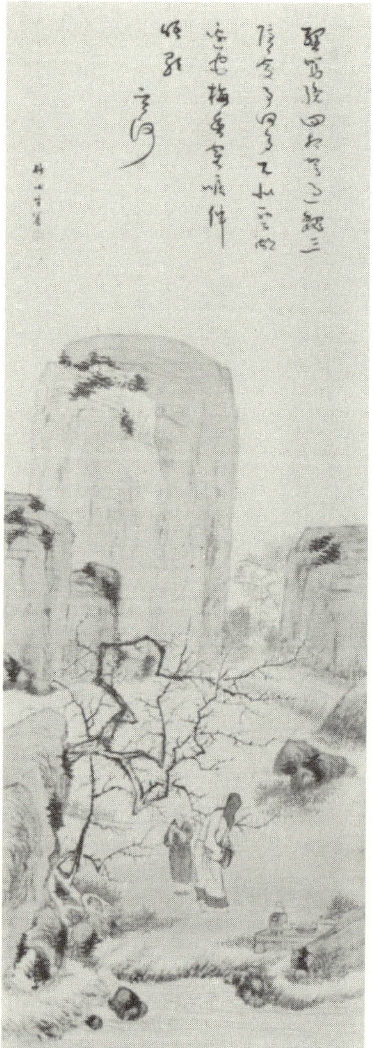

図15：「梅花山水図」（図版29）

図16：「風雨渡渓図」（図版34）

図17：「風雨渡渓図」（図版34）

図18：「考盤図」（図版55）

図19：「考盤図」（図版55）

図20：「澗道石門詩意図」（図版70）

図21：「澗道石門詩意図」（図版70）

図22：「舟中売章魚図」（図版38）

図23：「暁粧図」（図版39）

図24：「暁粧図」

図25：「小青緑山水図」（図版8）

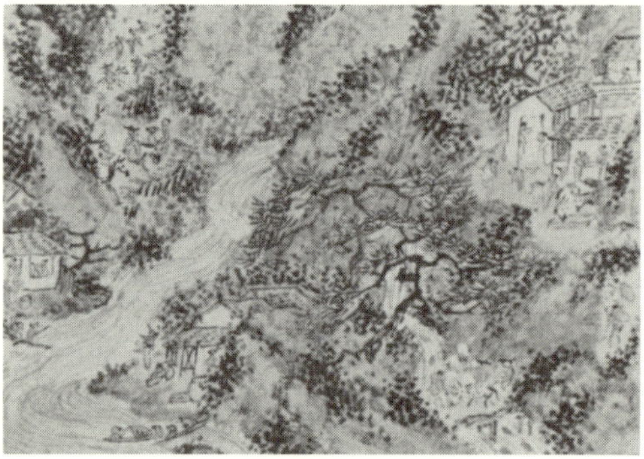

図26：「小青緑山水図」（図版8）

図27：「閑来放鶴図」（図版42）

図28：「閑来放鶴図」（図版42）

図29：「孤客入石門図」（図版44）

図30：「孤客入石門図」（図版44）

図31：「桐陰高士図」（図版73）

図32：「桐陰高士図」（図版73）

図33：「驢背尋梅図」（図版69）

図34：「琴客候門図」（図版44）

図35：「山下隱栖図」（図版48）

図36：「秋渓読書図」（図版32）

図37：「青嶂紅花図」（図版47）

図38：『桃花流水詩意図』（図版53）

図39：『桃花流水詩意図』（図版53）

図40：「山上有山図」（図版39）

図41：「樹下釣魚図」（図版30）

図42：「竹林農夫図」（図版34）

図43：「煙波漂渺図」（図版43）

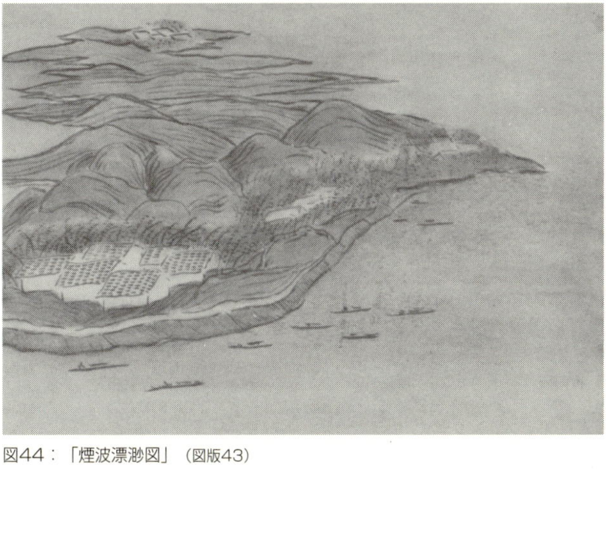

図44：「煙波漂渺図」（図版43）

図45：「秋景山水図」（図版46）

図46：「秋景山水図」（図版46）

[注]

1　大正四年五月三日（月）津田亀次郎宛『書簡下　漱石全集　第二十四巻』P419
2　大正四年十二月十四日（火）寺田寅彦宛『書簡下　漱石全集　第二十四巻』P497
3　吉田精一等『図説漱石大観』1981.5.26角川書店P301
4　木村由花氏は更に進んで、「明らかに李白の「山中問答」に依拠している。そしてまた李白は陶淵明の「桃花源記」を踏まえていることを考えると、漱石が生涯を通じて強い影響を受けた陶淵明の桃源境がまさしくここに完成したと言わなければならい。」と、絵に潜んでいる文学性を究明して陶淵明につながることを論及している。（木村由花「漱石と文人画――「拙」の源流――」『日本文学の伝統と創造』1993.6.26 きょういく出版センター P264）
5　『竹田』編者 鈴木進 1963.6.10 日本経済新聞所 P78
6　佐々木剛三「竹田の世界」『竹田』編者 鈴木進 1963.6.10 日本経済新聞所P84
7　『文人画の鑑賞基礎知識』佐々木丞平・佐々木正子 1998.12.15至文堂P101
8　例えば、渡辺華山の場合は、「現実社会から生涯離れずついにはその軋轢のため自決せざるを得なかった」という、悲劇を迎える極端的な例もある。（佐々木剛三「竹田の世界」『竹田』編者 鈴木進 1963.6.10 日本経済新聞所P85）
9　佐々木剛三氏は竹田など江戸時代の日本の文人の隠遁について、「中国のそれと同じようにやはり「脱俗」という形の上に成立したものであったが、いずれにしてもそれは単なる現実逃避ではない、もっと積極的な、現実社会との対決の一形式であった」と、捉えている。（佐々木剛三「竹田の世界」『竹田』編者 鈴木進 1963.6.10 日本経済新聞所P85）
10　高橋博巳「題画詩の世界」『国文学　解釈と鑑賞』第七十三巻十二号2008.12志文堂P102
11　文人画の題材については、一般的には勿論隠遁者の憧れの奥山が最も好まれるが、「古来の鑒戒の人物画から山水画へ、山水画にはさらにまた新しい水墨の技法が加わってゆく。」とあるように、修業につながる達磨などの「鑒戒の人物画」や、あるいは君子と連想される竹、菊、蓮の花などさまざまなものに及んでいる。（『文人画粋編第一巻王維』昭和50年（1975）5.5 中央公論社P151）
12　佐々木剛三「竹田の世界」『竹田』編者 鈴木進1963.6.10 日本経済新聞所P86.91
13　図版の番号はすべて『竹田』（編者 鈴木進 1963.6.10 日本経済新聞所）に従っている。
14　注（12）に同じ。P91
15　董其昌『書禪室隨筆』によると、「文人之畫自王右丞始。其後董源僧巨然李成范寛為嫡子李龍眠王晉卿米南宮及虎兒。皆從董巨得來。直至元四大家。」（董其昌「書禪室隨筆巻二」『書禪室隨筆』廣文書局有限公司 1968.6 P52）と、唐の文人である王維は文人画の始まりと看做され、それ以来中国の画壇は勿論、日本の画壇においても江戸時代より明治時代に至るまで、「詩中に画あり、画中に詩ある」という境地が文人画のモットーとされている。（瀧精一『文人畫概論』大正11年11月11日 改造社 P29／田中豐藏「南畫新論」(二)『國華』No.264 大正一年五月 P284）しかし、竹田は『山中人饒舌伝』と題した画論の中で、「「詩中に画有り、画中に詩有り」とは、昔人、顧虎頭を評する語なり。王輞川の詩も、亦た多く画の如しと道う。」（田能村竹田『山中人饒舌伝』『[定本]日本絵画論大成　第七巻』高橋博巳編集 1996.8.8 株式会社ぺりかん社 P41）と、不思議に、詩画一体の発想については王維から始まったという董其昌の説には従っていないようである。

16　注（12）に同じ。P90

17　注（12）に同じ。P92

18　佐々木剛三氏はこの作品を「桃花流水詩意図」（図版51）と共に、「静寂清澄なこれらの世界は、自然の清として咲き出た梅花樹が凍れる韻律となって全画面に詩情をたたえ、馥郁たる香気の発するかのごとくである。とくに指摘すべき画法、色彩、構図を有するわけではないが、何の衒いもなく自然を愛し見つめた人間のみが立ち入ることを許された自然の深奥が、ここに見事に展開されているのである。」と、桃の花に焦点を合わせ、花の気品の高いところに注目し、そこから人間と自然とのかかわりを解いているが、筆者は花を一つの仲介と看做し、人間――自然の一環――の交流を明らかにする事を試みたのである。（佐々木剛三『竹田』編者　鈴木進　解説　佐々木剛三 1963.6.10日本経済新聞所P92）

19　注（12）に同じ。P90

20　注（12）に同じ。P91

21　注（12）に同じ。P90

22　注（12）に同じ。P91

23　山内長三『日本南画史』1981.1.25瑠璃書房P51

24　『文人画の鑑賞基礎知識』佐々木丞平・佐々木正子共著1998.12.15 至文堂P97

25　漱石の画は『図説漱石大観』に収録されているものを使い、図版の番号もそれに従う。吉田精一『図説漱石大観』1981.5.26 角川書店

26　安部成得「漱石の題画詩について」（『帝京大学文学部紀要　国語国文学　第13号』1981.10.1 帝京大学文学部国文学科 P324

27　飯田利行『新訳　漱石詩集』1994.10.25 柏書房株式会社 P219

28　『漱石全集　第二十二巻』P530

29　注（28）に同じ。P561.562

30　安部成得「漱石の題画詩について」（『帝京大学文学部紀要　国語国文学　第13号』1981.10.1 帝京大学文学部国文学科P329

31　『新訳　漱石詩集』1994.10.25柏書房株式会社 P27

32　木村由花「漱石と文人画――「拙」の源流――」『日本文学の伝統と創造』1993.6.26 きょういく出版センター P264

33　佐々木剛三氏は「静寂清澄なこれらの世界は、自然の清として咲き出た梅花樹が凍れる韻律となって全画面に詩情をたたえ、馥郁たる香気の発するかのごとくである。とくに指摘すべき画法、色彩、構図を有するわけではないが、何の衒いもなく自然を愛し見つめた人間のみが立ち入ることを許された自然の深奥が、ここに見事に展開されているのである。」と、竹田の『桃花流水詩意図』に漂っている詩情を賞賛しながら、作品に自然性を見出している。（佐々木剛三「竹田の世界」『竹田』編者 鈴木進1963.6.10日本経済新聞所P92）

34　注（30）に同じ。P310

35　これ以外に、大患直後に作った「春日偶成」其六「渡口春潮静　扁舟半柳陰　漁翁眠未覺　山色入江深」も「山上有山路不通」の構成にぴったりする桃源郷の世界を現している詩と看做せる。

36　注（30）に同じ。P309.310

37　注（30）に同じ。P343

38　瀧精一『文人畫概論』大正11年11月11日 改造社 P53

39　『文人画粋編第一巻王維』1975.5.5 中央公論社 P152

40　大槻幹郎『文人画家の譜』2001.1.10 ぺりかん社 P19

41　『中国書画 2 山水画』（余成著1983.3再版 光復書局股份有限公司）を参照。

42　また、大正五年八月十四日に作った134番の「幽居正解酒中忙　華髪何須住酔郷　座有詩僧閑拈句　門無俗客静焚香　花間宿鳥振朝露　柳外歸牛帯夕陽　隨所隨縁清興足　江村日月老来長」にも、農村のイメージを現す「柳外歸牛帯夕陽」が桃源郷の象徴として盛り込まれている。この二つを除き、漱石の漢詩には牛や鶏など家畜を織り込むのは見当たらない。

43　漱石の「犬吠鶏鳴」は陶淵明の「園田の居に帰る」の第一首にある「狗は吠ゆ深巷の中、鶏は鳴く桑樹の巓」という一節を倣っているのは言うまでもなかろう。『漱石全集　第十八巻』P259-263

44　加藤二郎「漱石と陶淵明」（『日本文学研究資料新集　夏目漱石・作家とその時代』石崎等編 1988.11. 有精堂 P129

45　上垣外憲一「漱石の帰去来――朝日新聞入社をめぐって――」『講座夏目漱石　第四巻』1982.2.5有斐閣 P116

46　木村由花「漱石と文人画――「拙」の源流――」（『日本文学の伝統と創造』1993.6.26きょういく出版センター P269）

47　瀧精一『文人畫概論』大正11年11月11日 改造社 P36

48　「文人と文人画」中田勇次郎『文人画粋編　第一巻　王維』1975.5 中央公論社 P152

49　黒田泰三氏は竹田の文人画やその精神について、「竹田の思念内における自由への願望、「楽」すなわち「娯」の世界が語られている。つまり、竹田の理想とする境地が主題となってあらわれていると解することができる。」と語り、束縛されず自由を求めようとする性格や画に現われている自楽性を指摘している。（黒田泰三「田能村竹田の「自娯」」（『江戸文学18　文人画と漢詩文Ⅱ』徳田武・小林忠　監修 1997.11.7 ぺりかん社 P126）

50　大正元年十一月十八日（月）津田亀次郎宛（津田青楓）『書簡下　漱石全集　第二十四巻』P117

51　太田孝彦「文人画の変容――画論を手がかりにして」『日本の芸術論』神林恒道 2000.4.25 ミネルヴァ書房 P125

52　佐々木氏は、「現代の研究者の中には、俗世間を断ち、何物にも拘束されず自由奔放に生きる「隠逸性」が、文人画の、あるいは文人画家の必須条件と見る人々が多いが、筆者は決してそうは思わない。隠逸性は文人画の一部に見られる作画背景的要素ではあるが、本来の文人は儒教思想に根ざした、自らを律し、社会秩序を構築しようとする、正に社会の直中にある人であり、隠逸は決して望むべきことではなかったはずである。」とあるように、文人画家が必ずしも隠逸を志向しているとは限らないと指摘している。大多数の文人画家が氏の指摘とおりであるかも知れないが、竹田の場合はその志向が強く、作品にも自由奔放の性格がよくうかがわれよう。（「日本における文人画の理解」『文人画の鑑賞基礎知識』佐々木丞平・佐々木正子 1998.12.15至文堂 P94）

53　宮崎法子「女性の消えた世界――中国山水画の内と外」『美術とジェンダー――非対称の視線』鈴木杜幾子・千野香織・馬渕明子編著1997.12.12株式ブリュッケP138

54　瀧精一の『文人畫概論』には「文人畫も或程度迄は自然模倣を離れてゐるが、又一面に於ては意外に寫實的の分子を含蓄するものがある。又それはあつた方が善い場合がある。

要するにその寫實性が現示的でなく、暗示的に保たれるならば、それは文人畫に於ても
ある方が善い事にもなる。」という一節がある。もしくは、竹田や漱石がこうした生活の
匂いを盛り込んだのは瀧精一が唱えていた写実性の実践と考えてもよいのではなかろうか。
（瀧精一『文人畫概論』大正11年11月11日 改造社 P37）

第三章

王維から漱石へ
――――文人画を介して

第一節　王維と漱石の接点

夏目漱石は、文学作家でありながらアマチュア画家の一面をも持っていたことは、吉田精一氏の『図説漱石大観[1]』に収められた数多い絵画作品から明らかであろう。それによれば、画家としての漱石は、初期には水彩画からスタートし、大正期に入っては日本画や日本画的南画を描き始め、晩年には専ら南画に専念するようになったのである。特に晩年の漱石にとっては、南画を描くことが何よりもの慰めであり、本人も大変嗜んでいたことは友人への書簡からもその一端が窺える[2]。これらのことから、漱石の芸術観を論じる際には、洋画より南画の方が遥かに意味が深く、漱石の生涯において欠かすことのできない存在だったと言っても過言ではなかろう。

ところが、漱石が嗜んでいたこの南画は、第一章でもすでに述べたように、中国から伝わってきたもので、伝来当初は南画ではなく、文人画という名称であった。

日本の文人画を手掛けた者の中には、農民の出身者もいれば画工ともいい得る専門画家や商人もいる。（中略）事実、この南画という言葉は明治以降日本に定着し、文人画という言い方よりも一般的に使用されている[3]。

『文人画の鑑賞基礎知識』によれば、南画という表現は「明治以降日本に定着し」たものであり、それまでは文人画と称せられていたのである。だが、漱石自身も一般の人々と同じく、自分の作品に対しても、美術展覧会に展示されている文人画を評論する際にも、ほとんど南画という言葉を使っていた。

文人画の要素について、明治時代の美術評論家である瀧精一は次のように述べている。

以上に述べた四つの事項即ち（一）文人畫は職業的でなく、自ら樂むの境涯を得なければならぬ事、（二）文人畫は詩的でなければならぬ事、（三）文人畫は其筆法に於て書法的傾向を必要とする事、（四）文人畫は用墨を尊重する事が文人畫に於ける特殊の條件であり、將た原理であると認める事が出來やうと思ふ。此の四箇條の中でも、第一の自樂の境涯を得ると云ふ事は殊に大切である[4]。

所謂文人画と看做されるには四つの要素が求められるが、そのうち、最も重視されていたのが「自樂の境涯を得る」という点である。他人のために、画を売ることを目的とするプロの画家とは一線を画した文人画家は、自分のために描き、そして描くことをとおして自分自身が楽しくなるのを目指していたのである。言い換えれば、ピュアな趣味だけで、描くことのみを最終目的とするアマチュ画家でなければならなかったのである。

上掲した漱石の書簡にある「出来栄の如何より画いた事が愉快です。」という心境は、まさにそうした「自ら樂む」という文人画家の目的そのものであり、文人画家の姿勢を構えていたのは明らかであろう。のみならず、描いた南画に漢詩（所謂「題画詩」）を添えたり（『文人畫概論』で言及された所謂「詩的」である)、画の構図が詩情に溢れているなど、いずれを取っても文人画の要素や理想に符合しているのは改めて言うまでもなかろう。よって、以下は南画＝文人画と看做すことを断っておく。

さて、文人画と言えば、その始祖だと言われる中国の唐の時代の詩人王維を誰もが思い浮かべるだろう。漱石が王維の芸術やそのライフスタイルに傾倒していたことは、俳句[5]、それに小説[6]や友人への書簡に、王維の詩を盛り込んだり王維の名に触れたりしたことから窺えよう。更に日記においても、しばしば王維の詩に触れたりその詩情や詠われた境地を賞賛している[7]。では、そこまで王維の世界に惚れ込んでいる漱石が作った南画の世界と王維の文人画の世界にはどれ程の重なりがあるのか、また異なっている部分は果たしてどんなところなのだろうか、などの問題はきわめて意味深いと言える。よって、本章では、王維の絵画的漢詩のジャンルにおいてよく知られている『輞川集[8]』——つまり、輞川辺りを題材として詠われている二十首の最も絵画的な詩集——に潜んでいる王維の憧れの世界を比較の対象として、漱石の南画の世界において、いかにも王維の投影だと考えられる部分、及び漱石の独特な表現だと考えられる部分の有無を考察し、漱石の南画の世界や更には漱石の内面へのアプローチを試みてみる。

第二節　「詠われる」王維の文人画

前節で文人画の始祖が王維であることには触れたが、このことは中国の著名な画家である董其昌の画論に勿論その証が見られる。日本の場合は、明治時代の美術評論家田中豊藏や瀧精一の論説によって広く知られるようになったと思われる。

(1)　文人之畫自王右丞始。其後董源僧巨然李成范寛為嫡子李龍眠王晉卿米南宮及虎兒。皆從董巨得來。直至元四大家。——董其昌[9]

(2)　史伝に依れば、晋宋の畫に傳神を唱へ、若くは氣韻を論ずるもの起

り、(中略) 就中王維は蘇東坡に依りて、詩中畫あり、畫中詩ありと評せられ。——瀧精一[10]

⑶ 蘇東坡も「摩詰の詩を味ふに、詩中に畫あり、摩詰の畫を觀るに、畫中に詩あり」といつて居る。(中略) 必ずしも雲の白衣蒼狗と變化するを喜ぶのではなくてたゞ雲を看ては之に遠遊の情を寓する。(中略) その繪畫に於ても必ずしも形似、即ち自然の外貌を模倣するを欲しない。たゞ自然の詩趣を捕捉し得て、自己が之に満足するを得ば足るのである。——田中豊藏[11]

⑵の瀧精一の説も⑶の田中豊藏の説も、恐らく董其昌の『畫禪室隨筆』に書かれた評論に沿った形で述べた各自の文人画論説であろう。蘇東坡の一言で、王維の詩画一体という絵画の理想やその詩風の基準が定着し、更には、董其昌の「文人之畫自王右丞始」という言説で、王維が文人画の始祖だと思われるようになったのである。しかし、王維の絵がすべて所謂「詩中畫あり、畫中詩あり」の類のものだとは限らない。少年時代から絵画で優れた才能を見せた王維は、実は、文人画を始める前に、当時流行していた敦煌での壁画にも大いに参与したり、人物を主に描いたりしていたと王維の美学に重点を絞った研究者である蘇心一氏は、推測している[12]。更には、この推測から朝廷での失脚によって王維の絵画も詩歌も、中年以降その焦点が人物から風景に、そしてスタイルも派手から簡素に、沈静に変わっていったと考えられる[13]。山水画、特に田園風景などの画も沢山描いていたには違いないが、所謂王維の文人画は如何なる境地のものであったかは絵画研究家にとっては最も興味深いものであるのは言うまでもない。『文人画粋編　第一巻　王維』によれば、王維の名が載っている作品は「江干雪霽図」、「江干雪意図」、「千岩萬壑図」、「萬山積雪図」、「長江積雪図」などが挙げられる[14]。しかし、絵の材質が絹にしろ紙にしろ、千年もの長きにわたり保存できる技術を当時の人々が持っていたかどうかは定かではなく、それらの絵画が果たして王維の肉筆であったか、または有力

な根拠に欠けていて判断しにくいか、或いはまったくの模倣作であるかのいずれかというのが現状である。

王維が隠遁の住居として別荘を構えていた、輞川の周りの美しい風景を題材とした一シリーズの「輞川図」は、郭忠恕、文徴明、李公麟などの有名な画家による模倣作が残されており、そのうち、郭忠恕の手によるものだけでも数点が残っている。大槻幹郎氏が「輞川荘を絵画化した「輞川図」は後世の画家による三十種に及ぶ倣画があるといわれる[15]」と、その模倣者の数にまで言及している。このことからも分かる通り、これほど多くの画家に模倣されたということは、とりもなおさず、「輞川図」が王維の精神、王維の文人画の世界を最も代表できる作品であることを意味していると考えても差し支えがなかろう。残念ながら、王維の肉筆である「輞川図」を目にすることは出来ないが、幸いに文字で表現された『輞川集』という漢詩集が残っている。それに頼るのも、詩画一体と言われる王維の文人画世界にアプローチするもう一つの方法だと考えられる。

『輞川集』の序には次の一節がある。

余が別業は輞川の山谷に在り。其の遊止するところ、止だ孟城坳・華子崗・文杏館・斤竹嶺・鹿柴・木蘭柴・茱萸沜・宮槐陌・臨湖亭・南垞・欹湖・柳浪・欒家瀬・金屑塢・白石灘・北垞・竹里館・辛夷塢・漆園・椒園等有り。裴迪と閑暇に各々絶句を賦するのみ。それぞれ二十首詠じた[16]。

中年を迎えた王維は、仕官での不如意がもとで、都から少し離れたところに住居を構えていた。それは現在の陝西省藍田県に位置し、清らかな川が流れ、山々に囲まれた静かな輞川というところであった。王維は、そこへ親友の裴迪を招いた。別荘の建物を含め、最も気に入った風景を二十箇所に絞って、そのときの情況をそれぞれ二十首の絶句に詠ったのが、後世の人々を魅了しているこの『輞川集』である。その中でも、5番の「鹿柴」

及び17番の「竹里館」の二首が最もよく知られている作品で、研究者の注目を浴びているのは改めて言うまでもない。特に「鹿柴」については、貝塚茂樹氏が「最高の篇の一つに推されるのは、鹿柴である[17]」と高く評価している。よって、絵画性を考察のポイントとするこの章では、「鹿柴」と「竹里館」との二首に焦点を据え、その絵画性やそこに広がる世界を「語り」、絵画的漢詩『輞川集』に潜んでいる王維の芸術観の一端を考察していきたい。

第三節　俗社会に完全には背を向けていなかった王維

第一節でも少し触れたが、『草枕』のなかで王維が湛えられ、「鹿柴」と「竹里館」の二首の漢詩が引用されている。『草枕』の第一章で、「うれしい事に東洋の詩歌はそこを解脱したのがある。（中略）超然と出世間的に利害損得の汗を流し去つた心持になれる。独坐幽篁裏、弾琴復長嘯、深林人不知、明月来相照。只二十字のうちに優に別乾坤を建立して居る[18]」と、主人公である画工が、王維の「竹里館」を思い浮かべている箇所があるが、それは即ち世俗を離れようとする時に構えるべき姿だと語り手は暗示している。それに引き続き、「やがて長閑な馬子唄が春に更けた空山一路の夢を破る。憐れの底に気楽な響きがこもつてどう考へても画に書いた声だ[19]」と語られている。その「空山一路の夢」という表現は、王維の「鹿柴」を踏まえて詠んだことは明らかであろう。以上の理由で、王維の「鹿柴」と「竹里館」に焦点を絞り、『輞川集』に潜んでいる王維の芸術観へのアプローチを試みてみる。

さて、この二首の絶句にはどんな境地が広がっているのだろうか。まず「鹿柴」を見てみよう。

空山不見人。但聞人語響。返景入深林。復照青苔上。
空山　人を見ず　　　　但だ　人語の響きを聞く／

返景　深林に入り　　　復た照す　青苔の上

膨大な研究論文の数からも「鹿柴」が王維の最も代表的な詩であることが窺われる。ここで、この詩のモチーフや詩風などに関する代表的な研究を幾つか掲げておこう。

(1)　以動寫靜，以聲寫寂，以光寫暗，詩中處處都採用反襯寫法，句句都有極深的禪味，表現禪意而不露痕跡，開前人所未曾有的寫法與境界。——蘇心一[20]（動きを以って静止を、音を以って静寂を、光を以って暗黒を、というように、詩中到るところに相反する言葉を並べ、さりげなく奥深い禅的味わいと境地を醸し出す表現法は、これまで見られなかった手法である。）（日本語訳筆者、以下同）

(2)　這是靜中有動，寂中有喧。動靜兼攝，喧寂一如，而禪理寓焉。——范慶雯[21]（静の中には動があり、静寂の中には喧騒があるなど、これら異なる両極の言葉には、禅の真理が存在するのである）

(3)　王維以「禪」詩著稱，所顯現詩中的特色是「淡」、「空」、「寂」三種境界，雖然以空靈的詩意敘事寫情，詩中亦不乏充滿禪語與禪意，如「空山不見人，但聞人語響」（〈鹿柴〉），雖有「人語響」，卻是人語襯托著山的空寂，讓人語聲聽來更加強化意境的「禪」味。——吳啓禎[22]（「禅」的詩で名高い王維の大きな特徴は「淡」「空」「寂」の三つの境地にあると言えよう。「空」で情を描いていても、そこには禅的表現や禅的真理がしっかりと盛り込まれている。例えば、「空山　人を見ず、但だ人語の響きを聞く」（〈鹿柴〉）という句を例にとっても分かるように、「人の語る声」が聞こえるこそ、山の静寂が一層強く感じられ、この「人語」は将に禅的味を強調してくれているのである。）

(4)　這是一幅秋山落照圖。空寂的山林，遠處山谷中傳來人語的回音，一抹斜暉，透過山林，返照在林中深處的青苔上。首句“空山不見人”，極寫空山靜寂，二句“但聞人語響”，以山谷傳音，遠處人聲的回響，

反襯空山的靜寂。這是以畫外的動顯示畫內的靜，以聲顯靜，寂處有聲，動中見靜。——陳紅光[23]（これは秋の夕陽が射している夕暮れの奥山を描いた山水画である。静寂な山で、どこかからの人声が聞え、夕日が林、更に青い苔に射している。首聯の「空山　人を見ず」は人気のない山の静寂さをよく表現しており、次聯の「但だ人語の響きを聞く」は彼方の山谷から人声が伝わって来るという表現は山の雄大さや静寂さを引き立てている。画に描かれていない動的な雰囲気によって画に描かれている静けさが引き立ち、静かなムードの中を響く声によって山の静けさが一層読者に伝わるのである。）

(5)　在王維山水詩中，這種靜美具體表現在三個層面上。第一，瞬間見永恆，永恆見瞬間，終歸於永恆。王維是把握瞬間的高手。——張曉明[24]（王維の山水詩の中で、こうした静の美しさは具体的に次の三つの方面においてよく表現されている。一つ目は瞬間への捉え方である。瞬間の中に永遠を見出すことができ、瞬間即ち永遠である。王維はまさに瞬間を上手に捉えられる名人と称せられよう。）

(6)　作者通過對動靜變化及高低遠近明暗等自然物象之變化的潛察默認，把“我”的存在，把“我”的主觀意識完全淡化了，使我們感覺到的只是一組純客觀的自然的景物，這即是達到了一種絶妙的“無我”的境界。——嚴七仁[25]（詩人は静と動の変化や描写対象の高さ、遠近や明暗などの自然への観照を通して、「我」の存在や「我」という主観意識を外し、客観的な自然現象を読者に感じさせることができた。すなわち、「無我」という絶妙な境地に達しているといえよう。）

(3)の呉啓禎氏は、「空」と言う表現に注目し、その表現から奥山の静寂さが度を増していることや、更に「人語の響き」という表現によって「禅味」が高まると、この詩の禅味を徹底的に評価している。(1)の蘇心一氏の説も(4)の陳紅光氏の説も視覚的な視座による論点にやや偏っていると言えよう。(2)の范慶雯氏と(6)の嚴七仁氏は、詩全体に漂っている静と動の雰囲気に焦点を絞り、両者の関係の微妙な消長によって生じた効果を語り、そこから醸し出された詩人の内面を見出そうとしている。(5)の張暁明氏の説は他の説とは少し違い、時間の表現に視座を据えた説である。それぞれ注目している点が多少異なるが、いずれも「空」や「静」などの表現や詩の雰囲気が禅につながるという見解からは離れていない。すなわち、「鹿柴」は禅味が漂っている詩歌であるという説は、ほぼ定着していると考えても差し支えがなかろう。筆者はこうした禅味説に反論する気は全くないし、詩全体が漂っている静寂さや、後半の「返景　深林に入り／復た照す　青苔の上」という主人公の超然とした観照やその客観的な観照結果に感銘している。とは言え、詩人の心の深層は果たして上掲した研究者らが唱えているように禅の境地に徹底的に達していたのか、殊に嚴七仁氏がいう「無我」とは言い切れるのだろうか、などは納得できず、まだ考察する余地があるのではなかろうかと気にせずにはいられない。

陶文鵬氏も、「深林返景、幽篁青苔（中略）這些給人以淒清、幽冷、空寂感受的景物和環境，借以表現他的恬淡閒適、消極出世甚至禪學寂滅的思想情緒[26]」(「深林返景」、「幽篁青苔」（中略）など、寂寥や幽玄、静寂などのイメージを与えるような風景や空間の表現を通して、彼の無欲や閑静、または世間に背を向けるような消極性的な内面や、更に禅にある寂滅に通じる思想が語られているのである。」と、詩に潜んでいる禅味を認めている。が、一方、「筆者認為，如果有意誇大王維詩的禪趣，把王維山水田園詩中的自然景物形象一概認為是禪理的圖解，那是對王維詩的歪曲和貶低[27]」(王維の山水詩や田園詩に詠われている自然や風景をすべて禅として捉えるまで、王維の漢詩の禅味を強調するのは王維の詩を客観的に理解しておらず、また王維の詩の美的感覚を壊してしまう恐れがあると思う。)と、氏は王維の詩を全面的に禅につなごうとする捉え方に批判を加えている。氏の指摘通りに、研究家の間で、晩年ほとんど隠棲生活をしており、老荘思想に傾いていた王維の詩を禅として解釈する傾向が強いのは、王維研究界の事実のようである。陶氏の見解は、ここまで研究された王維の詩への新たな捉え方を試みようとする人たちへの何よりも強い激励や勇気に等しいものであろう。

更に、崔康柱氏は、「但王維終歸還是詩人王維，不是那些不立文字的僧侶，他是不可能真正做到“無念”的。（中略）王維是不堪情感的重負而在禪意中尋求解脱的[28]」（しかし、王維は所詮詩人の王維である。不立文字の僧侶たちとは異なり、彼は「無念」を徹底化するのは到底できなかった。（中略）王維は感情の重荷に耐え切れず、禅に救われようと求めていたとしか思えない。）と、王維の中にある禅を全面的には認めない姿勢を見せている。氏の見解にも上述した陶文鵬氏と共通している点があり、王維と禅、王維の詩に詠われている禅の本質をより客観的に捉えようとする姿勢がうかがわれよう。

以上は中国人研究者による王維研究の概略であった。絵画的な視点により王維の『輞川集』を論じている日本人研究家としては、貝塚茂樹を挙げることができる。氏は、「すべての解説は蛇足になるかも知れない。輞川の別業に静かに夕闇が迫って、人影も定かではなく、ただ話し声が聞えるばかり[29]」と述べている。氏の言葉には禅という表現は見当たらないが、絵画的な視点から考え、言葉が加わるとその美しさが一段と落ちてしまう恐れがあるという指摘である。確かに黄昏の一時の究極の美が広がった風景である。如何なる解説でも「蛇足」になろうが、その世界——詩人がフレームに入っている世界——に吸い込まれ、詩人[30]がどんな心境でその世界に臨んでいるのか興味深い。なぜなら、「人を見ず」と「人語の響きを聞く」との対照的な表現で、詩人の内面——隠しきれない心情——が微かに匂ってくるからである。

氏は更に詩に描かれている具体的な風景について次にように言及している。

この斜陽の景色は戦前写真家たちが好んで撮影した題材である。柔らかな光線に照らされた静謐な景色を出すのが何ともいえなかったからであろう。ところがこの詩は斜陽を通り越して、最後の残照に林下の青苔が一箇所、青とは緑でなく浅緑であるが、ここでは極端に薄くなって、もはや彩色とはいえない位であろう。それは浅い水墨画に、ほんの少し緑をさした淡彩画でないといけない[31]。

「浅い水墨画に、ほんの少し緑をさした淡彩画」という、氏の頭に描かれているこの画はその淡泊さが一層強調され、それによって文人画の特徴——絢爛な色彩ではなく、控え目の素朴で単調な色——が浮き彫りにされている。薄い青と緑が微かに塗られている奥山の林は寒気やその寂しさが募ってくるのであろう。

さて、筆者は後半の夕日が林や青い苔に射している夕暮れの風景描写より、前半の「空山 人を見ず／但だ 人語の響きを聞く」という山の描写に込められている詩人の内面を気にせずにはいられない。「空山」と言う簡素な表現で、目の前に険しく、巨大な山が聳えている雰囲気が醸し出されている。のみならず、山には自分以外に誰も住んでいない、主人公の孤独感が強く印象付けられている。苔[32]が生えているほど長い間、人が訪れていないイメージの奥山の風景は一見、『輞川集』に収められているほかの詩と同じく客観的に描かれている山水画のようである[33]。しかし、この「鹿柴」と次に挙げる「竹里館」との二首が風景描写のほか、詩人自身もスポットを十分に浴びている点を見落としてはならない。繰り返しになるが、前掲した先行研究の通りに、禅的な雰囲気を示唆していると言う通説には全く異議はないが、「人を見ず　但だ人語の響きを」という表現には詩人の心境が秘めていると捉えられないこともなかろう。詩人が住まいを構えているのは辺鄙な奥山であり、人が滅多に訪れないのは改めて言うまでもない。こんな時、人の声が聞えてくる。久しぶりの誰かの話し声に詩人は暫らく耳をそばだてている様子も想像できる。それは自分への来客ではないかという期待を多少抱いていたことも有り得るだろう。しかし残念なことに、人の姿はとうとう現われなかった。「但だ人語の響きを」の

「但だ」[34]という表現の働きによって、ここは期待が外れた詩人の淋しい心境、または残念がっている心情の反映として受け止められることになる。その人たちは自分のところに尋ねて来たのではなく、目の前に見えているのは、夕陽が射しかかっている光景と、シーンと静まりかえっている林やその幹の周りや山道に生えている苔である。自分に伴ってくれるのは依然として閑静な林、苔及び夕陽しかない。間もなく沈んでいく夕陽を眺めている詩人のその寂しさや空しさが一層募ってくるのである。

こうして、「鹿柴」は禅的雰囲気を漂せながら、人の来訪を期待する心境、そして、期待が外れた時の空虚感や切なさなどから、詩人の心の深層には外界とのつながりを時折望んでいると捉えられるのであろう。言い換えれば、詩人が世間に完全に背を向けているとは言いがたいのである。奥山に隠遁を志していながら、俗社会の動きまで至らなくても誰かの来訪に時々気を取られ、人懐こいという詩人の心境をここで吐露していると言わざるを得ないのである。

さて、「竹里館」の場合はどうなるだろう。

獨坐幽篁裏。彈琴復長嘯。深林人不知。明月來相照。
獨坐す　幽篁の裏　　　彈琴し　復た　長嘯す／
深林　　人知らず　　　明月來って　　相照らす

そのモチーフや詩境についてどのように読まれているのであろうか。主な先行研究を引いておこう。

(1)「竹里館」則是動中有静，喧中有寂，同様是動靜兼攝，喧寂一如，可以說是禪人修持的極致。（中略）彈琴長嘯，縱然「深林人不知」，也毫無怨尤的自得其樂。（下線引用者。以下同）——范慶雯[35]（「竹里館」にも、動の中には静があり、喧騒の中には静寂がある。それらがあたかも一つのもののように捉えているのは、いずれも禅の修業の極致のごとくである。（中略）深林で琴を奏で、長嘯したりしていることは、「深き竹林のため誰も知る由もない」にもかかわらず、詩人は自らそれを楽しんでいるのである。）

⑵「獨坐」與「彈琴」、「長嘯」相對比，彈琴長嘯聲極大，別人所以不知，是因竹林極深極廣，唯獨天上明月會來照明，獨坐幽篁，悠然彈琴，冥合萬化，自得其樂。――蘇心一[36]（「獨坐」は「弾琴」と「長嘯」と対照的である。琴の音も長嘯の声も極めて大きいが、人に気づかれないのは竹林が深くて広いからであり、唯一空に輝く月の光が差し込むだけである。一人閑静な竹林で悠々と琴を弾いているのは，宛も宇宙の万物と一体になっているようで、自ずからそれを楽しんでいるのである。）

⑴　は范慶雯氏の見解で、「毫無怨尤的自得其楽」（少しも苦情なく、自らそれを楽しんでいる）という表現で、竹林に住まいを構え、人とは関わらない簡素な生活に詩人が満足し、楽しんでいると語られている。⑵は蘇心一氏の研究で、同じく「自得其樂」という表現が使われ、范氏の評と全く重なっている。文人画の研究者である大槻幹郎氏は、「月明の竹林の幽室に、独り琴を弾じ静かに歌う王維の姿が彷彿として、一幅の絵をみる思いである[37]」と、主人公が即ち詩人であると見なし、その絵画性を高く評価している。さて、この「長嘯」と言う表現の捉え方であるが、上掲した蘇氏は「極めて大きな声で歌う」と解釈しているが、それに対して大槻氏は「静かに歌う」と見なしている。この「長嘯」といえば、宋の時代の愛国詩人岳飛の『満江紅』にある「怒髪衝冠凭闌處瀟瀟雨歇擡望眼仰天長嘯[38]」という一節を思い浮かべる。王維ほど広くその名を知られている詩人の最も有名な詩「竹里館」をその次の宋の時代の英雄である岳飛は読んでいたはずであろう。よって、王維の「竹里館」にある「彈琴し 復た 長嘯す」という使い方に岳飛が倣って『満江紅』に「仰天長嘯」を盛り込んだ可能性は十分に有り得る。周知の通りに『満江紅』に詠われているのは、

志が認められず怒っている詩人が天に向かって「大きな声でその鬱屈を晴らそう」としているのである。つまり、「長嘯」とは大きな声を出して唄うと見るのが妥当である。いずれにせよ、最も重要なのは歌う人の気持ちがしっかりと篭っている点であり、自分の理想や志が認められない孤独感や空しさや悲しさなどの心境の吐露と捉えられないこともなかろう。文人画やまた文人という名称に言及した際には、常に一種の隠逸性、世間との通路を絶って奥山での生活を楽しむというイメージと頑なにつながっている[39]。完全に官職を辞して自ら田園生活を楽しんでいた陶淵明は、その類の典型的な隠遁者と称せられるだろうが、王維の場合は異なっている。終生官職についていたことがそれを最も大いに物語っていると言えるだろう。繰り返しになるが、隠遁の積りと言いながら、その住居を都に一日で行けるほどの近い輞川に構えたのも[40]、社会への関心を完全に断ち切れない証であろう。

中国の文人の隠遁について、文人画研究者佐々木丞平氏は「君と「義合」しないから致仕することによってそれから脱却するのであるが、(中略) いつの日か再び志を得ることができるという望みの下に隠逸するのであり、こうした隠逸の背後には常に政治の場への復帰の意志が強く働く極めて儒教的なものがあったといえよう[41]」と述べている。氏は、非社会性という隠遁者への一般的な捉え方を否定し、「政治の場への復帰」という積極的な社会性として、中国文人の隠遁を捉えている。完全に職場を離れるのではなく、しかも都に近い山に別荘を構えた王維は、政治の場における再度の活躍への期待はないとは言い切れなく、まさに佐々木氏が指摘した通りに、その隠遁には積極的な社会性が見い出せるであろう。言い換えれば、そのような王維は、竹の清潔や高尚な内面を目指し、竹林で琴を奏でながら歌ったりする、禅の境地に近い隠遁生活を楽しんでいる。一方、この「長嘯」「深林 人知らず」という表現からは、理想や志が解されず、才能が十分に発揮できないことを思わず嘆いたりする王維の寂しい心境や鬱屈を垣間見することができるのである。

そうした王維の心の底に秘めていた人懐こさや虚しさなど、俗世間を見切れなかった王維の内面は以上論じてきた二首の詩にはとどまらなかった。他に、また、2番「華子崗」の「惆悵情何極」や、12番「柳浪」の「春風傷別離」（誰かに折られるという柳の恐怖感を詠いながら、詩人自分の憂いを暗示しているとも捉えられる。）といった句にも、それを彷彿させる心境が見られる。また、7番の「山中倘留客。置此茱萸杯。」（茱萸沜）、8番の「應門但迎掃。畏有山僧來。」（宮槐陌）、9番の「輕舸迎上客。悠悠湖上來。」（臨湖亭）、11番の「吹簫凌極浦。日暮送夫君。」（欹湖）などの詩句にも来客への持成しや、待ち構えている詩人の心境がよく詠われているものである。特定の相手であろうが、不特定の人であろうが、いずれも主人公が煩いを感じるような客ではないことは明らかである。ことに客を迎える9番と一対をなすと思われる見送りの11番との詩に詠われている、来客を待ちきれず自ら船に乗り込んで迎えに出てきた主人公の様子や、その友人の帰りを名残に簫を吹きながら見送る主人公の寂しさは詩人の人懐こい心境の表れ、人とのコミュニケーションを強く期待している内面の反映だと思われる。

第四節　　漱石の南画にみる主人公の内面

『図説漱石大観[42]』によれば、漱石の晩年に描かれた南画のうち、山水画（「柳蔭閒話図」など寓話が潜められ、人物を中心とするような作品を除外する）と看做せるものが十五点ある。第二章で、竹田との比較という視点で漱石の山水画を大まかに触れたが、本章では、王維の『輞川集』にみる主人公の内面性の比較対象として相応しい作品に絞って考察を進めていく。漱石の十五点の山水画のうち、主人公の内面性や外界とのかかわり方などが窺われる作品といえば、「漁夫図」（図版29）、「樹下釣魚図」（図版30）、「山上有山図」（図版39）、「閑来放鶴図」（図版42）、「孤客入石門図」（図版44）及び「山下隱栖図」（図版48）など風景に主人公やその象徴が織り込まれている六点の作品が挙げられよう。以下この六点の南画の構成や主人公の内面性と考えられる部分に焦点を合わせ、漱石の山水画の特徴を見出すことを試みてみよう。

1 「漁夫図」(図版29)(図1)

画面全体に薄緑一杯の風景が描かれ、竿を肩にかけて山間の小道を歩いている漁師が画のポイントとなっている作品である。平川祐弘氏が「だけど、漱石の描いた南画風の絵というのはずいぶんと洋画臭くないですか[43]」と、「漱石における東と西」と題した座談会の席上で漱石の南画に対して批評を下したことがある。「洋画」と言う言葉の代りに「洋画臭い」という表現が使われているのは、つまり、洋画ではないと捉えられるだろう。もし洋画とはっきり言えるなら、この「漁夫図」に描かれている男の人は、生計を立てるために漁に出かけている単なる漁師にとどまり、それ以上の象徴などは託されない可能性が強い。恐らくこの「漁夫図」も氏が指摘している「洋画臭い」南画の類といえよう。画に収められている木の形やその色使い、また顔料の塗り方などからでは、「洋画臭い」という氏の指摘は否めない。となると、その南画的な部分は、画の象徴性――「漁夫図」の場合は漁師に託されている寓意――が該当するのは明らかであろう。漱石の南画における漁師の象徴について、安部成得氏及び宮崎法子氏はそれぞれ次のように言及している。

(1) 漱石にとって「漁夫(人)」とは、「漁夫の辞」(中略)陶淵明の「桃花源の記」に見える「魚を捕らえることを生業とする」ような単なる漁夫(人)とは異なるものであって、漱石はそこに出世間的な世界の雰囲気をかもし出すものとして、詩(画の場合も同じ)の中に「漁翁」(釣翁)を持ち出しているのである[44]。

(2) 民間で吉祥シンボルであった蓮花や魚などを描いた花鳥画が、職業画家ばかりでなく、文人や「文人系」の画家によっても、描かれるようになる。一方伝統的な文人山水画の主題である、隠棲へのあこがれを背景にした漁夫図などを、職業画家も盛んに描いた[45]。

表現は異なるものの、⑴の阿部氏の「出世間的な世界の雰囲気をかもし出すもの」も、⑵の宮崎法子氏の「隠棲へのあこがれ」も、同質のものとして「漁夫図」の漁夫に託されている含意となされているのは贅言するまでもない。ただし、「陶淵明の「魚を捕らえることを生業とする」ような単なる漁夫」という、『桃花源記』に描かれている漁夫に対する安部氏の解釈にはいささか異議がある。外部から「桃花源」に入った「漁夫」は「桃花源」世界の象徴と言える桃の花の意味とは隔たりがあるが、その世界への媒体のような役割りを有している以上、関連の舟と同じく桃源郷――理想郷、あるいは隠棲――につながり、その境地への通路と考えた方がこの話を作った陶淵明の意図に近く、理にかなっているであろう。また、漱石の絵画人生に影響を与えたと思われる江戸時代末期の文人画大家である田能村竹田[46]の作品の中にも、舟に乗って楽しく過ごしているような漁師の画や、釣りを通して友人との交流をしたりするような画題の作品が沢山残っている[47]。中国の漢詩以外に、漱石は竹田などの作品への嗜みを通して、文人画における漁夫の象徴を知っていたはずである。

しかし、この図版29の「漁夫図」に描かれている漁夫は、珍しく以下に挙げる作品の人物とは似通わず、明るい雰囲気が溢れているのは興味深い。２の「樹下釣魚図」の項目で両者の差異を詳しく比較してみる。

2　「樹下釣魚図」（図版30）（図2）

「漁夫図」と同じく画題が漁師であるが、両者のモチーフはいささか異なっていると感じられる。モデルのポーズと表情に注目したい。「漁夫図」の漁師は、漁に行く前ともその帰りとも考えられる。漁の前なら、竿を肩にかけている漁夫は趣味としての釣りにいそいそと向かおうとしている姿だと思える。逆に漁の帰りと捉えれば、今日は大漁でその喜びを一刻も早く家族と分ち合いたいためであろうか、顔の表情が明るく、足取りが極めて軽そうに見える。漁夫の表情や仕草には躍動感が溢れており、漁夫が人生を楽しんでいる様子から、生きている世界は桃源郷のような平和で豊な世界であるとも推測できる。

一方、図版30の「樹下釣魚図」は、暑い夏に主人公が木陰で、格好な場所を選んで、魚釣りを楽しんでいるという構成の画である。長閑で静かな夏の一時が大変強調されている。大きな木の幹に寄りかかっている主人公のポーズ、または釣り竿を無造作に岸辺にかけっぱなしにしている点から見て、魚が釣れるか釣れないかは一向に気にもかけておらず、俗世間から離れた天地に悠々とその一時を味わっているかのように捉えられる。プロの漁師でないこの主人公は、隠遁者のような脱世間的な雰囲気を湛えている。にもかかわらず、視線を遠方に放っている主人公の顔にはどこか憂いな表情が隠し切れないのが鑑賞者側には伝わってくる。つまり、俗世間から離れていながら、俗世間がまだ気になるがゆえに、憂いの色が思わず現われていると考えられよう。

3 「山上有山図」(図版39)(図3)

画に添えてある「山上有山路不通　柳陰多柳水西東　扁舟盡日孤村岸　幾度鵞群訪釣翁」という題画詩に焦点を合わせ、桜庭信行氏は次のように見解を示している。

> 「山上に山有りて路通ぜず」という自賛は、漱石がかなり関心をもったイギリスの詩人ポープの有名な詩行—(山の彼方にまた山が覗き、アルプスの上にまたアルプス聳ゆ)という、学問の奥行の深さを詠んだものを連想させずにはおかない。漱石の背景に、イギリスの文学と絵画の連想があることは否定できない。古典的連想を重んじたポープの文学観が漱石に流れているのである[48]。

氏は、イギリス詩人ポープの「アルプスの上にまたアルプス聳ゆ」という詩の一節を彷彿させる点を根拠とし、「学問の奥行きの深さ」がこの画のモチーフであることに言及するほか、文学と絵画のクロスをこの画に見出した。一方、飯田利行氏も画に添えてある「山上有山路不通」という詩句に視点を据えながら、「出路不通、桃花源のような仙境のこと」、「仙郷には出路は不要、つまり俗界と不通[49]」と隠遁者が憧れの仙界につながると述べている。また、安部成得氏も飯田氏の「仙境」説を踏まえ、「この詩はそうした南画的な世界を説明したことになろう[50]」と、「南画的な世界」説を唱えている。

画を見れば、遠景には淡彩で描かれている険しい山々が重なっており、広大な川で隔てられた近景である川岸には木が茂っているという構図の画である。川の向こう側の岸辺に浮んでいる小舟が画――というより詩――のポイントと看做すべきであろう。隠遁者が小舟に乗って釣りを楽しむのはよく文人画の画題とされるが、小舟には人影が見当たらない。魚が取れるかどうかなどには一向に気を取られていない、小舟をそのまま岸辺に浮かばせて昼寝でもしているような主人公は俗世界に完全に背を向けているだろうと推測できる。この題画詩の後半の「扁舟盡日孤村岸　幾度鷺群訪釣翁」という句が画のモチーフ――隠遁者の世界――を物語っているのである。首聯の「山上有山路不通」にあるように、広々とした川によって外界とは完全に断絶されているこの「孤村」にいる主人公のところには終日鷺鳥が行ったり来たりしている以外、誰も訪れてこない「泰平そのもの[51]」の境地と看做すことができよう。飯田氏の所謂「仙境」というより、俗世界に背を向けた主人公の姿勢によって、実在的な世界でありながらも、非日常的な別世界に主人公が身をおいていることが成立つのである。そういう意味では、漱石の南画の中で最も閑静な雰囲気が満ちている作品だと感ぜずに入られない。

4　「閑来放鶴図」（図版42）（図4）

山間にある平地より仰視した奥山の山水画である。聳えている山々に小さな村落が点在しており、その平地にある家屋の前で二羽の鶴が、何か餌でものんびりと食べている近景が画のモチーフと看做すことができよう。飯田利行氏は画に添えてある題画詩を次のように解いている。

> 暇つぶしには、高い古松のもとで鶴を放ってその鳴き声を聞いて悦に入ること、またがらんとした部屋に入って『易経』を読むといった風流ぶり[52]。

恐らく松の木や、鶴及び『易経』を読むことなどの素材で、氏は主人公の内面を「風流」と看做しているだろう。一方、安部成得氏は「虚堂の前に放鶴を見るのは、仙境を意味している[53]」と、鶴のほか、題画詩の尾聯である「又上虚堂讀易經」にある「虚堂」という表現に基づいて「仙境」説を唱えているのであろう。筆者としては「風流」説にも「仙境」説にも異議はない。が、最も手前に近い家屋の部分を拡大してみれば（図版42部分）（図5）、部屋の中に描かれている主人公が、外に背を向けて座っているようなポーズを取っている姿に深く興味を感じる[54]。常日頃、仕事などの煩いからしばしば逃れたい心境を吐露していた漱石は、精神的に暫しの間でも「閑来放鶴図」に広げられている仙境のような世界に身を浸すことを企て、その時間及び空間の絶妙なコンビネーションによる第三次元の場を、南画の創作をとおして求めていたに違いない。その長閑な一時を一人で味わっていたことに意義があるのである[55]。こうした精神的な背景のもとで南画を創作したからこそ、人間の姿は一人に拘ったと受け止められるのであろう。

5　「孤客入石門図」（図版44）（図6）

岩壁に沿って作られた山道を、驢馬か馬かに乗っている人が、遠景の険しい山の麓にある簡素な庵へと向かい、ゆっくりと進んでいる風景の画である。「孤客」の客という表現から、奥山に住んでいる人間ではなく、求道かほかの目的で庵を訪れた客と看做すべきであろう。石門の部分を拡大してみれば（図版44部分）（図7）、実は、石門を越えたところに微かにもう一つ人の姿が見える。もう一人の客か現地の人が画面に登場している設定なのであろうが、互いに交流する気配は全く見えず、画面全体には寂しい、暗い雰囲気が漂っているとしか捉えようがない。更に画に添えてある題画詩の「遅遅驢背客」という表現から、かなり遠くからこの奥山に辿りついてきたことがうかがえ、驢馬はその足取りも大分弱り、「孤客」も長い道程で草臥れている。その上「孤客」は何か考え込んでいるとも思われるような真剣な表情を見せている、などの情況から、「この詩は「驢背の客」の尋ね到った別天地（仙境）を詠じたもののごとくである[56]」という安部成得氏の「仙境」説には賛同しがたい。頻りに内省する姿勢を構えていた漱石は、この画の創作に臨んでいた際にも、恐らくその「孤客」に自分を重ね、周囲から自分を隔絶させていたことは十分に有り得るのであろう。ゆえに、画面には主人公以外に、もう一人の男性の登場があるにもかかわらず、その男性は他者のように扱われ、交流が成り立たず、主人公は自己の内面を見つめているように「孤客」の姿勢を構え続けているのである。

6　「山下隠栖図」（図版48）（図8）

主人公が位置している奥山にある住居に視点を据え、そこから仰視した山の風景を描いた画である。最も手前の近景に岩があり、少し奥に進むと家屋が見え、家屋の前と裏にそれぞれ木が一本あり、その家屋のすぐ裏には山が聳えている、という構図の画である。家屋が画の主役かと思われるように画の中央に構えられ、家の前にもすぐ左手にも大きな岩がある。また、家屋の裏の山全体に厚い雲がかかっている点から、きわめて辺鄙で高い山に住居が建っていることも窺えよう。部屋の中の隠者らしい男性は手には何も持っておらず、ただただ山の方向に目を向けているという、象徴的な描き方である。男性のポーズは山の奥深さを考えているとも捉えられ、また内省しているとも受け止められよう。更に、家屋の周りに梅などの美しい花の代りに穏やかな木が描かれている点も主人公の内面を暗示しているとも思われる。つまり、奥山に隠棲しているとはいえ、顔をやや上に向けて外を眺めている主人公——言い換えれば、真剣そうな表情を見せている男性——は隠棲の世界を楽しんでいるというより、内省しているか、考え込んでいると看做さざるを得ないのである。

第二章でも述べたが、漱石の南画には図版34の「竹林農夫図」にあるように、男と女、雄鶏と雌鳥というペアの設定によって生命の繁栄を示唆したり、竹の経済性を物語ったりする写実性がある[57]。虚構でありながら写実的な部分——言葉を変えれば、社会と断ち切れなく、社会に関心を持っている気持ち——から生涯離れてはいなかったという漱石の内面と考えることができよう。一方、上掲した六点の南画では、社会を他者と看做し、生活の中で暫し他者と遮断され、一人という時間と空間による第三次元の場を頻りに味わいたい、というのも漱石の内面の一端を示唆している点も見落としてはなるまい。上記の社会と断ち切れない内面とはあたかもアイロニーでありながら、漱石の中に同時に存在しており、漱石が生涯煩悶し続けていた原因の一つとも言えよう。

第五節　人懐こい王維、一人の時間と空間の場にこだわる漱石

文人画の始祖である王維は、晩年に輞川という風景の奇麗なところに住居を構え、朝廷に仕えながらほぼ隠棲のような余生を送っていた。そのような王維が「詩中に画あり、画中に詩あり」という、文学と絵画の融合した芸術の極地を唱え、数多くの文人画や漢詩を後世に残したのは改めて言うまでもない。その晩年を過ごしていた輞川の周りの中でも、最も秀麗な

風景を選び、それを詩にした漢詩集『輞川集』は、王維の芸術の集大成だと思われている。その中では王維の絵画の優れた才能を楽しめると同時に、禅の究極に達していた王維の思想も窺えるというのは一般的な王維への理解である。が、筆者は『輞川集』にある「鹿柴」と「竹里館」との二首に焦点を絞り、主人公の内面を考察した結果、そうした禅の究極に達していたと思われる王維像のほかに、人懐こいというもう一つの王維の側面を見出すことができた。

嚴七仁氏は、「我們也了解到王維隱居時並非過著那種靜寂之隱士生活，恰恰相反，其隱居期間卻過著走朋訪友、迎客送別的熱鬧生活。（中略）這哪裡是在隱居！如說其是“晚年唯好靜”之隱士，那應算是不太恰當之評語[58]」（山に隠棲していた晩年の王維は閑静な隠居生活をしていたのではなく、逆に、彼は友人を頻りに訪れたり、友を招いたりする賑やかな暮らしをしていた。（中略）真の隠居生活とは看做し難い。「晩年には閑静な暮らしを自ら望んでいた」という指摘はあまり適切だとは思えない。）と、新たな王維像を考え、従来と異なった見解を見せている。また、「通過這種特殊的情感，王維與人同時也與儒家相通。王維在自然之中企盼的始終是人。」（こうした独特な感情を通して、王維は人間及び儒教と相通じていた。自然の中で王維が求め続けていたのは人間であったことは終始変わらなかった[59]）という崔康柱氏の説にも嚴氏と同じく、人間から離れられないという王維像が見える。画と見違えんばかりに視覚的ムードを我々読者に十分楽しませてくれる「鹿柴」と「竹里館」との二首の漢詩には、人気のない奥山の静けさや竹林を独り占めしている長閑さを究極の地と看做し、楽しんでいる一方、「但聞人語響」という表現の裏にある訪客への期待や「彈琴復長嘯」に潜んでいる主人公の中にある空しさ、人懐こい気持ちを感ぜずにはいられないのである。そうした人懐こい気持ちはまた、2番「華子崗」や12番「柳浪」にもうかがえる。更に、7番の「山中倘留客。置此茱萸杯。」（茱萸沜）、8番の「應門但迎掃。畏有山僧來。」（宮槐陌）、9番の「輕舸迎上客。悠悠湖上來。」（臨湖亭）、11番の「吹簫凌極浦。

日暮送夫君。」（欹湖）などの詩句になると、来客への持成しや、待ち構えている詩人の心境が強く詠われている。ことに客を迎える9番と見送りの11番との一対と思われる詩に詠われている、来客を待ちきれず自ら船に乗って迎えに出ている主人公の様子や、その友人の帰りを名残惜しそうに簫を吹きながら見送る主人公の未練がましさは、詩人の人懐こい心境の表れ、人とのコミュニケーションを強く期待している内面の反映と思われる。言い換えれば、世俗の煩わしさに背を向け、隠遁を望んでいた王維は、片方で人懐こく、俗世間を見切れなかったという一面も露呈していると言わざるを得ないのである。

こうした王維の芸術を頻りに賞賛し、その隠遁生活に憧れていた漱石の南画には、虚構の隠遁世界が広がりながらも図版34の「竹林農夫図」（図9）や43の「煙波漂渺図」（図10）、また46の「秋景山水図」（図11）などの作品には写実的な面も見出すことができる。一方、それらとは異なり、以上、「漁夫図」（図版29）、「樹下釣魚図」（図版30）、「山上有山図」（図版39）、「閑来放鶴図」（図版42）、「孤客入石門図」（図版44）及び「山下隠栖図」（図版48）など、風景に主人公やその象徴が織り込まれている六点の作品を考察してきた結果、隠逸精神を抱いていながら、社会への関心を断ち切れないのは王維と共通している点と見ることができよう。とはいうものの、王維に比べ、漱石の南画の場合は、人間に注ぐ視線が更に強く感じられ、より濃厚であると感ぜずにはいられない。例えば、図版34の「竹林農夫図」や図版46の「秋景山水図」などの作品はいずれも日常性から離れられず、生活的な匂いの強い写実性——社会に関心を抱いている気持ち——を反映した作品である。それらと打って変わって、上掲した六点の南画は、風景の中に一人、或いは他人と交渉を断ち切っている人間を盛り込んでいる作品ばかりである。このような構図は、社会やそこに存在するあらゆる人間をすべて他者と看做し、生活の中で暫し他者と遮断し、一人という場を味わいたい、というもう一側面の漱石の内面を露呈していることを示唆していると捉えられよう。その一人に囲まれた、時間と空間による第三次元の場を味わうことによって、漱石は隠遁者の心境で自然と対話することが出来、心の苦悶を癒すことが可能になったのであろう。つまり、一人の空間と時間のコンビネーションによる第三次元の場——他者との関わりを断ち切っている場——と、一方の社会と断ち切れないもう一つの漱石の内面とは、あたかもアイロニーでありながら、漱石の中に同時に存在しているのである。このような矛盾を抱えた文人である漱石は、生涯煩悶を抱きながら、明治時代を生きぬいていたのであろう。

漱石は王維の隠遁精神を継承し、時折日常的世界から脱出し、虚構の隠遁世界に身を浸していたのである。なるほど、王維は一見俗世界から逃れようとしていたようには見えるが、意外に外部の声に耳を傾け、外部の様子に気を配っていた姿勢もかなり強かったのである。それとは正反対に、俗世界に生きていた漱石は精神面による隠遁を味わい、精神的に他者と断ち切り、自己を見詰めていた傾向が窺えるのである。そうした一人の場に固執し、その空間と時間の場で内省することによって隠遁を楽しむといった方法を漱石が構築したのであろう。この一人の場といえば、修善寺の大患後、綴った回想文である「思ひ出す事など」にある「小供のとき家に五六十幅の画があつた。ある時は床の間の前で、ある時は蔵の中で、又ある時は虫干しの折に、余は交るがわるそれを見た。さうして懸物の前に独り蹲踞まつて黙然と時を過すのを楽とした。」という南画との出会いの思い出の風景と実に重なっており、修善寺の一人の場の内質は同じとは言えないにしても、それがこうした一人の場の原点と看做してもよいのではないであろうか[60]。

[図版]

図1：漁夫図（図版29）

図2：「樹下釣魚図」（図版30）

図3：「山上有山図」（図版39）

図４：「閑来放鶴図」（図版 42）

図５：「閑来放鶴図」（図版 42）

図6：「孤客入石門図」（図版44）

図7：「孤客入石門図」（図版44）

図8：「山下隠栖図」（図版48）

図9：「竹林農夫図」（図版34）

図10：「煙波漂渺図」（図版43）

図11：「秋景山水図」（図版46）

[注]

1　吉田精一『図説漱石大観』1981.5.26 角川書店
2　例えば、大正元年十一月十八日（月）津田亀次郎宛の書簡には「拝啓私は昨日三越へ行つて画を見て来ました色々面白いのがあります。画もあれほど小さくなると自身でもかいて見る気になります。あなたのは一つ売れてゐました。同封は今日社から送つて来ましたから一寸入御覧ます書いた人は丸で知らない人です。今日縁側で水仙と小さな菊を丁寧にかきました。私は出来栄の如何より画いた事が愉快です。書いてしまへば今度は出来栄によつて楽しみが増減します。私は今度の画は破らずに置きました。此つぎ見てください。」（『書簡下 漱石全集 第二十四巻』P117）という一節がある。また、大正二年六月十八日（水）に同じく津田青楓（津田亀次郎）宛の書簡にも「私はあれから二三枚妙なものを画きました其うち一二枚必ず賞められなければ承知の出来ないものでいつか序の時又見てください」（『書簡下 漱石全集 第二十四巻』P177）と、画を描いていることが書かれている。いずれも津田青楓に宛てた書簡であり、画——この時期に専ら描いていた南画——を画くことが何よりも愉快であり、絵画の師でもある津田に褒められたいという心境が窺えよう。
3　佐々木丞平・佐々木正子共著1998.12.15『文人画の鑑賞基礎知識』至文堂P97
4　「文人畫について—」瀧精一『文人畫概論』大正11年11月11日 改造社P36
5　俳句にはNo.2418「門鎖ざす王維の庵や尽くる春」（『漱石全集 第十七巻』P460）と隠遁者である王維の生活振りと思われるムードを織り込み、「王維の庵」という言葉を使っている。
6　例えば、初期作品『草枕』の第一章で、主人公である画工は世俗に接する態度や方法などを考えた挙句、「うれしい事に東洋の詩歌はそこを解脱したのがある。（中略）独坐幽篁裏、弾琴復長嘯、深林人不知、明月来相照。只二十字のうちに優に別乾坤を建立して居る。」『漱石全集 第三巻』P10と、王維の詩を思い浮かべ、それは即ち世俗を離れようとする時に構えるべき姿だと示唆している。
7　例えば、明治四十年三月二十七日付け橋口五葉宛ての書簡には「篆字の義は別段よきもの無之王維の日落江湖白潮来天地青抔如何かと存候然し十字にて足らぬならば是非なく候。石闌斜点筆桐葉坐題詩もよろしかるべくか。」（『漱石全集　第二十三巻』P36）と王維の詩に触れた一節があり、また大正四年四月二十九日付け加賀正太郎宛の書簡には、「（七）曠然荘　王維の詩に曠然蕩心目とあります。（八）如一山荘 是も王摩詰の句です雲水空如一とあるのです。」（『漱石全集 第二十四巻』P417）と、加賀正太郎から山荘の命名の相談を受けた漱石が山荘の名に相応しい名を十四個挙げた。そのうち二個が王維の詩に因んだものと見えるのである。
8　本来なら、「輞川図」というシリーズの絵を比較対象とすべきであったが、千年以上たった絵画作品の保存は現実的には不可能であったため、王維の筆による「輞川図」と題する作品は現存していないのが事実である。
9　董其昌「畫禪室隨筆巻二」『畫禪室隨筆』1968.6 廣文書局有限公司 P52
10　瀧精一「支那畫に於ける山水一格の成立」『國華』No.191 明治四十年四月 P278
11　田中豐藏「南畫新論」（二）『國華』No.264 大正一年五月 P284.285
12　蘇心一『王維山水詩畫美學研究』2007.5 文史哲出版社 P121-125
13　莊申氏は、「王維早年的詩與早年的畫，同富彩色性。而其晩年的詩則漸趨平淡，同時他晩

年的畫，因為大多使用水墨，亦棄絶其敷彩鮮麗的作風而日趨平淡。」（王維が若いころ描いた詩及び画はいずれも色彩に富んでいたものがほとんどであったが、晩年に至ると漢詩が淡泊になり、画は鮮やかな色彩の作品の代りに素朴な墨絵が主流になったのである。）と、王維の早期から晩年までの詩と画の変化について言及している。莊申「王維的藝術」（莊申『王維研究上集』1971.4萬有圖書公司P136）

14　『文人画粋編 第一巻 王維』1975.5 中央公論社

15　大槻幹郎『文人画家の譜――王維から鉄斎まで』2001.1.10 株式会社ぺりかん社 P10

16　小林太市郎・原田憲雄『漢詩大系 第十巻』1964.8.30 株式会社集英社 P304 ／［唐］王維著［清］趙殿成 箋注『王右丞集箋注』（1998.3上海古籍出版社P241）を参照。

17　貝塚茂樹「詩中に画あり」『文人画粋編 第一巻 王維』1975.5 中央公論社 P122

18　『漱石全集 第三巻』P10

19　『漱石全集 第三巻』P21

20　蘇心一『王維山水詩畫美學研究』2007.5 文史哲出版社 P217.218

21　范慶雯 選註『中國古典文學賞析精選 寒山秋水』1985.3.10 時報文化出版事業股份有限公司P221

22　呉啓禎『王維詩的意象』2008.05 文津出版社有限公司 P158.159

23　陳紅光「王維山水詩中的畫理」（『王維研究（第二輯）』師長泰主編 1996.8 三泰出版社P177）

24　張曉明「試論王維山水詩的空靈之美――兼及莊學本體論對王維的浸潤」（『王維研究（第二輯）』師長泰主編 1996.8 三泰出版社 P151）

25　嚴七仁「即此羨閑逸　悵然吟《式微》――王維在輞川的詩文創作」嚴七仁著『大唐盛世王維在輞川』2005.5 三秦出版社 P124

26　陶文鵬「論王維的美學思想」『唐宋詩美學與藝術論』2003.05南開大學出版社 P68.69

27　注26に同じ。P70

28　崔康柱「超脱與救贖――王維山水詩文化意蘊試釋」『王維研究（第二輯）』師長泰主編1996.8三泰出版社 P162

29　貝塚茂樹「詩中に画あり」（『文人画粋編 第一巻 王維』中央公論社1975.5 P122）

30　詩の場合は小説とは異なり、特に王維の場合は自分が詩の主人公であり、その心境を歌い込むのが一般的であろう。

31　注（29）に同じ。

32　『輞川集』の8番の「宮槐陌」にも「幽陰に緑苔 多し」と、長い間人が訪れていない暗示として苔が使われている。

33　『輞川集』に収められている詩は殆んど、自由自在に飛んでいる鳥や柳、茱萸、文杏、芙蓉などの植物、または湖畔の様子を読者が眼に見えるように絵画化している描写法を使っていると思われている。（蘇心一の『王維山水詩畫美學研究』（2007.5 文史哲出版社）／范慶雯 選註の『中國古典文學賞析精選 寒山秋水』（1985.3.10 時報文化出版事業股份有限公司））を参照。

34　『漢和大字典』（1977 学習研究社）によると、「但」は「ただ…だけという意をあらわす言葉」とされている。

35　范慶雯 選註『中國古典文學賞析精選 寒山秋水』1985.3.10時報文化出版事業股份有限公司P227

36　蘇心一『王維山水詩畫美學研究』2007.5 文史哲出版社 P234
37　大槻幹郎『文人画家の譜――王維から鉄斎まで』2001.1.10 株式会社 ぺりかん社 P9
38　岳飛《岳武穆遺文》『清文淵閣四庫全書』電子版資料　台湾大学付属図書館所蔵
39　瀧精一が「とかく隱逸性を帯びる方に傾くのを常とする。從つて又文人畫はその主題を選ぶ場合に於て人物なら仙人や羅漢の類を好む譯であるが、概して云ふと山水を畫く事が甚だ多いのである。山水の畫に於て現實社會を離れた塵外の樂土を得やうとするのがその持前である。」と、文人画に描かれる世界が隠逸性に傾いていることを述べている。（瀧精一「文人畫について――」『文人畫概論』改造社 大正11年11月11日）P 27.28
40　都に近いこの輞川に別荘を決めた理由について、小林太市郎及び原田憲雄両氏は、「これは恐らく経済的にも不可能であったかも知れぬ。併し彼はさすがに都の花やかな生活の魅惑に猶ほ心を牽かれ、諸友との互吟倡和の楽しみも心強くは捨て得なかったので、謂はば天さかる鄙の田舎に退隠してしまうことも欲しなかったであらう。然るに彼の心に斯く相反する二傾向は、恰も輞川に住むことによって洵によく調和され得たのであった。即ちそこはとにかく都離れた深山遠谷ながら、一日の行程で長安へも出られ、また都人も折々はそこへ彼を尋ねて来ることができる。」と推論し、その隠遁の本質を論じている。（小林太市郎・原田憲雄『漢詩大系 第十巻』1964.8.30 株式会社集英社 P307.308）
41　「文人とは」――『文人画の鑑賞基礎知識』佐々木丞平・佐々木正子　1998.12.15至文堂 P92.93
42　吉田精一『図説漱石大観』1981.5.26角川書店
43　高階秀爾・平川祐弘・三好行雄三人による座談会-『国文学解釈と教材の研究』第8巻14号学燈社 昭和58年11月 P17
44　安部成得「漱石の題画詩について」『帝京大学文学部紀要　国語国文学 第13号』1981.10.1 帝京大学学部国文学科 P309.310
45　宮崎法子「「南画」の向こう側」『江戸文学18　文人画と漢詩文Ⅱ』徳田武・小林忠 監修 1997.11.7 ぺりかん社 P76
46　「漱石の南画には多能村竹田の影響があると言われているが、すでにこれまでのものにもこのことは考えられよう。」（吉田精一『図説漱石大観』1981.5.26 角川書店 P301）と、吉田精一氏が語っている。また、本書の第二章でも述べているが、漱石が友人に宛てた書簡の中にしばしば田能村竹田のことに触れていた。以下、幾つかその例を掲げておこう。

＊大正四年二月十三日西川一草亭宛て………津田君が立つ時には会いませんでした私の画風などとは実に面目ない次第です滅茶々々を画風とする位ものです竹田も何もあつたものではないのです夫より青楓君の描いてくれた梅竹の図が大変結構にできました今度上京なすつたら御目にかけます（『書簡下漱石全集　第二十四巻』P393）

＊大正四年五月三日津田青楓宛て………銀座に小川一真ん拵え［た］昔の名画の原物大の複製が九十点ばかり陳列されたのを見に行きました、好いのがありますよ。今の人の画を買ふよりあれを買つて参考にした方が余程有利だと思ひます。楊舟といふ清人の虎はいゝですよ。夫から竹田〔の〕雀に竹なんかも気韻の高いものですね。（同前 P419）

＊大正四年十二月十四日 寺田寅彦宛て………其梁楷のかいた布袋か何かの着物は太い筆の先を割いて墨の黒い奴でしやアと一筆に塗つたも今時の人がやればすぐ非難を招く事受合と存候。夫から大雅の横巻は珍品として眺め候いつもの大雅とはまるで違つてゐるから妙だと存候大雅の特色あるものゝうちで最上等のもの一幅及び竹田の極いゝものを

一幅加へたい気が致し候（同前 P497）

以上の書簡より、漱石が文人画家大家である田能村竹田の文人的な人生、その画風に憧れていたことが十分に有り得る。また、第二章で論じたように漱石の南画（文人画）が竹田の影響を受けていたことがうかがわれよう。

47　例えば竹田の「船窓小戯帖」（図版18）「舟中売章魚図」（図版38）はいずれも漁師として生計を立てている画であり、絵全体には明るくて楽しいムードが漂っていることが感じ取れる。また「稲川舟遊図」（図版40）も文人世界につながる画と見做せる。詳しくは第二章を参照されたい。鈴木進　編著『竹田』（解説 佐々木剛三1963.6.10日本経済新聞所）

48　桜庭信行「漱石と絵画」『大正文学論』編者高田瑞穂 1981.2.20 有精堂 P59.60

49　飯田利行『新訳漱石詩集』1994.10.25柏書房株式会社P207.208

50　安部成得「漱石の題画詩について」『帝京大学文学部紀要 国語国文学 第13号』1980.10.1 帝京大学文学部国文学科 P.310

51　注49に同じ。P207

52　注49に同じ。P219

53　注50に同じ。P324

54　第二章で触れたが、漱石が賞賛していた江戸時代末期の文人画家大家である竹田の文人画には人物は一人より二、三人など複数が登場するのがほとんどである。

55　「閑来放鶴図」の解釈や無人島に逃れたい漱石の心境などについては第二章第二節を参照されたい。

56　注50に同じ。P329

57　「竹林農夫図」以外に、岸辺に近い川に小舟が沢山集まっている、特別な日にイベントでも催されている漁村の風景が描かれている図版43の「煙波漂渺図」も虚構でありながらその写実性が現われる作品と看做せる。また、図版46の「秋景山水図」も近景にある村の様子——百姓が畑仕事でよく出かけたり、互いによく交流したりする人々の動き——によって、温かそうな農村生活のムードが醸し出されているのも写実的な描き方と捉えるべきであろう。

58　嚴七仁『大唐盛世 王維在輞川』2005.5 三秦出版社P121

59　崔康柱「超脱與救贖——王維山水詩文化意蘊試釋」『王維研究（第二輯）』師長泰主編 1996.8三泰出版社 P168

60　「思ひ出す事など」『漱石全集第十二巻』P426

第四章

陶淵明から漱石へ
——隠逸精神を介して

第一節　陶淵明に傾倒していた漱石

陶淵明文学やその生き方への傾倒をもっとも反映している漱石の作品といえば、先ず『草枕』を挙げずにはいられない。その第一章での、「うれしい事に東洋の詩歌はそこを解脱したのがある。採菊東籬下、悠然見南山。只それぎりの裏に暑苦しい世の中を丸で忘れた光景が出てくる。垣の向ふに隣りの娘が覗いてる訳でもなければ、南山に親友が奉職して居る次第でもない。超然と出世間的に利害損得の汗を流し去つた心持になれる[1]」（下線引用者。以下同）と、主人公である画工が世俗の煩いから遁れる方法をいろいろと思索した挙句、引用した淵明の隠遁姿勢を物語る有名な詩句「採菊東籬下、悠然見南山」にしても、終章での、画工と那美や那美の甥である久一ら一行と那古井の温泉場を出ようとする途中の「柳の間に的皪と光るのは白桃らしい。とんかたんと機を織る音が聞こえる[2]」という美しい風景にしても、陶淵明の『桃花源記』における桃源郷の世界に入る水路の情景を彷彿とさせている、など陶淵明文学をかなり意識して設定されているのは明らかである。また、「雲の岫を出で、空の朝な夕なを変はると同じく、凡ての拘泥を超絶したる活気である[3]」という、『虞美人草』の第一章にある、宗近と京都へ気晴らしに行った甲野が山の中で静かな風景に身を置いた時、思い出した句も陶淵明の「雲無心して岫を出づ」を踏まえているのは自明である。

こればかりではなく、「英国の文人と新聞雑誌」という一文の中でも「文人詩人の資格を具へて居つても眼丁字なしと云ふ様な者は詩想を表彰する事が出来ぬから論外である。文章を綴り句を成す力量があつても陶淵明や寒山拾得の様な人々は自分の作を天下後世に伝へたいと云ふ考がないから是も特別である[4]」と陶淵明の崇高な精神を讃えたり、俳句集にある1091番の「木瓜咲くや漱石拙を守るべく[5]」と、陶淵明の詩「園田の居に帰る」にある「拙を守って園田に帰る」という拙の精神をなぞって詠じたりするのも陶淵明への傾倒の例として挙げられる。

さらに、「東西文学ノ違」という東西の良し悪しを論じる一文の中で、「是根本的ニ日本人ト立脚地ガ違フナリ．西洋人ハアク迄モ出《〔世〕》間的デアル……Humanistic interestアルナリ．極言スレバ浮世トカ俗社界ヲ超脱スルコト能ハザルナリ．吾人ノ詩ハ悠然見南山デ尽キテ居ル、出世間的デアル、道徳モ面倒ナコトモ何モナイ[6]」と、東洋、特に陶淵明の詩――出世間的な思想――を賞賛しているのも見える。このように、陶淵明が極めて漱石に影響を与えた中国文人の一人であることは、漱石の小説や俳句、また漱石の評論などからも窺える。その中でも、陶淵明の影のもっとも大きかったのは漱石の漢詩であるのは贅言するまでもない。詳しくは後述するが、例えば、90番[7]の「遺却新詩無處尋／嗒然隔牖對遥林（中略）人間至樂江湖老／犬吠鷄鳴共好音」や144番の「寂寞光陰五十年／蕭條老去逐塵緣（中略）春城日日東風好／欲賦歸来未買田」、147番の「不愛帝城車馬喧／故山歸臥掩柴門／紅桃碧水春雲寺／暖日和風野靄村」179番の「閑窓睡覺影参差／机上猶餘筆一枝（中略）描到西風辭不足／看雲採菊在東籬[8]」などの例は、いずれも中国や日本で広く知られている陶淵明の詩句をなぞっているのは明らかであろう。

勿論、そうした漱石の漢詩における陶淵明の受容は早くから研究者に注目され、このジャンルにおける研究は、すでに和田利男氏[9]や井出大氏[10]、佐古純一郎氏[11]、上垣外憲一氏[12]、中村宏氏[13]及び加藤二郎氏[14]などの学者の手によってなされている。筆者はこれ以上の新たな発見を予期するものではない。ここでは、漱石が賞賛していた陶淵明の詩句に詠われている世界や陶淵明の隠遁の内質を改めて把握し、漱石が憧れていた隠逸精神の真髄を考察し、さらにそれらの詩句が織り込まれている漱石の漢詩に焦点を絞り、漱石が考えていた隠逸の本質及び漱石の人生観とのかかわりなどの問題に迫っていく。

第二節　「悠然見南山」にみる陶淵明の隠逸精神

陶淵明は二十九歳から彭沢県の知事を辞任する年四十一歳までの十三年間[15]、「就職と辞職の繰り返しであった[16]」。つまり、陶淵明は最初から隠遁生活を志していたものではないのはよく知られていることである。よって、隠遁を決意するまで官界で活躍しようとする志しを詠ったりするモチーフの詩も作っていたが、隠遁生活を反映している田園詩や隠逸精神を詠った作品が最も広く親しまれ、それによって、むしろ詩人としての地位が確立されたと言っても差し支えがないであろう[17]。言い方を換えれば、櫻田芳樹氏の「農業こそ生活の根本である。この思想を田園という生活実践の場に受け止めたのが、陶淵明の隠逸であり、そこから生まれた彼の田園詩であった[18]」という言葉にあるように、陶淵明の思想は、田園詩にあり、隠逸につながるため、田園生活から離れては語れないともいえよう。それほど陶淵明の田園詩は、淵明文学において大きく位置付けられているのである。なかんずく、上掲した漱石の作品に織り込まれている「採菊東籬下、悠然見南山」や「雲無心以出岫」などが淵明文学の愛好者にもっとも親しまれ、高く評価されている。次に、陶淵明の田園詩の代表と称せられる「採菊東籬下／悠然見南山」（「飲酒二十首」に収められている其五）を中心に、そこに詠われている隠遁世界は如何なる質のものであろうか、先行研究を踏まえながら陶淵明の隠逸精神を把握し、その本質にアプローチしてみる。

さて、人口を膾炙している陶淵明の「飲酒二十首」其五は一体如何なる境地の内容であろうか。隠遁詩人である陶淵明の代表的な作品とされるこの詩の前半、つまり四句までは、所謂詩人の隠逸精神や隠遁の姿勢を理解するには最も有力な情報と思える。まず、前半の四句を次に掲げておこう。

結廬在人境　　廬を結びて人境に在り
而無車馬喧　　而も車馬の喧無し
問君何能爾　　君に問ふ　何ぞ能く爾ると
心遠地自偏　　心遠くして地　自ら偏なり

都留春雄氏が下した現代語訳を次に掲げておく。

人里に廬を構えた。にもかかわらず、車や馬のにぎやかな訪れもない。君にお尋ね申す、どうしてさようなことになるのか。心向きが世俗の人とかけ離れており、住む土地も、おのずから辺鄙であるからだ[19]。

「人里に廬を構えた」という状況が通常の隠棲イメージとはかけ離れている点がまず注目に値するだろう。通常の隠棲イメージといえば、例えば、後の詩人王維の「鹿柴」にある「空山　人を見ず／但だ　人語の響きを聞く」という、人気のない奥山に住居を構えるライフスタイルを思いつく。言い換えれば、自ら「人里」から離れるというのが典型的なものと思える。文学のみならず、絵画の方も、俗塵が一切キャンバスの外側に切り落とされた奥山やそこに長閑とした隠棲者の姿が象徴的に描かれているのが最もよく見られる文人画の構図である[20]。とはいうものの、『陶淵明集全釈』には、陶淵明が生きていた時代に見られる隠逸とは、「この時代有名無名の貴族や隠士たちは、山水の美をもって聞こえた会稽の東山や廬山などに集まって隠逸サロンを形作るのが風潮であった[21]」と、上述した一般的な隠逸イメージとはかなり異なったスタイルのものが述べられている。この記述から、陶淵明が生きていた時代には、隠遁の場所といえば、美しい風景の山とされるなど、さしずめ「隠逸サロン」とでも思われるほど有識者が一箇所に集まるのが当時の風潮であったことがうかがえよう。そうした風潮に背き、陶淵明は有識者が集まる「隠逸サロン」の代わりに柴桑という地方都市の郊外に住居を構えていた。「柴桑の郊外という地理的条件のもとで、江州、尋陽郡、柴桑県各レベルの地方官僚との交流が重ねられている[22]」という記述から、陶淵明が住居を構えた場所は柴桑の郊外とはいえ、官僚などの交流が絶えず行われていたことは地理的状況からも推測できる。そうした生活の実情を、淵明は詩の首聯で「人里に廬を構えた」と語り出している。となると、所謂隠棲と称せるのはどの点になるのであろうか、どんな形で隠逸精神を表しているのかと、淵明に問いたくなる。その疑問に答えるかのように、次に「而も車馬の喧無し」と詠い、馬車に乗ってくる官僚の姿が見えないという意外な結果を詩人が自慢している。更に一歩進んで、「君に問ふ　何ぞ能く爾ると」のように、読者を登場させた後、待ち構えていた詩人が、「心遠くして地　自ら偏なり」と答えている。官僚たちが頻りに交流している環境で、なぜその世俗とは遠く距離を保つことができるだろうか、それは「心遠く」――その人たちやその環境との交流を拒絶する心持――によって実現できたのである。言い換えれば、隠棲とは心持次第であることを詩人が強調したかったと捉えられよう。

この前半の詩句に詠われている主人公の内面について、陶文鵬氏は次のように語っている。

> 兩句詩非常自然地表現出詩人高潔的情致、悠然自得的感受，也蘊含詩人和大自然在一刹那間交感共鳴、溶為一體的意趣。（首聯の部分は崇高なる詩人の節操や悠然と自然を味わっている様子がさりげなく描かれており、詩人が自然の中に溶け合い、人間と自然が一体になってい

る趣に溢れている[23])

おそらく「心遠く」という表現箇所を捉え、陶氏は、詩人の姿勢に対し、「崇高なる詩人の節操」と賞賛しているのであろう。汚い官僚たちの世界に妥協せず、心持によって彼らと距離を保っていた詩人の節操が「崇高」であることは疑う余地はない。詩人もそうした心構えで周囲の人々や環境と接していこうと常に自分に言い聞かせていたのであろう。

これに続き、視点はその閑静な生活ぶりへと移っていく。

采菊東籬下　　菊を采る　東籬の下
悠然見南山　　悠然　南山を見る
山氣日夕佳　　山氣　日夕　佳なり
飛鳥相與還　　飛鳥　相共に還る
此中有真意　　此の中　眞意あり
欲辯己忘言[24]　辯ぜんと欲して己に言を忘る[25]

菊の花を採りながら、悠然と南山を眺めてみるという情景を想像してみよう。菊という花は元来中国の文人世界では君子のシンボルとして親しまれており、そんな寓意の含まれた花が庭の垣根に植えてある、それだけでも隠遁者の生活の匂いが十分に伝わってくる。更に夕暮に[26]、その菊の花を少し摘みながら、彼方にあるあの美しい南山、山にかかっている雲をのんびりと眺めているのは、世俗の諸事全てとかけ離れて自由自在に、欲しいままに振舞っている隠遁者の姿そのものだとは、誰しも納得できるだろう。詩人の視線は近いところである我が家の庭の一角から、段々遠くの山、更に空に移っていき、その視線のゆっくりとした動きによって、詩人の生活の長閑さや自然と一体になっているムードが読者にまで伝わってくる。静かで平和な雰囲気が漂っている画としても楽しめるのではなかろうか。

この情景描写に続き、「此中有眞意／欲辯己忘言」という心理描写で結んでいる。「此中」は具体的には何を指しているだろうか。それについて、陶文鵬氏は、「此中：一指此時此地情境，二指田園隠逸生活[27]」（「此中」とは目下この情景か、または隠遁しているこの田園生活とも捉えられる。）と注釈している。つまり、俗世に背を向けた姿勢を構えている詩人にとっては、このような閑静な情景は何ともいえぬ趣として感ぜられ、如何なる言葉でも表現しきれない、我を忘れてしまった[28]、ただただ感銘感謝で胸が一杯になっている、という情況である。このような心理描写から、この詩を詠んでいる時点の詩人は、悠然と自然に身を委ねている隠遁者である自分の姿をそのまま詠ったと称せられよう。そして、隠逸精神を最も忠実に再現しているとも言えよう。それゆえ、中国においても日本の文壇においても、「悠然見南山」が隠遁の最高境地の一つと看做されたのであろう。

第三節　「鳥」に成り切れぬ陶淵明

前節で触れた「飲酒」其五に詠われている境地に達成できたのは、「心遠」——官途との関わりを断ち切ること——、更に田園生活——自然に親しむこと——という情況の前提であることを見落としてはなるまい。佐久節氏が「これは田園生活の實景とその心境とを述べた詩である[29]」と述べたとおり、陶淵明自身の田園におけるライフスタイルの再現であり、そこには自然に親しむ詩人の姿が感じられるのである。そもそも陶淵明文学は田園を離れては語れぬ[30]のは改めて言うまでもない。とはいえ、淵明がどこまで農耕の仕事に参与したか、百姓と全く同じく畑の仕事に携わったのか、という問題が諸研究家の間でかなり議論されていたことがある。

(1)　淵明の田園への隠棲は当時の隠逸の風潮に逆らう、彼独自の選択であり、田園詩こそ、淵明がみずからの躬耕の体験を通して切り開いた新しい文学領域にほかならなかった[31]。

(2)　郷里に退いてからは廬山の麓にじつとしてゐたので山や湖水は時に

は眺めたが、其の生活上最も親しんだのは田園である、躬ら耕作してゐるのだから田園生活の甘苦は最も彼の熟知する所である、それが遂に詩となつて迸り出たのである[32]。

(3) つまり陶淵明は地主様であり、小作人たちを働かせることができたわけである。それだけの財力があったのである。(中略)「農作業の開始時が分らぬ」農業経験者、そんな人間が存在するだろうか。さよう、実は淵明は、小作人たちを横で監督していただけなのである。そしておそらく「時々顔を出してみた」という程度だったので、農作業に精通しえなかったのであろう[33]。

(1)は田部井文雄、上田武両氏の説で、「淵明がみずからの躬耕の体験を通して切り開いた新しい文学領域」にあるように、淵明が農耕の仕事に携わったと言明している。(2)の鈴木虎雄氏も「躬ら耕作してゐるのだから」と、淵明の農耕参与説を主張している。一方、(3)は伊藤直哉氏の説で、時々農作の時期に戸惑ったりしていたことを根拠に、淵明は「地主様」で、「小作人たちを横で監督していただけ」で、「時々顔を出してみた」と、淵明の農作参与説に反論を示している。淵明は田園詩人と称せられているものの、自ら農作に携わっていると思われる具体的な描写の詩句といえば、「秉耒歓時務／解顔勸農人」(「懐古田舎」)や『飲酒』の其三にある「種豆南山下／草盛豆苗稀／晨興理荒穢／帶月荷鋤歸」、及び其二にある「時復墟曲中／披草共來往／相見無雜言／但道桑麻長／桑麻日已長[34]」しか挙げられない。それ以外に、「歸園田居」其一にある「羇鳥戀舊林／池魚思故淵／開荒南野際／守拙歸園田」は官途に厭きれ、古里に帰って農作業に携わろうとする意志や心境の語りにとどまり、『飲酒』其九にある「清晨聞叩門／倒裳往自開／問子爲誰與／田父有好懷」とは、近所の百姓の純真さやその交流への謳歌としか思えず、淵明が耕作に携わっている具体的な描写は見当たらない。却って酒を飲んで酔ったりしている情況やその楽しさを詠う詩が圧倒的に多い。おそらく、淵明はそれなりに畑の仕事に携わっていただろうが、果たしてその作業を楽しんでいたと言い切れるかは疑わしい。

「歸園田居」には「開荒南野際／守拙歸園田」、「歸去來辭」には「乃瞻衡宇／載欣載奔／僮僕歡迎／稚子候門」とそれぞれ、帰郷の意図や場面を詠っている一節がある。安立典世氏は、「我が家を見て喜びのあまり走り出す淵明の姿は、帰田が彼の心からの欲求であったことを物語る。淵明が生きるべき場所はこの田園であり、喜びを共にすべきは家族たちであった。自己実現達成の瞬間である[35]」と、田園の生活が淵明の元々望んでいたライフスタイルであるように言及しており、淵明の生きるべき場所は「田園であ」るとともに、「家族たちであった」とも語っている。そして、稀代麻也子氏は、不如意な人生の持ち主であった淵明が「それを故郷の風景の中に、家族と暮らすことの中に、畑仕事をすることの中に、普段の暮らしの中に、見いだした[36]」と、「歸去來辭」に歌われている帰郷の場面を解いている。故郷、畑仕事（安立氏は「帰田」という表現を使っている）及び家族との三点が仕官を辞任して帰郷した淵明に幸せや喜びをもたらす主な要素だったという解釈で、両氏の意見はほぼ一致していると思える。しかし、安立氏の「我が家を見て喜びのあまり走り出す淵明の姿は、帰田が彼の心からの欲求であったことを物語る。」という、上掲した「歸去來辭」の一節に対する解釈には不合理な点があると感ぜずにはいられない。「乃瞻衡宇／載欣載奔／僮僕歡迎／稚子候門」に詠われている淵明の喜び、ほっとした気持ちは田園で働く、耕作で食べていくという生活の実現によるものというより、「僮僕」や「稚子」などの家族らが久しぶりに暖かく迎えてくれたその温もり、皆と再会した絆の確認、その帰属感からきたものと看做した方が合理的であろう[37]。そこで自己の存在の確信や人間とのつながりが味わえた安堵感や幸せを感じた瞬間を淵明が「帰田」という形で表現していると私は捉えたい。勿論、その人間のつながりは家族に限らず、例えば、「相思則披衣／言笑無厭時」（「移居二首」其二）、「日入相與歸／壺漿勞近鄰」（「懷古田舍」其二）、「清晨聞叩門／倒裳往自開／問子爲誰與／田父有好懷／壺漿遠見候」（「飲酒」其九）、「昔欲居南村／非為卜其宅／聞多素心人／樂與數晨夕[38]」（「移居」）など、近所の百姓たちとの交流も淵明の中に回復しつつある帰属感に大いに働きかけている。百姓との話や、朝早く美味しい飲み物を壷のままで届けてくれたりする百姓の姿は気取らず、その素朴なところが淵明にとって最も人間らしい生き方であり、幸せの根源であったのではなかろうか。よって、厳密に言えば、安立氏の所謂淵明の「心からの欲求であった」「帰田」の真意とは、自らの耕作ではなく、田園にある古里に帰ることを指しており、そこでは自分の帰属感を取り戻すことが出来、偽りなくいつも真心で接してくれる純真さが感じられるのである。それは偽りや険しい心に満ちた仕官の職場では全く見られなかった風景であり、経験の出来なかった人情味豊かな社会であると、帰郷したばかりの淵明にとっては印象深かったこと、もっとも感動的な一時であったのは言うまでもない。

とはいうものの、その安堵感や幸せは淵明の中で長く続いたのだろうか。淵明の田園詩は、果たして帰郷の喜びや耕作などの田園生活の謳歌にとどまっているだろうか。それ以外の心境をも理解しなければ、淵明の真の隠逸精神、または内面の全体像を客観的には捉えられないのではないだろうか。「歸去來辭」では、あれ程家族らが迎えてくれた温かさを感激し、古里に帰った喜びや幸せを味わった淵明が、後半では「木欣欣以向榮／泉涓涓而始流／善萬物之得時／感吾生之行休[39]」と、自分の生が終わりに近づいてきたことに感慨している心境を見落としてはなるまい。安立典世氏は、「彼の心中には死の影が去来する。自然の興隆に比して、一歩一歩死に近づく自分。季節が輝きを増せば増やすほど、淵明の心の中には死の暗闇が深く広がっていく[40]」にあるように、「死の影」、言い換えれば死が迫ってくる不安と捉えている。一方、安藤信廣氏は次のように解釈している。

> この「帰田」から後、彼の文学には、死の淵に臨んで立つ者の視点が色濃くあらわれる。帰田の直後に作られたとされる「帰去来の辞」の

次のような表現は、それをよく証明するだろう。（中略）それは死に臨在しながら生を見直す、むしろ臨在する死を意識することによって生の再発見する視点ということだ。（中略）死は、刻々の生に臨在する死を凝視することが、逆に生の輝きを知覚する契機になってゆく。「帰田」後の陶淵明はそのように世界に向き合っている[41]。

死への不安という段階にはとどまらず、淵明はその死の訪れという事実と真正面から向き合い、そこから生のエネルギーを見出したという見解である。こうした前向きな態度や生き生きとしている農耕のライフスタイルは、例えば、「清晨聞叩門／倒裳往自開／問子爲誰與／田父有好懷」（『飲酒』其九」や「秉耒歡時務／解顔勸農人」（「懷古田舍」）などの詩句に十分に感じられ、詩人が近所の百姓や友人との交流を楽しんでいる姿も想像できる。しかし、例えば、「靡靡秋已夕／凄凄風露交／蔓草不復榮／園木空自凋」や「四體誠乃疲／庶無異患干／盥濯息簷下／斗酒散襟顔」、また「常恐大化盡／氣力不及衰／撥置且莫念／一觴聊可揮」など、季節や自然現象の凋落や廃れで自分の体の衰えていくことを暗示したり、日常生活における動きが鈍くなったりする表現を通して体の衰退を見つめ、嘆いている心境が窺える詩も少なくない。よって、安藤氏の所謂「生の再発見する視点」という建設的な見解に基本的に賛同はできるが、消極的な淵明の一面も無視できない。肉体の疲れは老いや慣れない畑仕事のせいとも十分に考えられるが、「蔓草不復榮／園木空自凋」などのように、植物の衰退現象を目にした詩人が自分の身を見つめ、草と同じく栄える姿が見えず、庭の木と同様に零落していく不安ばかりが募る様子は「不復榮」や「空自凋」などの表現から窺われる。秋の夕暮れという単なる自然現象にしてはその表現は強烈すぎる。そうした激しい表現の中に詩人自身への観照も込められていると思わざるを得ない。

若し、前掲した安立氏の所謂「帰田が彼の心からの欲求であったこと」であれば、もっと田園生活を楽しみ、自然界の変化など自然風景をもっと写実的に謳歌するはずであろう。が、上述したとおりに、「不復榮」という表現からでは、季節の変りに木や草などが枯れたり栄えなくなったりした自然風景の詠嘆のみならず、そこには詩人が仕官に再び戻ることもない、二度と我が才能を発揮する機会もない、という無念さや我が身を憐れむ気持ちを思わず吐露してしまった詩人の姿勢も窺えるのではなかろうか。

つまり、淵明が最初から「帰田」を「欲求」していたというのは言い過ぎであり、隠遁後でも、淵明は官界に完全に背を向けていたとも言い切れない。「晴耕雨讀の農民生活に入り、すツかり悟り抜いて一個の樂天主義者となり畢つたやうであるが、その半面には煩悶もあり不平もあり、苦惱もあり疑惑もあり、心の中には人知れぬ葛藤があつたであらう[42]」という佐久節氏の指摘のとおりに、田園生活を望んでいたように耕作のエネルギーや百姓との交流の楽しさ、また自然の豊かさなどが漢詩に溢れる一方、詩人の暗さや寂しさが漂っているのも事実である。とはいうものの、仕官に未練があるというより、官界の腐敗を憂えていながらどうする術もなかったゆえ、一人で煩悶を抱えざるを得なかったのである。その苦悶や孤独さは次の詩にはっきりとうかがわれる。

> 栖栖失群鳥／日暮猶獨飛／徘徊無定止／夜夜聲轉悲／…託身已得所／千載不相違[43]

「飲酒」其四の一節であるが、「失群鳥」「獨飛」「徘徊」「聲轉悲」などの表現から、詩人自身が遥か遠く離れた空を飛んでいる鳥の姿の写実を通して、自己観照を行っているのは明らかであろう。陶文鵬氏も「詩人以失群鳥自比，表現自己經過徬徨矛盾而終於覓得托身之所的一段痛苦的心靈歷程[44]」(詩人は「失群鳥」で自分の境遇を譬え、彷徨いや葛藤を経て漸く身を託す場所を見つけた。それまでの内面の苦痛をここで訴えている。)と「失群鳥」を詩人自身に喩えている見解を見せている。さらに具体的に言えば、ここでいう鳥の群れとは恐らく仕官の場で自分と相性が合わなかった人々を指していると考えられる。理想や相性が合わないため、詩人自身はその群れから離れ、「一人」で飛んで行くが、最初は矢張り何処に棲息すべきであろうか、何処が自分の居場所であろうか、かなり「徘徊」していた。流離っている間の寂しさや悲しさは「夜夜聲轉悲」という表現で十分に窺われよう。

また、同じく「飲酒」にある其七にも自分の寂しい心境を鳥に託して表現しているのが見られる。

秋菊有佳色／裛露掇其英／汎此忘憂物／遠我遺世情／一觴雖獨進／杯盡壺自傾／日入群動息／歸鳥趨林鳴／嘯傲東軒下／聊復得此生[45]

「一觴雖獨進／杯盡壺自傾」と言う表現から、詩人が独酌している情景が推測できる。ここで、李白の「月下獨酌」を想起せずにはいられない。李白のほうは大分酔っている、大らかな性格である詩人の明るさ、ロマンチックな部分が詩全体に溢れている。それに対して陶淵明の場合、「杯盡壺自傾」と言う表現では、一人である自分が既に飲み干した杯に誰かがすぐ酌してくれるような情景を想像できないこともないが、言葉自体には李白のような叙情性に欠けており、豪快な飲み方とは言い難く、寂しい雰囲気が漂っているとしか言いようがない。それに続き、「日入群動息／歸鳥趨林鳴」と、焦点が鳥に移っているが、鳥に自分の心境を託しているのは明らかであろう。それについて、陶文鵬氏は「又以「歸鳥趨林」意象喩指自己出仕歸隱、復返自然的志趣，從而抒發避亂求靜的心境，寄托對於當時群動皆息、天地閉塞的不滿情緒[46]」（また「歸鳥 林に趨きて」――帰る鳥もねぐらを求め林のほうへ飛んでいく――という表現で仕官していた自分が帰田して隠遁を決心したその志しを譬えている。更に乱世から遁れて静寂を求める心境を訴えながら、当時動乱していた社会への不満を吐露している。）と、詩人自身を鳥に譬え、自分の苦悩や不満を嘆いていると捉えている。鳥が安心して気持ちよく寝られるねぐらを求め、林に向かって飛んでいくように、詩人自身も官界の煩わしさに背を向け、自分にとって最も安らぐ「帰田」という形で、残りの人生を過ごそうとしたのである。何故か淵明の詩作には鳥をモチーフとする作品が目立っている。

翼翼歸鳥／晨去于林／…和風弗洽／翻翮求心／顧儔相鳴／景庇清陰
翼翼歸鳥／載翔載飛／雖不懷游／見林情依／…遐路誠悠／性愛無遺
翼翼歸鳥／馴林徘徊／豈思天路／欣及舊棲／…日夕氣清／悠然其懷
翼翼歸鳥／戢羽寒條／游不曠林／宿則森標／…矰繳奚施／已倦安勞
（以上は「歸鳥」四首）
向夕長風起／寒雲没西山／冽冽氣遂嚴／紛紛飛鳥還[47]

このように、淵明は鳥にこだわっているように思える。前掲した詩に詠われている鳥は最後の「紛紛飛鳥還」にあるように群で移動するようすも見えるが、「歸鳥」四首にあるように一羽のみに焦点が絞られているのが圧倒的に多い。一羽の場合は詩人の遭遇や心境を重ねているのは明らかであろう。こうした鳥を素材にした詩のうち、「歸去來辭」にある「雲無心以出岫／鳥倦飛而知還」、また『歸園田居』にある「羈鳥戀舊林／池魚思故淵…久在樊籠裡／復得返自然[48]」は最もよく知られており、いずれも上掲した「歸鳥」四首などとは大同小異で、詩人が官界に疲れ果て、「歸田」によって安らぐ場が得られたという心境が詠われている詩ばかりである。殊に「歸去來辭」は鳥のみならず、「雲無心以出岫」のように、雲を鳥と同格視し、空を飛んでいる鳥と同じく、その動きを自由のシンボルと看做している。しかし、繰り返しになるが、そのように自分の心境を重ねて雲や鳥を眺めてはいるが、詩人の心の底にある翳り、悲しみは依然として消えておらず、詩全体に漂っているのである。つまり、都留春雄氏が、「田園に帰ったわけであるが、だからといって、そこでも、完全に一体とはなりえぬ次元の存在である自己を、俗界との対比とは別の意味で、ふたたび自然と対比させて凝視しなければならなかった[49]」と指摘したとおりに、また櫻田芳樹氏の「その背後に密やかに口を開けている孤独の深淵[50]」という言葉の如く、雲、鳥いずれも自由の象徴として看做され、淵明にとってはあくまでも憧れに過ぎないのである。田園生活が実現できたとはいえ、淵明の内面は鳥のように自由自在には成り切れず、家族にも近所の百姓にも理解してもらえない孤独さが依然としてしっかりと心の底に蟠っており、生涯悩み続けざるを得なかったのである。その孤独や寂しさの根源は「陶淵明の視線は終始政治にも厳しく注がれていた[51]」彼の姿勢にあったと帰するしかない。自由自在に空を飛んでいる鳥に自分の姿を常に重ねて眺めながらも、とうとう鳥には成り切れなかったことを意識しており、淵明自身にはその空しさや悲しさが一層募っていたのである。

第四節　「ハーミット的」な漱石

周知のとおりに、漱石は帝国大学を出た後、直ちに松山、熊本へ教師として赴任した。引続きイギリス留学に赴き、帰国後、帝国大学で再び教職生活を再開しながら小説を書きはじめ、後は教職を辞任し、作家一本で生涯を貫いた。一見こうした人生の持ち主である漱石に隠遁生活を連想するのは無理があるだろう。しかし、漱石の小説や漢詩には世俗を離れようとする願望や隠遁への憧れをモチーフとするものが少なくない。のみならず、晩年に至っては、隠遁者の理想郷や桃源郷につながる文人画（南画）の創作に夢中になっていたことも友人への書簡や鏡子夫人の証言から十分にうかがわれる。ゆえに実生活における隠遁者である漱石という命題はあまり意味がないと思われるだろうが、絵画の筆や文筆などの文芸の世界で虚構の隠遁生活を享受していた漱石像へのアプローチは有り得るのではなかろうか。よって、本節で南画創作を含む漱石の身辺より隠逸憧憬と思われる要素を探り、漱石の中にある隠遁願望を明らかにする。次節では隠遁志向が織り込まれている小説や漢詩を考察し、漱石の隠逸精神の本質に迫っていく。

前述したとおりに、農耕生活をしながら詩作に励むライフスタイルの隠遁生活を二十一年貫いた陶淵明の漢詩を漱石が読み耽り[52]、淵明の生き方に憧れていたこともいくつかの作品の中から窺える。こうした淵明の影響を受けたせいであろうか、隠遁者になりたい、隠遁生活に憧れる漱石の願望といえば、真っ先に次の引用文を挙げることができる。

(1) 或時、青くて丸い山を向ふに控えた、又的皪と春に照る梅を庭に植へた、又柴門の真前を流れる小河を、垣に沿ふて緩く繞らした、家を見て——無論画絹の上に——何うか生涯に一遍で好いから斯んな所に住んで見たいと、傍にゐる友人に語つた。友人は余の真面目な顔をしけじけ眺めて、君こんな所に住むと、どの位不便なものだか知つてゐるかと左も気の毒さうに云つた[53]。

(2)「教授後未だ一週間に過ぎず候へども地方の中学の有様抔は東京に在つて考ふる如き淡泊のものには無之小生如きハーミット的の人間は大に困却致す事も可有之と存候くだらぬ事に時を費やし思ふ様に強勉も出来ず[54]」

(1)は漱石が修善寺大患後、昔の事を追懐しながら綴った「思ひ出す事など」という回想文の一節であり、この前の部分には子供の頃よく一人で蔵にある南画を眺めていた思い出が綴られてある。ここに描かれているのは昔眺めていた南画から得た漱石なりの隠遁世界のイメージである。その隠遁世界[55]は具体的には如何なる世界であろうか、考えてみよう。「青くて丸い山を向ふに控え」、「柴門の真前を流れる小河を、垣に沿ふて緩く繞らした」という描写から、家の前に山があり、そして家のすぐ傍に小河が流れている、閑静なところに構えられている質素な家であることが推測できる。さらに「どの位不便なものだか知つてゐるか」という友人の注意の言葉より、かなり辺鄙なところであることも想像できる。そうした空間的要素に、漱石はさらに「又的皪と春に照る梅を庭に植へた」という時間的要素を加えた。つまり、麗らかで心地よい春、花が艶かに咲いている時間と長閑な空間との絶妙なコンビネーションによって、漱石の中に、ある隠遁世界が構成され、正しくそこが心の安らぎの場になっていたのである。第二章でも触れているが、晩年に描かれた漱石の南画には何点かプロに近いレベルの高い作品があり、研究者らに注目されている。図版47の『青嶂紅花図』（第二章図録37を参照されたい。）がその一つであり、「思ひ出す事など」で言及されている漱石流の隠遁世界を彷彿させる風景と思える。まさに陶淵明の桃源郷の世界の再現であり[56]、現実を超えた漱石の隠遁願望の現われと看做しても差支えがなかろう。『青嶂紅花図』でも「思ひ出す事など」で語られている山にある簡素な家でも精神がしがらみから開放され自由となり、淡い夢を見ることの出来る非現実の空間であることを漱石自身は勿論十分に認識している。南画の筆だけでなく、文学の筆をも駆使して、漱石はその空間を絶えず再現し、そこで自らの精神を癒したのであろう。

⑵　は明治二十八年（松山時代）四月十六日付け神田乃武宛の書簡に見られる一節であり、漱石が「ハーミット」と自称している。漱石の所謂「ハーミット」とは如何なる内質のものであるかはっきりしないが、「東京に在つて考ふる如き淡泊のものには無之」という叙述から、淡泊につながると捉えられる。松山に赴いたのは隠遁とは言い切れないが、大都会の東京から松山に移った「ハーミット的」な漱石は「淡泊」なものを期待していたのは考えられないこともない。そんな漱石の「ハーミット」は従来の隠遁者の志や姿勢と同質のものとも捉えられよう。

名を知られるにつれ、教職以外に小説創作で更に忙しくなった際、世俗から逃れたいという隠遁の気持を、漱石がしばしば友人への書簡に吐いていた。次の引用文がその例である。

猫の大尾をかいた。八月のホトヽギスには出るだらうと思ふから読んでくれ玉へ夏は閑静で奇麗な田舎へ行つて御馳走をたべて白雲を見て本をよんで居たい[57]。

『吾輩は猫である』で一挙に有名になったため、大学の講義の準備や方々からの原稿の依頼などを煩わしく感じた漱石は、以上のような心境を友人小宮豊隆に吐いたのである。「閑静で奇麗な田舎」また「白雲を見て本を」読むというのは、まさに俗世界の煩わしさから解放された、陶淵明や王維など古代中国の文人の世界、隠遁者の典型的な境地そのものであろう。これも漱石が文筆による心の中に潜めた出世間的嗜好や願望の吐露と思える。

とはいうものの、朝日新聞に入社し、プロの作家として文学創作活動の分野で更に活躍すると決心した時点から、出世間を断念せざるを得ないことを漱石は誰よりも百倍知っていたのは言うまでもない。しかし、その焦燥や煩悶は募っていくばかりであった。そして、いよいよ晩年に至って、漱石は南画の創作に励むようになったのである。それらの南画といえば、前に触れた『青嶂紅花図』は勿論、図版30の「樹下釣魚図」や39の「山上有山路不通」、42の「閑来放鶴図」、43の「煙波漂渺図」、44の「孤客入石門図」、46の「秋景山水図」、48の「山下隠栖図」(第二章の図録を参照されたい。)などの山水画はいずれも世俗を断ち切った奥山にある閑静な風景であり、隠遁世界そのものである。それらの南画の風景について木村由花氏は、「「南画」において恐らく「実風景」は描いておらず専ら「心象風景」や画本から得られた風景を描いているのである[58]」と、漱石の南画の写実性を否定している。氏が指摘したとおりに、漱石の南画は竹田の作品など昔の文人画からヒントを得たり、模倣をしたりして描いたものが殆んどだと思える。言葉を換えれば、自然の風景ではなく、言わば、漱石の心の再現だったと捉えることができる。となれば、その南画の構図は、漱石式スタイルの隠遁、生活の苦悩から逃れようとした漱石の中にある理想の境地を意味していると考えられる。

繰り返しになるが、南画(文人画)といえば、隠遁者の理想郷または桃源郷と連想され、俗世界から離れ、人気のない――極端に言えば他者と隔絶でもしたかのように通路が見当たらない――奥山に簡素な庵が構えられるという構図が南画家や鑑賞者の間における暗黙の約束である。ところが、漱石の南画（山水画）の作品図版40の「竹林帰僧図」（図1）、図版43の「煙波漂渺図」（図2）、図版45の「一路万松図」（図3）、図版46の「秋景山水図」（図4）に注目したい。「煙波漂渺図」は低い山が重なっており、その周りに画の主体と思える広い川が流れている。中景には山と川の間の平地に家屋が集中し、その川に小舟が沢山浮んでいる。近景に至ると、小舟が二艘それに岸辺には家屋が何軒か配置されている、という平遠の山水画である。ここで注目に値するのはイベントでも催されているような雰囲気を思わせるほど舟が一箇所に集中している点である。漁村の風景と看做すことも出来るし、行事などのために小舟が集まっている特別な日の風景だとも考えられる。いずれにしても虚構の風景にこうした生活の匂いをたっぷり盛り込んだ写実性の高い画であると思わずにはいられない。「秋景山水図」にいたっては、近景の集落のような場所に視点を据え、更に深まっていく奥山を仰視する山水画である。タイトルどおりに秋の奥山の風景がモチーフとされているが、山と山の間に橋がしっかりとかかっている配置や、山の間にある小道に何人かが行き交いながら互に挨拶でもしているようなポーズ、そして何よりも近景に描かれている集落にある広場の模様によって、この奥山の秋の寂しい雰囲気の代りに暖かくて賑やかなムードが広がっている。近景の集落の間にある広場には、馬か驢馬に乗って通っている人も見えるし、農具のようなものを担いでいる人も、またお喋りをしている人たちの姿も描かれており、いずれもこの画の特徴を物語っている。この人たちの動きや仕草によって、生命力が吹き込まれ、画面全体が生き生きしているように見える。

さて、図版40の「竹林帰僧図」（図1）及び図版45の「一路万松図」（図3）にはどんな特徴が見出せるか、見てみよう。「竹林帰僧図」は、竹林がモチーフかと思わせるほど画面一面に描かれているが、近景には竹林を見ながら話している二人の僧侶が鑑賞者に背を向いている、という構図の画である。遠景には恐らく二人の僧侶が修行している場所とも思えるお寺が描かれている。そして、竹林の間には道が遠景のお寺までうねっている。「一路万松図」は松林の間に一本のはっきりした道が画面の右下から曲がりながら上のほうに向かって突き当たりのお寺っぽい建物まで続いているというシンプルな構図の画である。途中は近景の部分に小川かせせらぎが流れており、中景には石門が構えられ、更に奥に進むほど雲が掛かっているという寓意の深い画に見える。この二つの作品には共通している点がある。近景から遠景までうねっている道は作者が意図的に強調していると思えるほど異常に幅が広く、回りの松の木や竹林などもより浮かび上がっているようにはっきりと描かれているという点である。

言ってみれば、この二つの作品は修行につながるテーマにもかかわらず、その道――外界と連絡する手段――がはっきりしているのも、「煙波漂渺図」と「秋景山水図」の奥山に織り込まれたダイナミックな人間の動きも集団性も、他者との交流が絶えないことへの願望として捉えられる。つまり、孤立させるように、外界を完全に断ち切るタイプの隠遁ではなく、世俗に背を向けながら、外界にいつでも発信できるようなスタイルの隠遁こそが漱石の中にある願望だったのであろう。

第五節　『草枕』にみる隠逸精神

さて、隠遁志向が織り込まれている漱石の小説といえば、まず『草枕』を挙げるべきであろう。その冒頭文の書き方から早速主人公が構えている隠遁者姿勢や近代社会に生きる知識人が抱えている煩悶の匂いを嗅ぎ出すことができるからである。

　山路を登りながら、かう考へた。
　智に働けば角が立つ。情に棹させば流される。意地を通せば窮屈だ。

兎角に人の世は住みにくい。
住みにくさが高じると、安い所へ引き越したくなる[59]。

『草枕』にある有名な冒頭文である。このように、主人公である画工が「住みにく」い世から暫らく離れ、途中息抜きをしながらもその答えを明らかにすることを図り、険しい山々に囲まれた目的地である那古井に向かう描写である。更に、山道を歩きながら、中国文人の隠逸精神につながる詩句を想起している画工の内面が次のように語られている。

ことに西洋の詩になると、人事が根本になるから所謂詩歌の純粋なるものも此境を解脱する事を知らぬ。（中略）うれしい事に東洋の詩歌はそこを解脱したのがある。採菊東籬下、悠然見南山。只それぎりの裏に暑苦しい世の中を丸で忘れた光景が出てくる。（中略）超然と出世間的に利害損得の汗を流し去つた心持になれる。独坐幽篁裏、弾琴復長嘯、深林人不知、明月来相照。只二十字のうちに優に別乾坤を建立して居る[60]。

西洋の詩と東洋の詩との優劣を比較した後、東洋の詩には俗世界を「解脱」させてくれる神秘な力が秘められていると、画工は結論を下している。そして、東洋の詩の中でも王維や陶淵明の詩が最も優れ、「別乾坤を建立」する役割を果たしていると賞賛している。殊に陶淵明の「悠然見南山」の詩で歌われている境地がテクストの中で何回も触れられている。又、画家でありながら苦心を重ねてもなかなか画が描けないでいる最中に、中国の文人の真似とも思われるように、漢詩を苦もせず二首も作った。画の代りに詠じたその二首の漢詩には深い意味が込められ、知識人である画工の煩悶の回答にもなると考えられよう。言い換えれば、「住みにく」い世で構えるべき態度――最も自然に合う姿勢――の答えはその二首の漢詩にあるのである。「住みにく」い世から遁れようとするのが目的の旅であるがゆえ、旅先が心地よい——桃源郷のような世界——と設定されている。ここで、二首の漢詩の意味を考える前に、陶淵明の『桃花源記』及び『草枕』にある「桃源郷」を彷彿させる世界の特徴を四項目に分けてそれに当たる代表的な表現を次の表に並べて考察してみる。

		陶淵明の『桃花源記』	『草枕』にある「桃源郷」
1	季節	桃花林	的皪と光るのは白桃
2	地形	山有小口	路は頗る難義だ、 吾等の為に道を譲る景色はない
3	村風景	雞犬相聞	鶏、老婆、馬子、床屋、住職、 志保田旅館の人々等
4	生活振り	怡然自樂	出戻り、不人情

先ず1番の季節の項目であるが、両方とも春のシンボルである桃という美しい花を扱うことで、人間にとって最も暮らしやすく、生命力に溢れている春と季節を設定している[61]。そもそも陶淵明の『桃花源記』以来、桃が「桃源郷」やユートピアの象徴とされているのは言うまでもない。次に2番の地形について考えよう。『桃花源記』では、「山有小口」——桃源郷に入るにもはっきりした道路が見えず、人間が屈んで漸く入れる位の小さい洞窟の入り口しかない——と記述されている。一方、那古井に入る前の地形はどのように描写されているだろうか。「路は頗る難義だ」「石は切り砕いても、岩は始末がつかぬ。掘り崩した土の上に悠然峙つて、吾等の為めに道を譲る景色はない」というように、画工の所謂住み「安い所」に入るにはかなりの苦労をせざるを得ないほど、那古井は外部の世界と隔絶しているかのように険しい山々に囲まれているというイメージで固められている。季節と地形との二点で両者が相通じているのは明らかである。

続いて、3番の村風景の項目に移ろう。『桃花源記』では、「雞犬相聞」という表現からその時代においては平穏で如何にも生活が豊かであることを象徴していると捉えられる。というのは、鶏と犬に関して、例えば淵明の「歸園田居」(園田の居に帰る) 其一の中にも「狗吠深巷中／雞鳴桑樹顛」と、同じく犬と鶏の存在が裕福さと人々の長閑な生活の象徴として詠われている例が少なくないからである。また『陶淵明集全釈』の注によれば、殊に「鶏」は昔の中国農村社会において、「鶏をつぶして酒を出すというのは、百姓家としての最高の歓待である[62]」と説明されており、上垣外憲一氏も「陶淵明の故郷の田園では、犬、鶏の鳴き声は心の平和の象徴であった[63]」と捉えている。因みに、そうした陶淵明文学における「犬」「雞」像を踏まえているかのように漱石の漢詩の中にも「人間至楽江湖老／犬吠鶏鳴共好音[64]」と、「犬」や「鶏」が一種の精神の平穏や楽園の象徴として詠われる詩がある。

さて、『草枕』の世界に目を戻そう。『草枕』の世界で画工が出会ったのは『桃花源記』に登場している鶏のほか、老婆、馬子、床屋、住職、志保田旅館の人々などの登場人物も大きな意味を持っている。一見第二章に描かれている老婆と馬子のしぐさや喋り方などには春の季節にぴったりした長閑なムードが漂っているところから桃源郷の世界を彷彿させないこともないが、二人の話の中に出ている「志保田の嬢様」や「旦那様の勤めて御出の銀行がつぶれました」などの話題はいずれも上記の「平和の象徴」とか、豊かな生活とは無縁であることは明かであろう。更に床屋の親爺や志保田旅館の人々に至っては、言葉も乱暴に聞こえ、人々の人生が不幸に繋がっていると思えてならない。唯一平和といえるのは住職をはじめとするお寺だけであろう。こうした村の風景は決して『桃花源記』の類とは言えない。寧ろ、画工が旅の前から逃れようとした俗の世界と称せざるを得ない。

このように、『桃花源記』に於ける人々の生活振りは「怡然自楽」のように、悠々として楽しめる風景であるが、一方の『草枕』では、画工の目に映ったのは全く異なる情況である。最も注目すべき点は「出返り」の那美の「奇矯」に満ちた身振り素振りそのものであろう。夫の仕事の失敗で

「出返り」したことはいかにも「不人情」だと村の人々に批判され、兄との会話も口論めいた口調が多かったと語られている。以上のように季節や地形、村の風景及び生活振りなどの項目を比較してみると、陶淵明の『桃花源記』の世界は正真正銘の桃源郷であるのに対して、漱石の『草枕』の世界は一見桃源郷のようではあるものの、それはあくまでも空間的条件に限られているものとしか思えない。そのヒロインである那美の世界は桃源郷どころか、様々な煩悶に満ちた俗世界そのものであることは明らかであろう。

那美がいる那古井は桃源郷のような奥山にある世界ではあるが、深入りすればするほど戦争の匂いやそこから蒙った那美の夫の悲惨な運命、それに繋がる那美の直面せざるを得ない新しい人生の歩み方、そこから背負わなければならない宿命の試練などが厭になるほど画工の眼に留まり、耳に入るのである。画工の旅先である那古井の自然、その地理的環境は一種の桃源郷と思われるが、「淵明だつて年が年中南山を見詰めて居たのでもあるまいし」という画工の言葉の通りに、所詮「人の世」を長く離れることはかなわず、我が生きている限りこのような俗世間の諸事はどこまでもついて来るものだ、という現実を画工は那古井で新たに認識させられた。それを予測していたかのように、那古井に入る前に万事「非人情」という姿勢で接すれば楽になるだろうと自分で自分に言い聞かせているのである。こうした画工のいわゆる「非人情」の内質について、佐々木充氏は、「「非人情」――世捨て人＝文人の精神は、その地へ至るための必須の条件であった[65]」と捉えている。しかし、文人の精神はそれぞれの時代によって異なるし、画工の旅は「住みにく」い世を遁れようとする目的のものだとはいえ、旅の中で気付いた「非人情」という心の状態は決して世を捨てるという消極的なものとは言い切れない。寧ろ真正面から受け止め、それに左右されず、心が動かないという積極性のある姿勢と看做すべきではなかろうか。

俗世間から離れきれないという諦観や俗世界への「非人情」の態度は、

淵明の「結廬在人境／而無車馬喧」という生活実態及び「問君何能爾／心遠地自偏」という隠遁者が俗世界の煩瑣に動かされない心の実態と似通っているのは明らかであろう。ここでいう似通っているというのは、基本的にそのポリシーは同じ雰囲気を醸し出しているが、例えば表現法などはどこか微妙に異なっており、同質とは多少距離があることを意味しているのである。

両者の相違をより確実に掴むには、那美の絵を画こう、画こうと何回試してもなかなかカンバスに絵の具を走らせることが出来なかった画工が、いとも簡単に作った二首の漢詩を考察することが一つの手がかりになると考えられる。その二首の漢詩は実は明治三十一年三月に漱石が詠んだ「春興」と「春日静坐[66]」と題したものである。いずれも画工が求めようとする、俗世間から切り離された隠遁世界と思われる雰囲気が漂っている詩である。例えば、「春興」の「聴黄鳥宛転／観落英紛霏」という句は『桃花源記』の「芳草鮮美、落英繽紛」（草が茂っており、花が美しく咲き乱れている春麗らかな季節）を彷彿させたり、雲雀の鳴き声を聞きながら一面に咲いている菜の花を眺めている画工の描写ともぴったりと重なっている。更に、「春日静坐」の「遐懐寄何処／緬邈白雲郷」という、雲と交流し優雅に過ごしている文人っぽい身振りも、画工が憧れる陶淵明の詩「悠然見南山」の境地そのままの再現と看取できる。そして「春興」の結びの「逍遥随物化／悠然対芬菲」という句が全篇の真髄であり、当時の漱石が目指した精神の集約と看做しても差し支えがない。勿論「逍遥随物化」という表現が『荘子』の「逍遥篇」を踏まえているのは明白なことであろう。これについて加藤二郎氏は、

> 熊本時代の漱石詩は「草枕」中に使われた二首（六・十二の各章）をも含めて、その詩の基調はおおむね老荘であり禅である。先に引用の英文の「断片」の体験的な究極性ということからすれば、それは質的には寧ろ宗教以前、即ち老荘や禅すらもそこから生れ又そこに消

えて行く様なある究極的な世界の現成として自覚されていたであろう…[67]。

この二首の漢詩「春興」と「春日静坐」を「老荘や禅すらもそこから生れ又そこに消えて行く」「究極的な世界の現成」と高く評価し、悟りの具現と見做している。この詩に詠われている境地はまた、明治二十二年五月に正岡子規の『七草集』のお返しとして漱石が付け加えた九首の其七にある「洗尽塵懐忘我物／只看窓外古松鬱[68]」という句にも見出せる。この「洗尽塵懐云々」の詩について、佐古純一郎氏は次のように詩の境地を捉えている。

「塵懐を洗い尽して我物を忘れ」るということは、心に虚霊不昧を現成するということであろう。私はそのことこそ漱石文学の「志」であったと思う。「虚霊不昧」ということこそ漱石漢詩の根本思想であった[69]。

このように、この詩の境地を「漱石漢詩の根本思想」と解釈している。「宗教以前、即ち老荘や禅すらもそこから生れ又そこに消えて行く」という加藤氏の指摘に対しては、「春興」及び「春日静坐」が老荘や禅を越えたかどうか未だ検討する余地があるかもしれないが、少なくとも「洗尽塵懐忘我物」も「春興」の「逍遥随物化」も即ち、我も他者もなく、勿論物の分別もなく、ただ自然の中に我が完全に溶け込んでしまっているという境地は、画工、勿論漱石自身も一緒に求めていた内面の究極と捉えられよう。完全に同レベルのものとは言い切れないかもしれないが、こうした「物化」や「忘我」は、『草枕』というテクストの中では、画工の所謂「非人情」、那美の言葉の「世の中は気の持ち様一つでどうでもなります」、または大徹住職の偈語である「竹影払階塵不動」などそれぞれ異なる形で具現されていると捉えられよう。

一方、こうした『草枕』の世界や作品に織り込まれている二首の漢詩について、渡部昇一氏は次のように見解を示している。

『草枕』の中には熊本時代に作った漢詩がちりばめられている。そして『草枕』全体を通じて漱石が表現したことは、この漢詩の与えてくれる南画的な世界であったのだ[70]。

「春興」と「春日静坐」との二首の漢詩に焦点を合わせた論説である。二首の漢詩で詠われている境地は、渡部昇一氏が指摘した「南画的な世界」として看做せないこともないが、漢詩を読み上げた後の画工の反応を見落としてはいけない。「春日静坐」全篇に漂っている、俗世界から離れきった長閑な、所謂南画っぽい桃花源の雰囲気を画工も我々読者も満喫できる。しかし、この詩が出来上がった直後、「もう一返最初から読み直して見ると、一寸面白く読まれるが、どうも、自分が今しがた入つた神境を写したものとすると、索然として物足りない[71]」（六章）と、「物足りない」気持を画工が吐いている。「会得一日静／正知百年忙」にあるように、こうした「神境」は所詮一時的なものであり、そう長くは続かないことを誰よりも画工が一番よく知っている筈である。こうした世の中でどう対応すれば楽に生きて行けるのか、というストラテジーを後から作った漢詩（漢詩集には「春興」と題されている）に見出すことができるのである。つまり、「逍遥随物化／悠然対芬菲」という姿勢を構えなければならないと、画工は気付いたのである。今度は、「あゝ出来た、出来た。是で出来た。寐ながら木瓜を観て、世の中を忘れて居る感じがよく出た[72]」（十二章）と「神境」（画工タイプの「桃源郷」）を得た喜びを画工はここで漸く味わえたのである。単に俗世界から逃れるのではなく、逃れ切れない世俗に「物化」という態度で接する方法をここで確認できたからこそ、画工は「逍遥」することができ、心の底から「世の中を忘れて居る感じ」を獲得することができたのである。そうした姿勢こそが画工、いや作者である漱石が心得た隠逸精神であると言えよう。

第六節　淵明に憧れながら再構築した漱石の隠逸精神

さて、これまで見たように淵明の漢詩に溢れる隠遁精神に憧れ、小説に隠遁志向を織り込んだり漢詩創作を通して隠逸精神を現したりした漱石は、果たしてそのままの淵明精神を受け継いだと言い切れるのか、疑問である。漱石と淵明とのかかわりという問題は従来多くの研究者に注目されている論点でもある。次に加藤二郎及び上垣外憲一両氏の論説を考えてみよう。

⑴　重要なのは漱石と淵明とのかかわりの本質とすべきものが如何なる所にあったのかであり、そしてそれが結果的に淵明の詩句の摂取という様ないわば派生的な産物を生み出して行ったということであろう[73]。

⑵　漱石はいささか陶淵明に自分をなぞらえているような所もあったが、淵明のごとく、完全に組織のわずらわしさから離れてしまったのではなく、（中略）「陶淵明型」の非公開的の文学にあたる漢詩は、『朝日新聞』入社後しばらくとだえていたが、明治四十三年修《マ》禅《マ》寺大患以後再び書き始められる。そしてその内容はひとしお隠遁者的な趣の濃いものである[74]。

⑴の加藤二郎氏は、漱石と淵明とのかかわりに言及する際、どんな点に注目し、論じるべきかという見解を示している。氏の論点に従えば、「淵明の詩句の摂取」、「派生的な産物を生み出して行った」というように、漱石は淵明の詩から淵明式の隠逸精神を「摂取」しながらも、漱石式の「ハーミット」気質を再構築したという捉え方もできよう。⑵は上垣外憲一氏の見解で、漱石が淵明に「自分をなぞらえている」という点を認めながら、ライフスタイルから両者の相違点を見出し、更に漱石の漢詩に「隠遁者的な趣」が漂っているという主張である。

概ね、漱石が淵明の一部分を受け継ぎながら、自分ならではの隠逸精神を新たに考え小説に織り込み、漢詩で現していたという点で、両氏の意見が一致していると言えよう。ここで、これまで論じてきた淵明と漱石の相違点を、桃源郷の本質を再確認しながら、以下のように纏めてみよう。

(一) 淵明の桃源郷を彷彿させながら異質を見せる漱石の桃源郷

陶淵明という文人に触れる際、隠遁者＝田園詩人＝中国の桃源郷の始祖という淵明像を挙げることが出来る。淵明が求めようとした最終的な境地である桃源郷の内質について、研究家の見解を次に引いておこう。

⑴　ユートピア（理想郷）とは、現実的でないからこそ、現実から超越しているからこそ、ユートピア（理想の世界）なのである。ところが「桃源郷」は、きわめて現実に密着した、いわば日常生活くさい、ミミッチイ「ユートピア」である[75]。

⑵　ユートピア思想においては、その根底にあるのは、理想社会を実現しようとする主体的な意志である。それに対して桃源郷が示しているのは、理想社会の実現をあきらめる、というメッセージであろう。（中略）消極的な桃源郷は、現実社会には何の力も持ちえないが、人間精神の奥底に大きな慰めを与えうるのだ、と[76]。

⑴は一海知義氏の説で、ユートピアと異なる点を指摘し、陶淵明の桃源郷が「日常生活くさい」世界であると語っている。⑵の伊藤直哉氏は、「理想社会の実現をあきらめ」ており、「人間精神の奥底に大きな慰めを与えうる」と、淵明の桃源郷の消極性を指摘しながらその力の強さを評価している。おそらく陶淵明の桃源郷は、戦乱時代において戦争のない願望がそこで叶ったことが「理想郷」として成り立ったのであろう。そうした歴史的条件の下で展開された人々の生活振りと言えば、とりわけ裕福な生活とも言えないが、百姓が毎日畑仕事に出かけ、老人や子供が穏やかに暮らし、客を快く持て成すことが出来るなどなど、いずれも「日常生活」が保障された一種の安堵感であるからこそ、時代を超えても認められ、憧

憬されるのではなかろうか。そこが虚構でありながら現実性に富んでいる、陶淵明スタイルの桃源郷の魅力と称せられよう。

それに対して、近代化が進んだ明治社会を生きていた漱石が『草枕』で描いた桃源郷も南画で表現した桃源郷もその地形から言えば、陶淵明の『桃花源記』の風景や隠遁世界を彷彿させ、外の世界と一線画すような囲まれた空間が確保されている点、また図版43の「煙波漂渺図」や46の「秋景山水図」などの漱石の南画に見出せた生活の匂いからは、淵明風桃源郷を見事に受け継いだと言えよう。とはいえ、『草枕』における残酷な現実を認識させられた描写は、現実的に桃源郷の存在を否定した漱石の自覚を物語っており、さらに漱石の南画作品図版40の「竹林帰僧図」及び45の「一路万松図」に強調された道は他者を完全に断ち切ることを漱石が望んではいなかったとも捉えられる。淵明スタイルから脱出して再構築した漱石ならではの桃源郷と称せられよう。

南画（文人画）は隠遁志向に合わせ、極端的には他者を断ち切るほど外界と無交渉の奥山、辺鄙なところを画題とするのが一般的なイメージであるが、漱石の「煙波漂渺図」と「秋景山水図」は虚構の奥山でありながら、集落に集まる家屋、または小舟が集まったりしている表現によって、長閑で集団的な庶民生活の匂いがキャンバス全体に漂っている結果となっている。繰り返しになるが、漱石の南画作品には大きな社会から離れていてもそこには一つの集団性が見え、孤立感を与えないという漱石の意図が窺える。そして、「竹林帰僧図」及び「一路万松図」には、世俗を我の世界の外に置き去ろうとする志向にもかかわらず、外界にいつでも発信できるように外界との通路が常に設けられ、戻ろうとする気になれば容易に戻れるという漱石の深層に潜んでいた願望を見出すことができるのである。

つまり、淵明の桃源郷の境地は、心がその俗世界と切り離さなければなるまいという前提の下で約束されるものであるが、一方、『草枕』の画工＝作者である漱石の心にある「桃源郷」とは、俗世界を切り離す段階を越え、全面的に受け入れる姿勢が要求されるという境地のものであると捉えられるのである。淵明の消極的な桃源郷を一歩乗り越え、漱石はより積極的な「桃源郷」を再構築することが出来たのではなかろうか。

（二）漢詩にみる淵明と漱石それぞれの隠逸精神

「秉時歡時務／解顔勸農人」（「懐古田舎」其二）のように、耕作を楽しんでいる描写もあるとはいえ、田園詩人である陶淵明にとっては、官界の煩いと閉ざした田園、暖かく接してくれる近所の百姓がいる田園、自分の絆を深め家族団欒を楽しむことのできる田園を望んではいたが、所詮それは俗世界で息苦しかった淵明の息抜きをする場であり、安らぐ場であるとしか称されない。汗を流しながら畑で働く農作業が生活の全てともなれば、淵明にとってはその安らぐ楽しさは決して続くものではない。オブザーバーとして、その畑仕事に参与したり、遠くから百姓の働き振りを眺めるという姿勢なら田園生活にエネルギーを見出す事ができるとともに、大地の恵みや自然の美しさや百姓の素朴さなどを客観的にキャッチすることができる。「飲酒」其五にある「採菊東籬下／悠然見南山」がそのような淵明の姿を実によく物語っている。夕方庭に植えてある菊の花を採るというのはつまり、生計のためではなく、畑仕事から離れている設定が明らかであろう。そこにある菊を気が向くまま、遠くの山の雲を眺めながら優雅に採っているという詩人の姿は、畑仕事を生業として汗を流し働いているプロの百姓とは連想し難い。家族の団欒や百姓らとの温かい交流を楽しむ、という田園におけるライフスタイルが表面的な淵明のユートピアであり、人に語る理想郷である。が、本望の隠逸精神とは暗黒な官界と心から一線を画すことを絶対条件とし、畑仕事に自ら携わるのではなく、悠々と君子の姿勢を構えて百姓らの働き振りや田園風景を文学の源泉として遠くから眺めながら詠歎するという超然とした境地に淵明はこだわっていたはずである。しかしながら、そのような情況に置かれた淵明は仕官社会を忘れることがなく、その孤独感が募っていき、「雲無心以出岫／鳥倦飛而知還」、「羈鳥戀舊林／池魚思故淵」と鳥に自分を譬えながらも、自由自在に空を飛んでいる鳥には所詮なりきれず、「栖栖失群鳥／日暮猶獨飛」にあるように孤独の姿で生涯を貫くしかなかったのである。

一方、『草枕』執筆の前日、浜武元次に送った書簡の最後に漱石が「「無人島の天子とならば涼しかろ」是は発句なり[77]」とあるように、画工の旅に出る目的と重なっている心境を付け加えている。「無人島」とはつまり、誰もいない、人気のない、静かな所を指しているのは言うまでもない。しかも「天子」という言葉から、気持が天子のようで、誰にも憚ることなく、我のままでいられる、自由自在な心境で振舞うことが許される境地を漱石が憧憬していたことも想像できる。面白いことに、画工が詠った二首の漢詩「春日静坐」の「素琴横虚堂」「独坐無隻語」も「春興」の「孤愁高雲際／大空断鴻帰」も「無人島云々」の俳句と同じく完全な一人の空間に身を置いている点である。隔絶された空間、もっと正確に言えば、俗世とのかかわりを遮断した境地をそこで画工も漱石も享受していたのである。しかし、そうした境地は所詮現実の社会では長く続かないことは画工も漱石も十分に知っていたはずである。ならば、それらの対象物と如何に向き合うかという課題を問わねば成るまい。

世間逃れの画工の旅先で聞かされた戦争の話や那美の「出返り」など俗世そのままの世界という設定から、淵明の「結廬在人境」という情況と相通じていることが窺われる。その世俗に向って、淵明は「心遠地自偏」で「車馬喧」（煩わしい役人の来訪）を絶とうとして生涯を貫いたのである。一方、画工（漱石に置き換えられる）は「非人情」（那美の言葉では「世の中は気の持ち様一つでどうでもなります」、または大徹住職の偈語「竹影払階塵不動」）という姿勢で対応している。言い換えれば、「車馬喧」（煩わしい役人の来訪）を絶とうとする淵明の出世間的姿勢から、世に向き合いながら心が動かないという「非人情」の身構え——言わば在家修業——という漱石流の「派生的な産物」が再構築されたと見なすことができよう。

こうした現実の環境に立ち向かう漱石の姿勢は他に、題画時代に創作した幾つかの題画詩にも見られる。例えば、113番の「獨坐」と題した詩「獨坐聽啼鳥／關門謝世嘩／南窓無一事／閑寫水仙花」の「關門謝世嘩／南窓無一事」（門を閉めて煩わしい世間と没交渉にしていても苦にならない。このように我が家の暖かい南の窓の下で、何事にも煩わされず[78]）の境地や、また121番の「得健堂先生自壽詩及七壽杯次韻以祝」という、健堂先生（田島五郎）の誕生日に詠った「煙霞不託百年身／却住大都清福新」（先生は長い御生涯を俗塵を絶した自然界にゆだねることをなさらず、かえって花の都にお住みなされ、しかも日毎にきよらかなしあわせをを味わっていらっしゃる[79]）という、白雲郷より大都会に身を置く隠遁者の姿勢などを挙げることができる。

陶淵明の「悠然見南山」を隠遁の最高境地と讃えていた漱石はそれに倣い『草枕』では「逍遥随物化／悠然対芬菲」（「春興」）という、「住みやす」い世（「桃源郷」）を徹底的に味わえる姿勢を画工に構えさせている。漱石の「悠然対芬菲」や「關門謝世嘩」、また「却住大都清福新」などいずれも淵明の「結廬在人境」、「悠然見南山」にある隠逸精神と同工異曲の姿勢や効果があると思える。しかし、厳密に言えば、淵明の「而無車馬喧」の境地に達するために、それらの役人の訪問を絶とうとするという消極的な手段に対して、漱石の「却住大都清福新」や画工の「非人情」、または大徹住職の「竹影払階塵不動」などに見出せる姿勢は前向きで、積極的なものだと言わざるを得ない。それこそが淵明を受け継ぎながら、漱石が再構築した明治社会を生きる知識人の持つべき隠逸精神と看做すことができよう。金原弘行氏が言う所謂「市井に隠れる[80]」隠逸そのものであろう。

とはいえ、この類の境地の確固やその姿勢を保つことは漱石の一生の課題であることは言うまでもない。他者との関わりが煩わしくなった際、漢詩創作を通して「独坐無隻語」の姿勢を構え、他者との関わりを断ち切り、非日常的空間・時間のゾーンを設け、たとえ暫しの間でも享受し、心身ともに癒すのである。

[図版]

図 1：「竹林帰僧図」（図版 40）

図 2：「煙波漂渺図」（図版 43）

図３：「一路万松図」（図版 45）

図４：「秋景山水図」（図版 46）

[注]

1　『漱石全集　第三巻』P10
2　『漱石全集　第三巻』P164
3　『漱石全集　第四巻』P16
4　『漱石全集　第十三巻』P78
5　『漱石全集　第十七巻』P203
6　『漱石全集　第二十一巻』P101
7　漢詩の番号や表記はすべて『漱石全集　第十八巻』にあるしるしに従う。
8　『漱石全集　第十八巻』P263.354.361.426
9　和田利男「漱石に及ぼせる詩人の影響」『漱石漢詩研究』1940.3 人文書院
10　井出大「漱石漢詩と中国詩人」『漱石漢詩の研究』1985.11.30 銀河書房
11　佐古純一郎「漱石の漢詩文」(『講座夏目漱石　第二巻)』1982.2.25 有斐閣
12　上垣外憲一「漱石の帰去来——朝日新聞入社をめぐって——」『講座夏目漱石　第四巻』1982.2.5 有斐閣
13　中村宏『漱石漢詩の世界』1983.10 第一書房
14　加藤二郎「漱石と陶淵明」(『日本文学研究資料新集　夏目漱石・作家とその時代』石崎等編 1988.11 有精堂
15　「陶淵明従二十九歳初仕江州祭酒，至辞彭澤令歸田，前後恰好十三年。」(孟冬二『陶淵明集譯注及研究』2007 北京昆侖出版 P49)(陶淵明は二十九歳に江州の祭酒という職について以来、彭澤県知事を辞任し、田園に帰るまでは足掛け十三年の歳月が経った。)という記載を参考にした。
16　都留春雄『中国詩文選11　陶淵明』1974.11.25 筑摩書房 P67
17　安藤信廣氏は「陶淵明は〈隠逸詩人〉とも呼ばれ〈田園詩人〉とも呼ばれ、時には〈酒の詩人〉などとも呼ばれる。それは、彼が人生の途中で官職を捨てて隠逸し、後半生を農民とともに田園で送り、且つ終生酒を愛したからである。」と言及している。(安藤信廣「陶淵明の時代」『陶淵明　詩と酒と田園』編者 安藤信廣・大上正美・堀池信夫 2008.3.15株式会社東方書店 P3)また、都留春雄氏は「今日われわれは、淵明を隠遁者——哲人としてよりは、むしろ田園詩人として評価し疑わない。けれども当時は、地位の点だけでなく、文学の分野でも問題にはされていない。」と、淵明文学における田園性をさらに強調している。(都留春雄『中国詩文選11　陶淵明』1974.11.25 筑摩書房 P30)
18　櫻田芳樹「隠逸の伝統—酒と田園」『陶淵明　詩と酒と田園』編者 安藤信廣・大上正美・堀池信夫 2008.3.15(初版第一刷2006.11.20)株式会社東方書店 P50
19　都留春雄『中国詩文選11　陶淵明』1974.11.25 筑摩書房 P241
20　本書の第二章を参照されたい。
21　田部井文雄・上田武著『陶淵明集全釈』2001.1.30 明治書院 P9
22　注21に同じ。
23　陶文鵬『中國詩詞賞析典藏版〈10〉繼繼桃花源 陶淵明作品賞析』2005.2 德威國際文化事業有限公司 P148
24　斯波六郎『陶淵明詩　譯注』には「欲辨已忘言」と表記されている。斯波六郎『陶淵明詩譯注』1951.1.30 東門書房 P272

25　鈴木虎雄『陶渕明詩解』1968.2.29 弘文堂書房 P272.273
26　次の「山氣日夕佳　飛鳥相與還」という句から、時間は朝ではなく、夕暮であることが推測できる。
27　注23に同じ。P145
28　「因為「見」，是無意中的偶見，南山勝景正好與採菊時悠然自得的心境相湊泊，合成物我兩忘的「無我之境」」(「見える——目に映る」という表現によって、意識的ではなく、無意識に南山が眼に映り、その絶景が菊を採っている我の悠然とする心境にぴったりするようで、我を忘れた「無我」の境地に達している。）陶文鵬『中國詩詞賞析典藏版〈10〉戀戀桃花源 陶淵明作品賞析』2005.2 德威國際文化事業有限公司 P148
29　佐久節『陶淵明の詩』1941.12.30 日本放送出版協會 P110
30　安藤信廣「陶淵明の時代」『陶淵明　詩と酒と田園』編者 安藤信廣・大上正美・堀池信夫 2008.3.15 株式会社東方書店／都留春雄『中国詩文選11　陶淵明』1974.11.25 筑摩書房／などを参考にした。
31　田部井文雄・上田武著『陶淵明集全釈』2001.1.30 明治書院 P14
32　注25に同じ。P10.11
33　伊藤直哉『桃源郷とユートピア——陶淵明の文学』2010.3.31 春風社 P46.47
34　鈴木虎雄『陶渕明詩解』1968.2.29 弘文堂書房（初版1948.1.15）を参照。
35　安立典世「運命の在処——楽天の思想」『陶淵明　詩と酒と田園』編者　安藤信廣・大上正美・堀池信夫 2008.3.15 株式会社東方書店 P78
36　稀代麻也子「陶淵明の人生と時代」『陶淵明　詩と酒と田園』編者　安藤信廣・大上正美・堀池信夫 2008.3.15（初版第一刷2006.11.20）株式会社東方書店P32
37　『陶淵明集全釈』にも「さらに田園詩の第三の新しい情感は、ところどころにさりげなくかいま見える家族との団欒や、近隣の百姓たちとの触れ合いの描写にかかわるものである。」と、家族や百姓との関係を淵明の田園詩にとっては大きなエネルギーと捉えている。田部井文雄・上田武『陶淵明集全釈』2001.1.30 明治書院 P15
38　佐久節『陶淵明の詩』1941.12.30 日本放送出版協会／鈴木虎雄『陶渕明詩解』1968.2.29 弘文堂書房（初版1948.1.15）などを参照。
39　都留春雄『中国詩文選11　陶淵明』1974.11.25筑摩書房／孟二冬『陶淵明集譯注及研究』2008.01 北京昆侖出版社　などを参照。
40　安立典世「運命の在処——楽天の思想」『陶淵明　詩と酒と田園』編者　安藤信廣・大上正美・堀池信夫2008.3.15 株式会社東方書店 P79
41　安藤信廣「陶淵明の虚構と敘景」『陶淵明　詩と酒と田園』編者　安藤信廣・大上正美・堀池信夫 2006.11.20 東方書店 P169.171
42　佐久節『陶淵明の詩』1941.12.30 日本放送出版協會 P17
43　鈴木虎雄『陶渕明詩解』1968.2.29 弘文堂書房（初版1948.1.15）
なお、陶文鵬『中國詩詞賞析典藏版〈10〉戀戀桃花源 陶淵明作品賞析』(2005.2德威國際文化事業有限公司P141）では「棲棲失群鳥」となっている。
44　注23に同じ。P141.142
45　陶淵明「飲酒」其七（鈴木虎雄『陶渕明詩解』1968.2.29 弘文堂書房（初版1948.1.15））
46　陶文鵬『中國詩詞賞析典藏版〈10〉戀戀桃花源 陶淵明作品賞析』2005.2 德威國際文化事業有限公司 P153

47　鈴木虎雄『陶渕明詩解』1968.2.29 弘文堂書房（初版1948.1.15）を参照。
48　孟冬二『陶淵明集譯注及研究』2007 北京昆侖出版／都留春雄『中国詩文選11　陶淵明』（1974.11.25 筑摩書房）を参照。
49　都留春雄『中国詩文選11　陶淵明』1974.11.25 筑摩書房 P113
50　櫻田芳樹「隠逸の伝統——酒と田園」『陶淵明　詩と酒と田園』編者 安藤信廣・大上正美・堀池信夫 2008.3.15（初版第一刷2006.11.20）株式会社東方書店 P118
51　田部井文雄・上田武著『陶淵明集全釈』2001.1.30 明治書院 P11
52　明治29年1月16日付け正岡子規宛の漱石の書簡のなかに、「日々東京へ帰りたくなるのみ帰途米山より陶淵明全集を得て目下誦読中甚だ愉快なり」という一節がある。『漱石全集　第二十二巻』P93
53　「思ひ出す事など」『漱石全集　第十二巻』P427
54　『漱石全集　第二十二巻』P77
55　祝振媛氏は「ここの「家」の意味はずいぶん普通の「家」のイメージを越え、漱石に塵世の苦悩を忘れさせ、傷ついた心を癒せられる理想郷としての「白雲郷」のようなところである。」と、隠逸性につながっていると見なしている。（祝振媛「白雲郷」の系譜——漱石の作品中の「理想郷」を探って——『中央大学国文学』42巻2号 1999 中央大学 P62）
56　『図説漱石大観』には、「白い桜ではなく紅花は桃とみられるが、畳々と山は重なって谷間に桃花がある。類想のものとしては竹田の「桃花流水詩意図」なども思い出されよう。」と、田能村竹田の文人画に類似していることを指摘している。（詳しくは第二章を参照されたい。）吉田精一『図説漱石大観』1981.5.26 角川書店
57　『漱石全集　第二十二巻』P524
58　木村由花「漱石と文人画——「拙」の源流——」『日本文学の伝統と創造』1993.6.26 きょういく出版センター P269
59　『漱石全集　第三巻』P3
60　同上P9.10
61　前にも触れたが、漱石にとっては、「或時、青くて丸い山を向ふに控えた、又的皪と春に照る梅を庭に植へた、又柴門も真前を流れる小河を、垣に沿ふて緩く繞らした、家を」（『漱石全集　第十二巻』P427）と、「思ひ出す事など」の中で語っているように南画的世界、理想郷のシンボルは桃の花とは限らず、梅の花もありうるが、淵明と変らぬ春にこだわっている。
62　田部井文雄・上田武『陶淵明集全釈』2001.1.30 明治書院 P326
63　上垣外憲一「漱石の帰去来——朝日新聞入社をめぐって——」『講座夏目漱石　第四巻』1982.2.5 有斐閣 P116
64　漱石が明治四十三年十月十一日に作った、No.90無題詩の一節である。『漱石全集　第十八巻』P259-263
65　佐々木充「「草枕」——根源の記憶の地への旅——」『漱石作品論集成　第二巻』編者片岡豊・小森陽一 1990.12.1桜楓社 P245（初出『夏目漱石』1982.2 有精堂）
66　この二首の詩の創作時期について、和田利男氏（『漱石漢詩研究』1937.8.1人文書院）が漱石の漢詩創作期の第一期と、鄭清茂氏（『中国文学在日本』1982.10純文学出版社）、中村弘氏（『漱石漢詩の世界』1983.9.5第一書房）、及び佐古純一郎氏（「漱石の漢詩文」『講座夏目漱石　第二巻』1982.2.25有斐閣）等三氏によれば、第二期とされている。

67　加藤二郎「草枕」『漱石と漢詩——近代への視線——』2004.11.5 翰林書房 P44
68　『漱石全集　第十八巻』P115.116
69　佐古純一郎「漱石の漢詩文」『講座夏目漱石　第二巻』1982.2.25 有斐閣 P308
70　渡部昇一『漱石と漢詩』1975.9.10 英潮社 P39
71　『漱石全集　第三巻』P80
72　同上 P152
73　加藤二郎「漱石と陶淵明」『日本文学研究資料新集　夏目漱石・作家とその時代』編者 石崎等 1988.11. 有精堂 P129
74　上垣外憲一「漱石の帰去来——朝日新聞入社をめぐって——」『講座夏目漱石　第四巻』1982.2.5 有斐閣 P101.116
75　一海知義『陶淵明——虚構の詩人——』1997.5.20 岩波書店 P30
76　伊藤直哉『桃源郷とユートピア——陶淵明の文学』2010.3.31 春風社 P154
77　『漱石全集　第22巻』P530
78　中村宏『漱石漢詩の世界』（1983.10 第一書房）／飯田利行『新訳漱石詩集』（1994.10 柏書房）などを参照。
79　飯田利行『新訳漱石詩集』1994.10 柏書房 P220
80　金原弘行氏は「中国には士大夫という階級があり、世間とは隔絶した環境で、高雅な生活が可能であり、彼らは山間に閑居するか田園生活に親しみ、（中略）日本の場合、市井に隠れる、いわゆる市隠であるといっていいかもしれない。」とあるように、日本の文人の隠逸スタイルについて言及している。（金原弘行『日本の近代美術の魅力』1999.9.20 沖積社 P64）

第五章

漢詩にみる文人の友情
――――王維と裴迪・漱石と子規

第一節　文人の友情――王維と裴迪・漱石と子規

所謂文人が友との交流を通して文学を切磋琢磨し、芸術観や人生観などを吐露したり、友情を深めたりするのは、中国でも日本でも古き昔から文壇でよく見られることは改めていうまでもない。漱石の場合、その文学人生の中で最も影響を受け、深く交際していた文学者といえば、先ず正岡子規を挙げるべきであろう。俳句を子規に習い、子規に触発され漢詩の創作に励むようになり[1]、更に子規の激励により文壇デビューの方向へと勤しんだりしたことから、子規からの影響がどれほど強かったものか、その一端が窺える。『漱石全集』に収録された漢詩は計208首にのぼるが、中村宏氏によれば、「漱石はその後漢詩に遠ざかる。そして彼の帰朝を待たずして子規は死んだ。これまでの漱石の詩の多くは、子規に贈るかあるいは子規を"読者"として期待したもので、この詩（75番、つまりイギリスに行く前に作った詩――筆者注）がその最後のものとなった[2]」にあるように、イギリス留学に行くまでに吟じたのは殆んど子規に送ったり、子規との応酬のものばかりである。そこからも子規との友情やその付き合い振りを垣間見することができる。

漱石と中国の詩人との比較と言えば、まず陶淵明が挙げられ、彼との比較研究もよくなされている。この方面では、例えば、加藤二郎氏[3]や佐古純一郎氏[4]などの先行研究が挙げられる。その一方で、王維も漱石が慕っていた中国文人の一人である[5]が、なぜか王維との比較研究はあまりなされていない。そのほか、小説作家（王維の場合は詩人）であり、アマチュア画家でもあり、漢詩を通して心の通った友人と労り合ったりしたことなど、漱石と王維とでは幾つかの共通している点を挙げることができる。王維には裴迪、漱石には子規、それぞれ心を交わす知友があり、いずれもその知友と応酬した詩が沢山残っているにもかかわらず、この共通項は、殆んど注目されていない。その知友と応酬した詩には、漱石や王維の中における友人の位置づけや文学人生の影響などを理解する有力な手がかりとなりえるであろう。

本章では、王維の漢詩で詠われている知友裴迪との交流振り、及び子規を読者と想定する漱石の漢詩にある友人への思いや文学人生におけるその友人の位置づけなどを考察しながら、時代や国境を越え漱石が慕っていた中国の文人王維から継承したものの有無、また両者の相違点などの解明を試みていく。

第二節　王維の送別詩にみる裴迪との交流振り

王維の膨大な詩作の中で田園風景の次に最もよく詠じられたモチーフは、友人との別れや友人への慰めなど友人との交流である。その数だけでも友人が王維の人生においてその存在や意味が如何に大きかったものかが窺われよう。

友人との別れがモチーフとされる王維の漢詩といえば、「送元二使安西」という詩を誰もが思い浮かべるだろう。

渭城朝雨裛輕塵，　　渭城の朝雨　軽塵を裛す
客舍青青柳色新。　　客舎青青　柳色新たなり

勸君更盡一杯酒，　　君に勧む　更に盡せ一杯の酒
西出陽關無故人。　　西陽関を出づれば　故人無からん
（送元二使安西[6]）

『王右丞集箋注』によれば、渭城とは秦の孝公より始皇帝まで都とされ、後長安に併合されたという記載[7]が残っていることから、華やかな町であったことが推測できる。西域に旅立つ元二という友人を、こうした歴史背景のある渭城という町で見送る場面やその心境を詠った詩である。西域と言えば、西にある国境であり、歴史的には戦地になったり、外敵の侵入を防ごうとする防人の駐留していた境地である。つまり、生きて帰って来られないかもしれないという危険な場所であり、また国の境であるがゆえに帰郷するにも長旅という、暗くて悲しいイメージが持たれる地域であった。そのため、そうした地へ向かう人の見送りともなれば二度と会えないか、再会のめどが立たないとよく思われていたのである。そのような背景があるからこそ、詩人が友人への餞別の席上で酒を勧めざるを得なかったのであろう。とはいえ、その見送りの場面はどうであろう。雨に洗われたこの渭城という町は埃が立っておらず、旅館の前にある柳もその雨で一層青々しく見える、という雨が上がった清々しい朝であった。時間と空間との絶妙なコンビネーションはロマンチックな詩人である王維ならではの技法や表現の駆使と賞賛せざるを得ない。陽関とは内地と外地の境のような関所で、ここを越えた向こうの外地は荒涼極まりない荒野である。この先の友人の運命を懸念しながら、詩人は暗い表現を見せず、暖かくて華やかな渭城と、陽関の向こう側に広がっている寂しい外地との対極的な表現で、詩人の気持ちをさりげなく表している。いよいよお別れの時分に詩人は、さあ、もう一杯飲み干しなさい、この先は古き友人には会えないし、こんな美味しい酒も飲ませてもらえない、と悲しい気持ちの代りに精一杯その友を労っているのである。「西出陽關無故人」（西陽関を出づれば　故人無からん）と言う尾聯には友の不安に詩人の心配の気持ちが重なっていると

捉えられる。暗い表現に代り明るい表現によって餞別の清清しい雰囲気が醸し出されながら、その中に去っていく友への労わりや友情が溢れているという王維の創作力の豊かさや友人を大切にする性格が窺われよう。

また、「下馬飲君酒，問君何之所。君言不得意，歸臥南山陲。但去莫復問，白雲無盡時。」もよく知られている送別の詩である。更に特定な友人を読者と想定する「登裴迪秀才小臺作」「答裴迪」「輞川閒居贈裴秀才迪」「酌酒與裴迪」「山中與裴秀才迪書」などの詩が挙げられる。それらの詩はいずれも裴迪という友人が相手とされている詩であることから、王維が最も心打ち解けた友人が裴迪だったのは明らかであろう。裴迪に送った詩やまたは裴迪との遣り取りの詩作のうち、最も広く知られているのは『輞川集』という詩集である。『輞川集』の序文には次のように詩集の由来について述べられている。

> 余が別業は輞川の山谷に在り。其の遊止するところ、止だ孟城坳・華子崗・文杏館・斤竹嶺・鹿柴・木蘭柴・茱萸沜・宮槐陌・臨湖亭・南垞・欹湖・柳浪・欒家瀬・金屑泉・白石灘・北垞・竹里館・辛夷塢・漆園・椒園等有り。裴迪と閑暇に各々絶句を賦するのみ[8]。

中年になった王維は仕官での不如意な事が端を発し、都から少し離れた輞川という風景の綺麗なところに住居を構えていた。この輞川に住居を構えた意図について、隠遁志向が通説であるが、蘇心一氏は「其實他也並不是辭官隱居輞川，而是在長安為官，稍有一點空暇時間，便去輞川探望陪侍老母，在輞口莊作時間稍長的盤桓，這是他的同僚和皇帝都願意接受的事實[9]」（事実上、仕官を辞して輞川に隠遁したのではなく、年取った母親への心遣いだったのである。長安に官職に就きながら、休みが取れたら輞川にいる母親の元へ帰り、暫らく付き添うというスタイルの仕官は帝にも同僚にも認められていたのである。）と、王維が輞川に別荘を建てた由緒について語っている。また、『漢詩大系　第十巻』にも「即ち王維が輞川荘を営めるは一つには孝養の為にして、そこに彼がさまざまの景を構へ[10]」とあるように、蘇氏と同じ親孝行説が見られる。いずれにせよ、母親が亡くなった後でも王維が生涯輞川を離れなかったのも、輞川荘周囲の風景が大変気に入ったことが理由であった。こうした絶景に見蕩れた王維が、「裴迪と閑暇に各々絶句を賦する」というのが『輞川集』の由来である。つまり、上掲した序文にあるように、孟城坳・華子崗・文杏館・斤竹嶺・鹿柴・木蘭柴・茱萸沜・宮槐陌・臨湖亭・南垞・欹湖など最も気を奪われた二十箇所の絶景に焦点を合わせ、王維と裴迪がそれぞれ二十首絶句を詠ったのが後世の人々を魅了する『輞川集』となったのである。

こうした『輞川集』を山水や庭園詠嘆の詩と見なす研究者は少なくない。例えば、呉啓禎氏や蘇心一氏がそのような見解を示している研究者である。呉氏は「尤其是〈田園樂〉七首與〈輞川集〉二十首，前者專寫田園與鄉居生活情趣；後者則以山水園林造境為主旨，可說是專為田園造景之作，二者之詩意皆能透過景象的描述，將山水田園的恬淡、樸實、空靈、幽雅之韻味發揮無遺[11]」(「王維の〈田園楽〉に収められている七首の詩は主に田園や田舎での生活の趣を、〈輞川集〉の二十首の詩は山水や庭園の風景を描くのがモチーフである。いずれも叙景を通して、山水や田園の長閑で純朴な雰囲気や脱俗的な味をそのまま表現している」)と『輞川集』の詩風やモチーフについて語っている。蘇氏は「他的輞川二十首多純寫自然，幾乎全都不著情語。」(『輞川集』に収められている二十首の詩は大半自然を詠じており、叙情のが殆んど見当たらない[12]」という見解を示している。山水や庭園などの純粋な風景詠嘆という点で両者は意見が一致している。上述したとおりに、王維が二十箇所の絶景を選び、友人裴迪を誘い、それらの風景をそれぞれ絶句に描き止めたのであるが、風景に触発されて気持ちに焦点が移ったと看取できるのもある。9番の「臨湖亭」と11番の「欹湖」との二首がそれである。風景の他、人間——いうまでもなく、その親友である裴迪——がフレームの枠内に収められており、他の純風景描写とはやや作風が異なっている作品と看做さずにはいられない。さて、この二首の詩はどんな状況が詠われているのか、どのような画が広がっているのか詳しく見てみよう。

臨湖亭　輕舸　上客を迎へ　／　悠悠　湖上に來る
軒に當って　樽酒に對す　／　四面　　芙蓉開く---「臨湖亭」
簫を吹いて極浦を凌ぎ　／　日暮に夫の君を送りぬ
湖上に一たび廻看すれば　／　山青くして白雲巻けり---「欹湖[13]」

言うまでもなく、二首とも湖が絵の主体となっており、「臨湖亭」が舟に乗ってくる友人を迎える場面の詩で、「欹湖」が楽しい一日を一緒に過ごしたその友人を見送ると推定できる場面の詩である。詩人は家屋で友人が来るのを待っているのではなく、湖畔にある臨湖亭まで出向き、来訪する友人を待ち構えているのである。蓮の花が咲き乱れている表現で、季節の素晴らしさを表している他、満開している花も自分と同様にその友人を心より歓迎していることを示唆しているとも捉えられよう。友人を待ち受ける場所を臨湖亭にした理由は恐らく、友人が乗っている舟が遠くに現われてきたらすぐ目に入る絶好の場所にあるからであろう。友人が来るのを詩人はじっとして待っていられない、そのわくわくしている心境がそうした表現から感じられる。案の定、遠くから舟が岸辺に向かって近づいてくるのが見えた。一刻も早くその友人と酌を酌み交わしながら語り合いたいと思い、詩人は用意してあった酒を盃に注いだ[14]。自宅の代りに岸辺にある臨湖亭という東屋で友人を待ち構える様子や、盃に酒を注いでいる詩人の待ちきれない様子などから、その友人の来訪を期待していた心境、またその友人が詩人にとって如何に大切な友であることかが十分に窺えよう。

さて、一日たっぷり酒を飲み、心を交し合ったあと、日が傾き、愈々お別れの時分がやって来た。そのお別れの場面が11番の「欹湖」に詠われている。舟まで詩人が見送りに来ている描写から、その別れ辛い詩人の心境を垣間見ることができる。更に詩人はお餞別として簫を吹いて舟に乗り込んだ友人に聞かせる。夕暮れの湖面の果てまで響くその簫の音は詩人の未練がましい気持ちに聞えるだろう。この時、振り返えれば、青い山に白い雲がかかっているのが見えた。「同時借「白雲舒卷青山，不肯竟去。」來烘托自己不捨摯友離別，含不盡惆悵之意[15]」(「白い雲が離れず、青い山にかかっている」という表現を通して詩人が友人と別れがたい、未練がましい心境を示唆している。) という蘇心一氏の指摘の通りに、詩人の尽きない友情の暗示であるとともに、隠逸志向や隠遁者心境の吐露としても捉えられる。

この二首の詩に詠まれている友人である裴迪とは、「關中人，嘗應秀才考試及格，故稱裴迪秀才。與王維為友，同居終南山[16]」(関中の出身で、かつて当時の国家公務員試験でも秀才という上級職に合格したことがある文人であるため、詩の中で裴迪秀才と称されており、王維が大変懇意な友人で同じく終南山に住んでいる人であった。) という記載が残っている。王維より十五歳も年下でありながら、年の隔たりを感じず、王維とは心を交わすことのできる、所謂「忘年の交[17]」という関係であったらしい。上述した二首の詩からも、王維が裴迪を可愛がる一方で、心の底から信頼し合える対象として頼っている雰囲気も感じ取れる。

裴迪との友情の深さはまた、「酌酒與裴迪」(酒を酌んで裴迪に與ふ) という詩からも窺える。

酌酒與君君自寛	酒を酌んで君に與ふ君自ら寛うせよ
人情飜覆似波瀾	人情の飜覆は波瀾に似たり
白首相知猶按劍	白首の相知すら猶ほ劍を按じ
朱門先達笑彈冠	朱門の先達は彈冠を笑う
草色全經細雨濕	草色は全く細雨を經て濕ひ
花枝欲動春風寒	花枝は動かんと欲して春風寒し
世事浮雲何足問	世事浮雲　何ぞ問ふに足らん
不如高臥且加飡	如かず高臥して且く飡を加へんには[18]

『漢詩大系　第十巻』に「王維が愛した若い詩人裴迪が、たぶん進士の試験に落第して、しょげているのを、可哀そうに思って、自分の宅にまねき、酒をくみながら、くよくよしなさんなと慰めた詩である[19]」と、裴迪の挫折を推測している。となれば、この詩のポイントは「世事浮雲　何ぞ問ふに足らん／如かず高臥して且く飡を加へんには」という王維からの慰めの言葉にあると看做すことができよう。「世事」とは、ここでは試験、更にそれにつながる出世を指していると考えられる。殆んど俗世間に背を向けている王維は落ち込んでいる裴迪に酒を勧めながら、そのような不愉快なことを忘れよう、それより御飯をしっかり食べなさいと、親友の健康状態に気を配っているのである。更には、「高臥して」という表現から、一層隠遁を志そうと勧めていると捉えられないこともない。親友裴迪を家まで招いて慰め、励ますことから、王維がその友を如何に大切にしていたかは想像できるだろう。

それ以外に、「山中與裴秀才迪書」という、裴迪を郊外へ遊びに誘う為に送った書簡からも二人の親しい付き合い、というよりも王維が裴迪に注いでいる友情の濃さを垣間見ることができる。

> 近臘月下。景氣和暢。故山殊可過。足下方溫經。猥不敢相煩。輒便往山中。憩感配寺。與山僧飯訖而去。（中略）夜登華子岡。輞水淪漣。與月上下。寒山遠火。明滅林外。深巷寒犬。吠聲如豹。村墟夜舂。復與疏鐘相間。此時獨坐。僮僕靜默。多思曩昔。攜手賦詩。步仄徑。臨清流也[20]。

晴れ晴れとした日に、出かけていた王維が勉強中の裴迪を邪魔しないように配慮し、会いたい気持ちを抑え、裴迪の家を素通りして山のほうへ向かった。しかし、夜、付き添いの書生らが床についた後、独りになった王維は裴迪と一緒に過ごした昔のことを思い出し、裴迪が恋しい心境をとうとう抑えきれず、誘い出す内容の書簡を書いたのである。下線が引いてあるのがその昔の思い出である。范慶雯氏は「這時候，我獨自坐著，僮僕們都已經安安靜靜地睡了。我心中想的大多是我們從前手牽著首吟詠詩歌、漫步在小路上，面對著清澈流水的種種情景[21]」（僕や書生らがすでに熟睡している今、起きているのは私独りだけである。清清しく流れているせせらぎを目の前にして、われわれが手を取り合って、詩を吟じながら小道をのんびりと散歩していたあの頃の思い出が次から次へと浮かび上がってくる。）と、現代語に訳している。「攜手賦詩」——手を取り合い詩を作りながら散歩する——という行為は、異性の場合は恋人同士や夫婦の間柄と思えるだろうが、男二人になると、今の社会ではホモの間柄という可能性が十分に考えられる。しかし、当時すでに名が知れ渡っていた王維は、その書簡が公開される可能性があるのを承知の上で、あるいは自ら公開するつもりで書いた、と想定するのが合理的であろう。とすれば、そうした韜晦すべきこと（仮に裴迪とホモの関係を持っていたとすれば）をわざわざ社会に公表するような真似を王維がするとは思えない。つまり、この「攜手」（手を取り合う）というのは、特に深い意味はなく、気が合う、または優れた漢詩ができた時の単なる喜びの表われに過ぎなかったのであろう。そうしたジェスチャーより、王維と裴迪の交際の深さ、王維にとって裴迪との文学における切磋琢磨の時間は如何に楽しかったのか、相手の邪魔にならないように会いたい気持ちを抑えていたが、一緒に文学を語り合った昔の思い出が浮かび、相手に手紙を書かずにはいられないという文人同士の友情の深さのほうをこの書簡のポイントと看做すべきであろう。「文を以って友に会す」という昔中国の文人世界における交友スタイル——相手の文才を愛し、そのような友との交際を通じて文学の世界を堪能する人生——は詩人などの文人の人生にとっては如何に意味深いことであったのか、上掲の王維の詩や書簡から垣間見ることができよう。そして、王維と裴迪との交際がその文人のスタイルの代表的な例といえよう。

第三節　漱石における子規の存在

『漱石全集　第十八巻』に収録されている漱石の208首の漢詩を、中村宏氏が鄭清茂氏の研究を踏まえ、創作時代及びそれぞれの人生背景に基づいて、⑴学生時代　⑵松山・熊本時代　⑶大患時代　⑷題画時代　⑸『明暗』時代との五つの時期に分けている[22]。『漱石全集　第十八巻』によれば75番の「君病んで　風流　俗紛を謝し」は「明治三十三年の作として収める。イギリス留学前、熊本時代の最後の詩」であるとされている。第一節でも触れたが、漱石の文学人生において俳句や漢詩など様々な方面にわたって子規が最も影響の強かった友人である。この明治三十三年のイギリス留学に赴くまでに作った漢詩は子規を読者と想定したものが殆んどである。以下、子規との応酬や子規を労わる気持ちが織り込まれた詩に絞って子規との友情や漱石における子規の位置づけなどを考察していきたい。

表一

①(『木屑録』より(其五)明治二十二年九月 No.22)[23]

鹹気　顔を射て　顔　黄ならんと欲す／醜容　鏡に対すれば　悲傷し易し／馬齢　今日　廿三歳／始めて佳人に我が郎と呼ばる

②(明治二十三年　八月末 No.34)

江山　容るるや不や　俗懐の塵／君は是れ功名場裏の人／憐殺す　病軀　客気多く／漫りに翰墨を将て詩神を論ずるを

③(明治二十三年八月末 No.35)

仙人　俗界に堕つれば／遂に喜悲を免れず／啼血　又吐血／憔悴　君が姿を憐れむ／漱石又た枕石／固陋　吾が痴を歓ぶ／君が痾　猶お癒す可く／僕が痴　医す可からず／素懐定めて沈鬱ならん／愁緒　乱れて糸の如し／浩歌　時に幾曲／(一句欠)一曲　唾壷砕け／二曲　双涙垂る／曲闋りて呼ぶこと咄咄／衷情　誰にか訴えんと欲す／白雲　蓬勃として起こり／天際に蛟螭を看る／笑って函山の頂を指さし／去きて葦湖の湄に臥せん／歳月固より悠久／宇宙　独り涯無し／蜉蝣　湫上を飛べば／大鵬　其の卑きを嗤う／嗤う者も亦た泯滅す／得喪　皆一時／語を寄す　功名の客に／役役　何をか為さんと欲すと

④謝正岡子規見恵小照、次其所贈詩韻却呈

(明治二十三年十月二十四日 No.49)

是れ名を求めて帝城に滞るに非ず／唯憐れむ　病羸帰思生ずるを／黄巻に親しむに憑って栄辱を忘れ／青山に負いて耨耕を休めしを悔ゆ／銀燭繡屛　痩影を吟じ／竹風蕉雨　秋声を聴く／多情　縦い絃歌の巷に住むとも／漠漠たる塵中　傲骨清し

⑤(御返事呪文 No.50)

朱顔を燬き尽くして　痘痕爛れ／軽傘を失い来たって　却って昏を開く／痴漢の道を悟るは難事に非ず／吾は是れ宛然不動尊

⑥(駑才恰好 No.56)

駑才　恰も好し　山隈に臥するに／夙に功名を把って　火灰に投ず／心は鉄牛に似て鞭うつも動かず／憂いは梅雨の如く　去って還た来たる　／青天　独り解す　詩人の憤り／白眼　空しく招く　俗士の咍い／日暮れて　蚊軍　将に室に満ちんとす／起ちて紈扇を揮って　崔嵬に対す

⑦(客中逢春寄子規 No.69)

春風　東皐に遍く／門前　碧蕪新たなり／我が懐いは　君子に在り／君子　嶙峋を隔つ／嶙峋　跋ゆ可からず／君子　空しく穆忞／悵望するも　就く可からず／碧蕪　徒らに神を傷ましむるのみ／憶う　昔　交遊の日　／共に許す　管鮑の貧／斗酒　乾坤を凌ぎ／豪気　星辰に逼る／而今　天の一涯／索居　我が真に負く／客土　我は礼を問い／旧爐　君は春を賦す／二百余里の別れ／三十一年の塵／塵纓　濯うに由無く／徘徊す　滄浪の津／語を子規子に寄す／官遊の人と為る莫かれ

⑧(君病風流 No.75)

君病んで　風流　俗紛を謝し／吾愚かにして　牢落　鴻群を失う／甎を磨きて　未だ徹せず　古人の句／血を嘔きて　始めて看る　才子の文／陌柳　衣に映じて　征意動き／館燈　鬢を照らして　客愁分かる／詩成り　筆を投じて　蹣跚として起つ／此の去　西天　白雲多からん

漱石が子規を労わったり子規へ自分の苦悶を訴えたりする、子規との語り合いと思える雰囲気のはっきりした詩を表一に挙げておいた。それぞれの詩から（1）子規への労わりや賞賛（2）詩人自身の心境（3）功名につながる表現（4）ふざけた表現などが含まれる部分を抽出して次のように分析してみる。

（1）子規への労わりや賞賛——

②の「憐殺す　病軀　客気多く」「漫りに翰墨を将て詩神を論ずるを」、③の「憔悴　君が姿を憐れむ」、④の「唯憐れむ　病羸帰思生ずるを」「漠漠たる塵中　傲骨清し」、⑦の「我が懐いは君子に在り」、⑧の「君病んで　風流　俗紛を謝し」「血を嘔きて　始めて看る　才子の文」などの詩句がそれに該当する。簡単に統計すれば、八首のうち五首、つまり六割強が親友である子規の病弱な体を労わると共に子規の文才や高潔な人格を賞賛しているのである。とりわけ、④番と⑧番は子規から写真を貰ったお返しで、病で苦しんでいる子規の心境を十分に察し、完全に子規に焦点を合わせて詠った漢詩であることは明らかである。「黄巻に親しむに憑って栄辱を忘れ」——病で苦しんでいながら学問に励むことを怠らない子規——その精神の強靭さを湛えながら、「青山に負いて耨耕を休めしを悔ゆ」と、長閑な田園生活を楽しめない子規の辛さを大いに憐れんでいる。一方、「多情　縦い絃歌の巷に住むとも／漠漠たる塵中　傲骨清し」と、汚らしい俗世界に身を置きながらもその世界に流されず、清らかで誇らしい内面の持主である子規がまさに明治時代を生きる文人だと最高の賞賛の言葉を綴っている。⑧の「君病んで　風流　俗紛を謝し」「血を嘔きて　始めて看る　才子の文」にも、病で苦しんでいる子規が煩わしい世俗に背を向き、病の身にもかかわらず文学の創作に勤しんだ結果、優れた文才を見せてくれた、という病に挫けない子規の姿を憐れみながらその苦闘の姿や文才に傾倒している漱石の姿も窺われよう。

⑵ 詩人自身の心境――

①の「醜容　鏡に対すれば　悲傷し易し」、③の「愁緒　乱れて糸の如し」「衷情　誰にか訴えんと欲す」、⑤の「朱顔を燬き尽くして　痘痕爛れ／軽傘を失い来たって　却って昏を開く」、⑥の「憂いは梅雨の如く去って還た来る」「青天独り解す詩人の憤り」、⑧の「吾愚かにして　牢落　鴻群を失う」「陌柳　衣に映じて　征意動き／館灯　鬢を照らして　客愁分かる」「詩成り　筆を投じて　蹣跚として起つ／此の去　西天　白雲多からん」などは、詩人漱石自身の人生における煩悶や憂いの気持ちを嘆いたり、相手である子規に訴えたりしている内容の句ばかりと看做すことができよう。八首のうち五首、つまり六割程が詩人自身の身辺や心境が詩の内容に織り込まれているのである。この割合はとりわけ高い方とは言えないが、前節で見た王維の親友裴迪を労わる漢詩における王維自身への言及の薄さに比べれば、漱石の場合は自己に費やした描写、自分に焦点を当てた箇所が目立っていると言わざるを得ない。⑧番が最も顕著である。『漱石全集』によれば、これは「イギリス留学前、熊本時代の最後の詩」とされている。となれば、「白雲」を、飯田利行氏の「浮き世の塵を絶した白雲が多くたちこめていてくれることであろう[24]」という解釈、つまり「浮き世の塵を絶した」存在であるため希望に満ちている将来と、積極的に捉えることもできる。が、この「白雲」を除き、「悲傷し易し」や「愁緒」「誰にか訴えんと欲す」「憂い」「詩人の憤り」「客愁」などにあるように、明るい気持ちが殆んど見当たらず、暗くて憂鬱な心境ばかりであることも明らかであろう。イギリスに向かう直前、期待を抱いている一方、不安などの気持ちも高まっている複雑な心境にあったに違いない。そのような情況の下で、漱石は友人である子規への労わりより、思わず自分の身を見詰めながら友人に訴えたり甘えたりするようになったのではなかろうか。

⑶ 功名につながる表現――

②の「君は是れ功名場裏の人」、③の「得喪　皆一時／語を寄す　功名の客に／役役　何をか為さんと欲すと」、④の「是れ名を求めて帝城に滞

るに非ず」、⑥の「夙に功名を把って火灰に投ず」、⑦の「官遊の人と為る莫かれ」などのように、「功名」や出世につながる「役役」「官遊」という表現が目立っている。八首のうち五首、七箇所にも上っている。それ以外に、表一に挙げていない48番には「憐むべし　一片　功名の念／亦た雲烟に抹殺過せらる」、58番には「三十　巽還た坎／功名　夢半ば残す」、66番には「意気　功名を軽んず」「前程望めども見えず／漠々として愁雲横たわる」とあるように、「功名」か「前途」の語彙が頻繁に使われている。勿論、例えば「語を寄す　功名の客に／役役　何をか為さんと欲すと」などのように、功名そのものは一時の存在に如かず、求めるものではないと漱石が自分にも親友である子規にも戒めたり功名を看破したりするような心境が殆んどであることは否めない。が、58番の「三十　巽還た坎／功名　夢半ば残す」、66番の「前程望めども見えず／漠々として愁雲横たわる」とそれぞれ歌われている「功名」にしろ「前程」にしろ、いずれも夢——極端に言えば漱石の場合は文壇での名声——が捗らない状況に置かれた漱石の焦り、且つ出世への強い願望の反映と捉えられないこともなかろう[25]。二十代後半から三十代前半といえば、一般に世間では少なくとも理想の蕾が見え始め全力をあげて人生の道を歩んでいる時期であるのはいうまでもないことであろう。その故であろうか、人生に大きな期待を抱いていた明治二・三十年頃の漱石にとっては「得喪　皆一時」（成功も失敗もいずれも一時的なもの）という悟道した姿勢を構えているつもりではありながらも、一方では「功名」や「官遊」などの類の表現の多用から、「功名」に極めて執着していた漱石のその内面の一端が窺えよう。

(4) ふざけた表現——

⑦の「客中逢春寄子規」の詩の後半には「憶う　昔　交遊の日」「共に許す　管鮑の貧　／斗酒　乾坤を凌ぎ」とあるように、貧乏でありながら束縛一つなく親友と楽しく酒を思う存分に飲んでいた昔の思い出を懐かしく想起する一節がある。文人の付き合いといえば、昔から酒は欠いてはならないものと思われていた。しかし、子規とは深い付き合いとはいえ、酒

を楽しむ描写はこの時期の漢詩には一首しかないのはやや淋しいと言わざるを得ない。

それは漱石流の表現であるか、それとも中村宏氏が「漱石の詩で「戯詩」といえるものはこれが最初であろう。諧謔の作は手際よく作れば面白いが、品致を落す恐れも多い。作者にある程度の技術と洒脱な性格が要求される[26]」と指摘しているように、若き二人の友情の親密さの表れであろうか、酒の出番が少ない代りに、ふざけた表現がしばしば見られる。最も顕著なのは①の「馬齢　今日　廿三歳／始めて佳人に我が郎と呼ばる」及び、⑤の「朱顔を燬き尽くして　痘痕爛れ／軽傘を失い来たって　却って昏を開く」との二箇所である。子規のことを「佳人」と呼び、漱石自身のことを「我が郎」と、恋人同士かと思われるような呼称を通してユーモラスさを狙っていたと捉えられよう。そうした諧謔の表現から二人の間には冗談が言えるほど、または互にその諧謔の意味や面白みが通じ合うほど交際が深く、自分にとって子規がこうした心の通じ合う存在であることを合わせて漱石が語りたかったことも垣間見できよう。

第四節　　裴迪を徹底的に労る王維・子規と労り合う漱石

王維のライフスタイルに傾倒していた漱石は文人画家でもあり、詩人でもある点で王維と共通している他、また王維と同じく心を交わす親友を持っていた。これまで、王維の最も心の傾いた親友である裴迪を相手として詠った詩及び彼の書簡風の漢詩から、王維の親友との付き合い振りや王維における親友の位置付けを、そして子規を読者と意識して詠じた漱石の早期漢詩から漱石と子規との交際振り、または親友への心境の吐露を通して漱石の内面の一端を、それぞれ考察してきた。交友の面においても王維の継承にとどまらず、漱石ならではの形で親友である子規への思いを表現し、付き合っていたことが窺えた。

王維は年下の裴迪を極めて労わっていた一方で、裴迪が仕官の途で躓いたりした際に、世俗に背を向けいっそう隠遁を目指そうと勧めたり酒などを持成して慰めたりするところから、王維が親友である裴迪を如何に大事にしていたか、裴迪と文学を語ったりすることが王維の人生を如何に豊かにしていたかは裴迪を相手とする漢詩や裴迪への書簡風漢詩から窺われる。

一方、漱石の方も、「憔悴　君が姿を憐れむ」(35番) などの詩句のように病弱の子規を労わるばかりか、「漠漠たる塵中　傲骨清し」(49番) や「血を嘔きて　始めて看る　才子の文」(75番) などの詩句を以って、俗世界に身を置いている子規は実は俗世界に流されず、清らかで文学才能に溢れた持主で、まさに明治時代をまっすぐに生きる文人だと最高の賞賛の言葉で子規の文才や孤高の内面を湛えたりしている。これぱかりか、「始めて佳人に我が郎と呼ばる」(22番) という諧謔的な表現からも二人の間柄は、王維と裴迪との関係の親密さに匹敵するほど濃厚なものだということも看取できよう。このように文人間の交際というのは国境を越え、時代の隔たりを無くして共通する面を持っていることが、こうした漢詩を通して垣間見ることができた。

とはいえ、両者の異なる部分も見落としてはならぬ。

1　詩人自身への焦点

王維の親友裴迪を労わる漢詩における王維自身への焦点の薄さに比べれば、漱石の場合は「憂いは梅雨の如く　去って還た来たる」「青天独り解す　詩人の憤り」(56番) と、自分の憂いや世間に心を理解してもらえない孤独さを訴えたりするほど、自意識が極めて高いことは明らかであろう。それは恐らく年齢の関係でそのような差異が現われたとも考えられよう。王維は裴迪より十五歳も年上であり、それらの詩を詠じたのは世の中を看破し、世俗に背を向いていた中年の頃であったため、年下で文学才能の豊かな裴迪に若き頃の自分の姿を見ているようで、その愛情も惜しむことなく、裴迪にたっぷり注いだのであろう。一方、漱石の場合はこれから文壇へのデビューのチャンスを狙い、才能が認められるのを大いに期待する人生の黄金時代とも称せられる二・三十代の青年壮年時期であり、自分とあまり年が変らない子規――すでに世間に名を知られ、活躍している友人――に注ぐ感情は王維の裴迪への感情とは自ずから異なり、相手を労りながらも、相手にも労られたいという気持ちが強かったせいであろうか、自分を見詰めることを忘れずに、焦点を子規より自分に移したりしたのであろう。むしろ、一方通行ではなく、相手への関心を寄せながら自分の内面も知らせたり相手に甘えたりするような付き合い、その交流こそが真の心の通いだと漱石が考えていたに違いない。

2　「酒」←→「功名」

王維の詩の中には、親友裴迪の来訪を待ち兼ねている王維が親友とゆっくり語り合いながら酒を存分に飲むつもりで「軒に當って　樽酒に對す」（「臨湖亭」）とあるように酒を先に用意して待ち構える詩にも、また「酒を酌んで君に與ふ　君自ら寛うせよ」（「酌酒與裴迪」）や「君に勧む　更に盡せ一杯の酒」（「送元二使安西」）など有名な送別の詩にも酒は欠かせないものとされていることは明らかである[27]。とりわけ「臨湖亭」においては時間設定ははっきりしないが、それと対になっている「欹湖」に描かれている一日語り合った二人がいよいよ夕暮れにお別れする時分となったという内容から、前者の「臨湖亭」ではもしかすると、朝から酒を酌み交わしていたかもしれない。酒を飲むのは夜とは限らず、王維にとっては親友と会う場面、あるいは文学や芸術を語るなど文人との集いなどには酒は欠かせないもの、否、酒は自分の気持ちの表れであり、それを介して友情を更に深めることが出来るとともに文筆の切磋琢磨の働きもあると思われていたようである。勿論、酒を通して王維、隠遁者である王維は心身とも寛いだ境地に達することができ、「酒を以って友に会す」という狙いもあったに違いない。

一方、漱石の上掲した漢詩の中には親友との応酬とはいえ、酒に触れたのは「斗酒　乾坤を凌ぎ」（69番）という、昔の思い出を思い浮かんだ一句しか見当たらなかった。酒の代りに、漱石の子規に送った漢詩の中には「功名」という表現の多用が目立っている。また、「得喪　皆一時／語を

寄す　功名の客に」（35番）のように世の中の功名に執着する必要はないと悟っているような詩句が見られるとは言うものの、「功名」の多用は漱石の内面を暗喩していると思わずにはいられない。上垣外憲一氏は漱石における漢詩の位置づけを次のように語っている。

　漱石はいささか陶淵明に自分をなぞらえているような所もあったが、淵明のごとく、完全に組織のわずらわしさから離れてしまったのではなく（中略）「陶淵明型」の非公開的の文学にあたる漢詩は、『朝日新聞』入社後しばらくとだえていたが、明治四十三年修《マ》禅《マ》寺大患以後再び書き始められる。そしてその内容はひとしお隠遁者的な趣の濃いものである[28]。

　隠遁者である陶淵明に憧れながら新聞社へ入社したことや文学の発表などの漱石の公開的なライフスタイルに対して、蘇軾など官職に就きながら詩人としても活躍していた中国文人の理想像――つまり隠遁を志していながら俗世界と接しているタイプ――の再現であると捉えている見解である。そして、漱石の人生における漢詩とは「「陶淵明型」の非公開的の文学」に当たると言及している。言い換えれば、小説などの公開的な文学に対して、漢詩は漱石にとっては漱石なりの隠逸性を有していると解釈できよう。勿論漱石後期の「隠遁者的な趣の濃いもの」にまで達してはいないかもしれないが、例えば「塵懐を脱却して　百事閑なり／遊ぶに儘す　碧水白雲の間／仙郷　古えより　文字無く／青編を見ずして　只だ山を見」（23番）や「百念　冷えて灰の如く／霊泉　俗埃を洗う／鳥啼いて　天自ら曙け／衣冷かにして　雨将に来たらんとす／幽樹　青靄に没し／閑花　碧苔に落つ／悠悠として　帰思少く／臥して見る　白雲の堆きを」（40番）など、漱石の早期漢詩にも隠遁的な趣が織り込まれた作品も少なくない。とすれば、「功名」を度外視し、得失は長く続かず所詮一時的なものであると、若き漱石は隠遁者の心境に切り換えたことや、悟ったような自分の心を親友である子規に語ったと考えられる。が、一方、本意が文学の創作にありながら文壇に本領を発揮できず、一教師としてしか活躍できなかった二・三十代の漱石が、文壇での出世を願わないはずはなかったろう。その焦りの気持ちが、思わず「功名」の多用という形で吐露したのではなかろうか。「前程望めども見えず／漠々として愁雲横たわる」(66番）という一句が、当時の漱石が「功名」に執着していた最も有力な証と見なせないこともない。

[注]

1　元々漢詩が好きだった漱石は子規の「七草集」に触発され、漢詩を通して子規との応酬を始めたのはよく知られている逸話である。
2　中村宏『漱石漢詩の世界』1983.9.5 第一書房 P136
3　加藤二郎「漱石と陶淵明」『日本文学研究資料新集　夏目漱石・作家とその時代』編者 石崎等1988.11 有精堂
4　佐古純一郎「漱石の漢詩文」『講座夏目漱石　第二巻)』1982.2.25 有斐閣
5　例えば、『草枕』の第一章で、「うれしい事に東洋の詩歌はそこを解脱したのがある。採菊東籬下、悠然見南山。只それぎりの裏に暑苦しい世の中を丸で忘れた光景が出てくる。(中略) 超然と出世間的に利害損得の汗を流し去つた心持になれる。独坐幽篁裏、弾琴復長嘯、深林人不知、明月来相照。只二十字のうちに優に別乾坤を建立して居る。」(『漱石全集　第三巻』P10) と主人公である画工が陶淵明や王維の詩を思い出して賞賛している。また漱石の友人への書簡の中でも王維や王維の漢詩にしばしば触れている。
6　[唐] 王維著[清] 趙殿成 箋注『王右丞集箋注』1998.3 上海古籍出版社 P263／小林太市郎・原田憲雄『漢詩大系　第十巻』1964.8.30 集英社 P298
7　「長安故咸陽也。漢高帝更名新城。武帝元鼎三年。別為渭城。在長安西北渭水之陽。王莽之京城也。太平寰宇記。故渭城在今雍州咸陽縣東北二十二里。渭水北。即秦之杜郵。白起死於此。其城周八里。秦自孝公至始皇。皆都於此城。武帝元鼎三年。更名渭城。後漢省併地入長安。故此城存也。」(下線引用者。以下同) [唐] 王維著 [清] 趙殿成 箋注『王右丞集箋注』1998.3 上海古籍出版社 P152
8　小林太市郎・原田憲雄『漢詩大系　第十巻』1964.8.30 集英社 P304
9　蘇心一『王維山水詩畫美學研究』2007.5 文史哲出版社 P210
10　小林太市郎・原田憲雄『漢詩大系　第十巻』1964.8.30 集英社 P306
11　呉啓禎『王維詩的意象』2008.05 文津出版社 P45
12　注9に同じ。P212

13　小林太市郎・原田憲雄『漢詩大系　第十巻』1964.8.30 集英社 P320

14　蘇心一氏の「四面荷花香遠益清，王維坐在臨亭湖內，一面欣悅觀賞湖上怒放盛開的荷花，一面等候友人，眼看著湖面上動作輕快的大船，正悠悠然將老友從輞川園外，一路優遊自在地擺盪過來，他滿心歡喜，連忙打開窗戶，開樽斟滿酒杯，靜待客人光臨，以敘契闊。」との解釈を参考にした。蘇心一『王維山水詩畫美學研究』2007.5 文史哲出版社 P223

15　注9に同じ。P225.226

16　范慶雯『中國古典文學賞析精選　寒山秋水』1985.3.10（1984.10.25初版）時報文化出版事業股份有限公司 P271

17　「比王維小十五歲，二人為忘年之交」という記載がある。范慶雯『中國古典文學賞析精選　寒山秋水』1985.3.10 時報文化出版事業股份有限公司（1984.10.25 初版）P30

18　注13に同じ。P285

19　注13に同じ。P287

20　［唐］王維著［清］趙殿成　箋注『王右丞集箋注』1998.3上海古籍出版社 P33

21　注16に同じ。P273

22　鄭清茂『中国文学在日本』1982.10 純文学出版社／中村宏『漱石漢詩の世界』1983.10.15 第一書房などを参照。

23　漢詩の番号は『漱石全集　第十八巻』に従う。

24　飯田利行『新訳　漱石漢詩』1994.10.25柏書房P138

25　詩の解釈は主に『漱石漢詩の世界』中村宏（昭和58年9月5日　第一書房）／飯田利行『新訳　漱石漢詩』1994.10.25柏書房などを参照。

26　中村宏『漱石漢詩の世界』1983.10第一書房

27　［唐］王維著［清］趙殿成　箋注『王右丞集箋注』1998.3上海古籍出版社／小林太市郎・原田憲雄『漢詩大系　第十巻』1964.8.30集英社などを参照。

28　上垣外憲一「漱石の帰去来——朝日新聞入社をめぐって——」『講座夏目漱石　第四巻』1982.2.5有斐閣 P101.116

第六章

自然に身を浸す王維／都会的な漱石
――――春に因んだ詩を中心に

第一節　春という季節にこだわる王維と漱石

王維と漱石の接点に言及すれば、文人でありながらアマチュア画家（文人画＝南画[1]）でもある共通点を挙げることができる。第五章で親友裴迪を相手とする王維の送別詩と、子規を相手と想定した漱石の初期の漢詩を比較しながら漱石が如何に王維を継承し、また再構築したかについて論じた。そして、第三章では王維の最も絵画性の高い詩集『輞川集』に収められている「鹿柴」と「竹里館」との二首に焦点を据え王維の芸術観を考察し、一方、漱石の晩年の南画を分析しながら両者の異同を探ってみた。文人画といえば、一般には隠遁、そのシンボルの風景とされる桃源郷を誰しもが連想するだろう。桃源郷とは言うまでもなく、そのオリジナルが陶淵明の『桃花源記』であり、そこに広げられている世界では、老若男女を問わずみんながそれぞれの役を心地よく勤めながら、平穏で庶民的な生活を楽しんでいる。勿論、この文字で綴られた『桃花源記』は後何人かのプロやアマチュア画家の手によって絵に描きとめられている。そもそも陶淵明の桃源郷はとりわけ豊かな生活に拘わるというわけではなく、平和でみんなが質素でも楽しく生活していけるという設定である。となれば、春、夏、秋、冬と四季が順番に廻り、基本的には一年どの季節で表現してもおかしくはないが、江戸時代末期の文人画家田能村竹田の有名な「桃花流水詩意図」も漱石の「青嶂紅花図[2]」も桃の花が一面に咲いている春とされている。陶淵明の『桃花源記』から、文人画のジャンルに至るまで桃源郷を表現する際、まず春という季節が前提であるのが中国でも日本でも暗黙の約束とされているようである。その影響であろうか、王維にも漱石にも春を詠った漢詩の数が圧倒的に多い。とはいえ、両者とも春の風景の美しさにとどまらず、異なった視点から植物の好みや生き物への注目、または詩人の心境などを織り込み、春の詩の題材として扱っているのが見られる。それらのうち、一致しているのもあれば、捉え方が違うのもある。その異なる部分が何を物語っているのか、詩人の内面としてどのように捉えられるのか、などの問題は意義深い。したがって、本章では王維の春に詠んだ漢詩、及び漱石の春をモチーフとする題画詩に焦点を据え、文化の異なった点やそこにみる詩人の内面へのアプローチを試みてみたい。

漱石のほうを題画詩に設定した理由は、文人画の始祖である王維の芸術の「詩中に画あり、画中に詩あり」という文人画の最高の境地に合わせることを企てたからである。その有名な文人画の賞賛の言葉は改めて紹介するまでもないが、後者である「画中に詩あり」とは画の中に題されている詩の通りの境地の場合もあり、また詩が添えてなくても画面に詩情が溢れる感じの画の場合もある。前者の「詩中に画あり」とは、文字で表現されている詩でありながら、まるで一枚の画が読者の前に広げられているかのように感じられるのである。王維の場合は詩が画のように見え、画が詩のような境地に達している。つまり、詩画一体になっていると高く評価されているのである。一方の漱石は晩年に至って、南画を描いたり、また後画に添えるつもりで先に漢詩を詠じたりもしていた。そうした漢詩は題画詩と呼ばれ、「詩中に画あり[3]」という境地のものと看做せないこともない。そのため王維の視覚的な漢詩のイメージへの対応を図るつもりで、ここでは漱石のほうを題画詩——春を詠った題画詩——を考察の題材と定めたのである。両者の春を詠んだ漢詩の考察や分析を通して、漱石が王維から継承した点、また漱石ならではの味や捉え方などを見出し、それらの持つ意味を明らかにしてみる。

第二節　王維の詩にみる春のイメージ

王維の漢詩の題材と言えば、田園風景を詠嘆する田園の類、及び友人を見送る場面やその心境を詠んだ送別の類との二種類の数が最も多いと言えよう。田園の類では、例えば、「斜光照墟落。窮巷牛羊歸。野老念牧童。倚杖候荊扉。雉雊麥苗秀。蠶眠桑葉稀。田夫荷鋤立。相見語依依。即此羨閒逸。悵然歌式微」（「渭川田家」）や「屋上春鳩鳴。村邊杏花白。持斧伐遠揚。荷鋤覘泉脈。歸燕識故巢。舊人看新曆。臨觴忽不御。惆悵遠行客」（「春中田園作」）、また「田園樂七首」[4]など有名な漢詩が挙げられる。送別の類では、「渭城朝雨裛輕塵。客舍青青柳色新。勸君更盡一杯酒。西出陽關無故人」（「送元二使安西」）や「下馬飲君酒。問君何之所。君言不得意。歸臥南山陲。但去莫復問。白雲無盡時」（「送別」）[5]など日本でも中国でもよく知られている作品を挙げることが出来る。しかも、こうした田園の詩にも送別の詩にも季節が春とされているものが最も多いことが分かる。王維のこれらの詩には陶淵明の桃源郷以外に、何か別の意味はないのだろうか、それとも王維風の桃源郷が詠われているのではないだろうかと興味深く感じる。この意味でも王維の春を詠う類の詩も注目に値するであろう。吳啟楨氏が指摘した通り[6]、例えば、「新妝可憐色。落日卷羅帷。鑪氣清珍蕈。牆陰上玉墀。春蟲飛網戶。暮雀隱花枝。向晚多愁思。閒窗桃李時。」（「晚春閨思」）にあるように、春を詠う王維の詩は風景描写にとどまらず、風景描写を通して別れや恋しさなどの心境を訴える叙情的な漢詩も少なくない。ここでは王維の春を詠んだ漢詩に絞って、春のイメージと思われる表現、春という季節に生じた心境、または春に寄せられた寓意などを考察していきたい。考察の便宜上、長詩の場合は春に関連の部分のみを表一に掲げておく。

表一[7]

①屋上春鳩鳴。村邊杏花白。持斧伐遠揚。荷鋤覘泉脈。歸燕識故巢。
舊人看新曆。臨觴忽不御。惆悵遠行客。（春中田園作）

②草木花葉生。相與命為春。當非草木意。……鳳凰飛且鳴。容裔下天津。
清淨無言語。茲焉庶可親。（南飛鳧）

③日暮登春山。山鮮雲復輕。遠近看春色。躊躇新月明。仙人浮邱公。
對月時吹笙。丹鳥飛熠熠。蒼蠅亂營營。群動汩吾真。訛言傷我情。
安得如子晉。與之游太清。（無題）

④漁舟逐水愛春山。兩岸桃花夾去津。坐看紅樹不知遠。
行近青溪不見人……近入千家散花竹。（桃源行）

⑤宿雨乘輕屐。春寒著弊袍。開畦分白水。間柳發紅桃。
草際成棋局。林端舉桔槔。還持鹿皮几。日暮隱蓬蒿。（春園即事）

⑥好讀高僧傳。時看辟穀方。鳩形將刻杖。龜殼用支牀。
柳色春山映。梨花夕鳥藏。北窗桃李下。閑坐但焚香。（春日上方即事）

⑦新妝可憐色。落日卷羅帷。鑪氣清珍蕈。牆陰上玉墀。
春蟲飛網戶。暮雀隱花枝。向晚多愁思。閒窗桃李時。（晚春閨思）

⑧春樹繞宮牆。春鶯囀曙光。欲驚啼暫斷。移處弄還長。
隱葉棲承露。攀花出未央。游人未應返。為此思故鄉。（聽宮鶯）

⑨不到東山向一年。歸來纔及種春田。雨中草色綠堪染。
水上桃花紅欲然。優婁比邱經論學。傴僂丈人鄉里賢。
披衣倒屐且相見。相歡語笑衡門前。（輞川別業）

⑩上蘭門外草萋萋。未央宮中花裏栖。亦有相隨過御苑。
不知若箇向金隄。入春解作千般語。拂曙能先百鳥啼。
萬戶千門應覺曉。建章何必聽鳴雞。（聽百舌鳥）

⑪人閒桂花落。夜靜春山空。月出驚山鳥。時鳴春澗中。（鳥鳴磵）

⑫春池深且廣。會待輕舟迴。靡靡綠萍合。垂楊掃復開。（萍池）

⑬結實紅且綠。復如花更開。山中倘留客。置此茱萸杯。（茱萸沜『輞川集』）

⑭木末芙蓉花。山中發紅萼。澗戶寂無人。紛紛開且落。（辛夷塢『輞川集』）

⑮綠艷閒且靜。紅衣淺復深。花心愁欲斷。春色豈知心。（紅牡丹）

⑯君自故鄉來。應知故鄉事。來日綺牕前。寒梅著花未。
已見寒梅發。復聞啼鳥聲。愁心視春草。畏向玉階生。（雜詩）

⑰採菱渡頭風急。策杖村西日斜。杏樹壇邊漁父。桃花源裡人家。（「田園樂」其三）

⑱萋萋芳草春綠。落落長松夏寒。牛羊自歸村巷。童稚不識衣冠。（「田園樂」其四）

⑲桃紅復含宿雨。柳綠更帶春烟。花落家僮未掃。鶯啼山客猶眠。（「田園樂」其六）
⑳愁見遙空百丈絲。春風挽斷更傷離。閒花落遍青苔地。盡日無人誰得知。（閨人春思）

上記の春を詠んだ漢詩に春につながる言葉や春の象徴と思える表現を見出し、(一) 植物などによる風景描写（太字による表示)、(二) 鳥などの動物の登場（囲んである表現)、(三) 人間の心境（色づきの表現）との三つの部類に分けて分析してみる。

(一) 植物などによる風景描写

「杏花」……………………………………………………（春中田園作）
「花葉」「草木」…………………………………………（南飛鳧）
「春山」「桃花」「紅樹」「青溪」「花竹」………（桃源行）
「間柳」「紅桃」「桔槔」………………………………（春園即事）
「柳色」「春山」「梨花」「桃李」……………………（春日上方即事）
「珍蕈」「花枝」「桃李」………………………………（晩春閨思）
「春樹」「攀花」…………………………………………（聽宮鶯）
「春田」「草色綠」「桃花紅」…………………………（輞川別業）
「草萋萋」「花裏栖」……………………………………（聽百舌鳥）
「桂花落」「春山空」「春澗」…………………………（鳥鳴磵）
「春池」「綠萍」「垂楊」………………………………（萍池）
「紅且綠」「花更開」「茱萸」…………………………（「茱萸沜」『輞川集』）
「芙蓉」「紅萼」…………………………………………（「辛夷塢」『輞川集』）
「綠艷」「紅衣」「花心」………………………………（紅牡丹）
「寒梅」「春草」…………………………………………（雜詩）
「採菱」「杏樹」「桃花」………………………………（「田園樂」其三）
「萋萋」「芳草」「春綠」「長松」……………………（「田園樂」其四）
「桃紅」「柳綠」「花落」………………………………（「田園樂」其六）
「閒花」「青苔」…………………………………………（閨人春思）

以上に挙げた表現から、風景描写において王維が春を詠う際、使った植物の特徴やまたそれらの象徴や意味を次のように纏めることができる。

（A）通称的植物の多用

「花葉」「草木」「紅樹」「春樹」「攀花」「草色綠」「草萋萋」「綠艷」などのように、具体的な名称の代わりに通称的な植物で表現することを通して全ての植物が含まれるという効果が期待できるのである。冬眠を終えて春という季節に再び生き返ったように活気づくあらゆる植物に、生命力の象徴と思われる緑――青々しく、艶やかな緑や青――という色を重ね、さらに花が艶やかに咲いている雰囲気を醸し出すために赤（紅）という色も春のシンボルとして同時に使われる場面が多い。緑（青や萋萋）と赤（紅）という色彩のコントラストによって、春を迎え、山や川が鮮やかに彩られ、野原がいきいきと見え、人気のない寒村でも奥山でも暖かく賑やかなさまが甦ってくるのである。

（B）象徴的な植物の愛用

一方「桃花」「花竹」「間柳」「桂花落」「綠萍」「芙蓉」「寒梅」とあるように、（A）の項目にあった通称的な草花とは異なり、王維はまた具体的な花や植物の名をも春の詩に沢山盛り込んだりする傾向が見られる。「花葉」「草木」「草萋萋」「紅樹」など通称的な植物は奥山や川におのずから生えた植物、つまり野性的なイメージを持っている。それに対して、「間柳」「芙蓉」「寒梅」といった具体的な植物の方が人間の日常生活により近い、極端的な場合は庭など人為的場所という意味を示唆している存在とも考えられる。人為的とはいうものの、竹や桃、寒梅、桂、柳などいずれも文人――脱俗的、孤高的な文人――の嗜好につながるか叙情性の豊かな植物ばかりである。つまり、文人の嗜好に合わせた、叙情性の高いそれらの植物がすなわち孤高な詩人の象徴でもあるという示唆として看做せないこともないだろう。そうした植物も春の訪れに誘発され、万物と一緒に芽生え、花が咲き、また実ったりするような表現から、自然からの恵みに対する詩人の感激や詠嘆が感じ取れると同時に、孤高な詩人も万物と共に新たに春という季節がもたらした生命力を吹き込まれたとも捉えられるのであろう。

（C）特定の植物の持つ意義

前項にある梅、桃、杏、桂、竹、柳、松など広く知られている植物の他、芙蓉や梨花のようなそれほど見かけない花も春の象徴として織り込まれ、更に菱や、蕈（きのこ）、茱萸、桔槔など珍しい植物も盛り込まれている点に、次に注目してみたい。これらの植物はそれぞれの役割から実用と象徴との二種類に分けて作品における意味を考えることが出来る。まずは、象徴的な面を見てみよう。桃が隠遁、桃源郷の世界の象徴であることを何回も触れてきたが、それ以外に竹や梅、松などが文人の節操の高い精神の象徴とされるのも改めて言うまでもないことであろう。更に、柳の枝の象徴について呉啓禎氏は、次のように述べている。

> 再則柳的支條垂降，隨著春風飄搖，勾起了送別與相思的萬千愁緒，也引發了詩人吟興無窮。因此古人於離別時，常折柳贈別，而古代文學作品也一再出現柳樹，以表達依依離情[8]。（また、風に靡かれている柳の枝は、別れる時の悲しい気持ちを惹き起こし、詩を詠む気持ちが誘われるゆえ、昔別れる時に柳の枝を折って相手に贈る習慣がよくあり、古典文学の中にも別れづらい気持ちとして柳がしばしば現われている。）

柳は、他の植物と異なりその枝が細く、地面に枝垂れている枝が風に吹かれる度に一層なよやかに見えるその姿は未練がましい風情を連想させる、というイメージで柳は古来別れの場面によく織り込まれ、また去っていく人に一つの記念や見送る人の気持ちのしるしとして渡されるものとされているのである。この節の冒頭にも掲げてあるが、王維の「送元二使安西」の「客舎青青柳色新」という句がその代表的な例の一つとして挙げられよう。青々しく見える柳が去っていく友人を引き留めたい詩人の別れがたい気持ちの象徴と看做せるのである。

次は、実用的な役割とされる植物を考えてみよう。まず、⑬番の詩にある茱萸（「茱萸沜」『輞川集』）という植物は見馴れないものであるが、実はこれは酒を醸造する原料として使える植物である。余談ではあるが、この詩が収められている『輞川集』に詠われている植物から輞川周辺の経済的価値やその土地の豊かさを嚴七仁氏が次のように見出している。

王維巧妙地利用山林川地的地理特徴，在營造優美景觀的同時注重經濟效益，如在鹿柴中放養獐鹿，在椒園中種植花椒，這樣自給自足的經營模式既符合王維淡泊恬靜的思想，又使得輞川別業成功地經營下去[9]。（王維がここの地理的特徴をよく把握し、その土地の経済性を生かし、風景の美しさを保ちながら自給自足の出来る環境を築いている。例えば、鹿柴というところで鹿を飼育したり、椒園という場所で山椒を栽培したりしていた。こうした経営こそ王維の淡白な性格や長閑な気性に適合しながら、輞川に位置しているこの別荘の生計を立てていけたのである。）

山椒などの植物のみならず、鹿などの動物類も生計を立てるのに役立つ存在と看做されている。植物では、氏が挙げている山椒及び上掲した茱萸以外に、『輞川集』にある4番の「斤竹嶺」の竹も高い経済価値のある植物とされている。表一に挙げている春に詠んだ詩に戻るが、梅や桃をはじめ、菱や蕈（きのこ）、桔槔など珍しい植物も価値の高い食材であろう。こうした観賞用及び実用的な植物を詠うことを通して、詩人がその地方の特徴を強調するとともに、村の豊かさや詩人の感謝の気持ちも謳歌したかったと捉えられる。

ところが、以上のように、王維の春を詠う詩の中に織り込まれた実用的な（桃や梅の場合は同時に象徴性も付与されている）植物は、文人画の「詩中に画あり」という叙情性を損なうことはないかと疑われないこともない。が、ここで言う実用的というのは、言葉を変えれば、写実的とも捉えられるものなのである。つまり、風景の抜群な輞川に住居を構えていた王維は、写実的な姿勢を構えて、眼に映ったものをありのままに詠っていたと思える。経済的価値を持つ植物が称えられながら美的感覚や叙情性が溢れているのである。そうした手法からもたらされた効果であろうか、「詩中に画あり、画中に詩あり」と称された通りに、例えば、上掲した⑯番の「君自故鄉來。應知故鄉事。來日綺牕前。寒梅著花未。云々」（雜詩）を絵画的な例として挙げることもできる。この詩の絵画性について、貝塚茂樹氏は、「雑詩とあるが商用のため旅先きにある夫と、旅先きの夫を思う妻の感情を三首の詩にしている「閨怨」を歌った詩とされている。（中略）第二景は故郷の窓辺で満開の梅を前にして、旅先きの夫に思を馳せる妻をえがく。この三景がそっくり一巻の絵となるではないか[10]」と、高く評価している。窓際に凭れながら庭に満開の梅の花を眺めている妻――遠くへ赴任しているわが夫を偲んでいる妻――の姿などで見事な絵画性を表しているという氏の指摘に賛同するが、絵画性を感じる前に、ここで詠われているのは夫を偲ぶ妻の心境やそこから展開される物語性のほうをもっと強く感ぜずにいられないのである。絵画性というなら、表一に挙げている⑲番の「桃紅復含宿雨。柳綠更帶春烟。花落家僮未掃。鶯啼山客猶眠。」（「田園樂」其六）をはじめ、「田園樂」に詠われている田園風景が最も絵画性の高い作品と看做すべきではないだろうか。この「桃紅復含宿雨。柳綠更帶春烟。云々」について、范慶雯氏は以下のように解いている。

上聯「桃紅復含宿雨，柳綠更帶春煙。」描寫景色的優美；下聯「花落家僮未掃，鶯啼山客猶眠。」則描寫山居的閒逸。紅色的桃花，沾濡著一滴滴隔夜的雨珠，綠色的楊柳籠罩在春日氤氳的山嵐中[11]。（「桃紅復含宿雨，柳綠更帶春煙。」は風景の美しさに焦点を合わせ、そして「花落家僮未掃，鶯啼山客猶眠。」を以って、山での生活の長閑さをそれぞれ描写している。赤い桃の花弁に夕べ降った雨の雫が滴っており、春の靄の中に青々しい柳が見え隠れしている、という風景である。）

雨が上がったばかりの春の朝、靄がかかっている、特別な時間と空間のコンビネーションによって雨の雫が残っている桃の花と柳のマッチが、なんともいえない風情を物語っている。簡潔な表現であるが、絵画性に溢れている詩であることに疑う人がいないだろう。この「桃紅」と「柳綠」の色使いについて、陳紅光氏は「王維的濃筆重彩，莫過於《田園樂》（中略）不用如此濃豔鮮麗的對比色，就難以表現輞川的陽春美景[12]」（王維の濃い筆のタッチと色使いが最もはっきり見えるのは《田園樂》と言えよう。（中略）このような艶やかで鮮明なコントラストの色使いでないと、明るくて美しい春の輞川風景が描けない。）と王維の色彩感覚を評価している。

こうした雨上がりの艶やかな春の朝の風景を目の前にして、泊まっている客が心地よく眠りを貪っており、鶯の囀りも一向に気にせず、お使いのものも庭を掃除することを怠っている、——目の前に広げられているこのような太平極まりない山村の画——に心を惹かれない人はおそらくいないであろう。このように春と思える梅や柳のような文人嗜好の植物を盛り込み、写実的な姿勢を構えながら、叙情的なムードを高め、絵画的世界を読者にたっぷり楽しませることができるのは王維ならではの腕と賞賛せざるを得ない。

（二）鳥などの動物の登場

「鳩鳴」「歸燕」……（春中田園作）
「鳳凰」……（南飛鳧）
「丹鳥」……（無題）
「夕鳥」……（春日上方即事）
「春蟲」「暮雀」……（晩春閨思）
「春鶯囀」「鶯啼」……（聽宮鶯）
「百鳥啼」「聽鳴雞」……（聽百舌鳥）
「山鳥」「時鳴」……（鳥鳴磵）
「啼鳥聲」……（雜詩）

「牛羊」……………………………………………………………（「田園樂」其四）
「鶯啼」……………………………………………………………（「田園樂」其六）

春を詠った王維の詩に登場する動物について、呉啟楨氏は、「王維詠春詩中的動物以泛稱的「鳥」出現的次數最多，而當中又以鳥聲、鳥啼為冠，可見鳥在詩中以動態的「啼」及「聲」為主。在春天萬物勃發的時節，鳥的意象是充滿著新生與活力的[13]」（春を詠った王維の詩に盛り込まれた動物のうち、「鳥」の登場回数が最も多く、そのうち、鳥の鳴声、つまり、「鳴く」という鳥の動的な姿の表現がトップになっている。万物が生き生きしている春という季節には、鳥が生命やバイタリティの象徴と捉えられているといえよう。）と、鳥が最も登場回数が多いと述べている。氏の指摘の通り、上掲した王維の二十首の春を詠嘆する詩に登場する動物の回数計十四回[14]のうち、「春蟲」（晩春閨思）と「牛羊」（「田園樂」其四）との二箇所を除き、他の十二箇所はいずれも鳥であり、鳥の登場回数が圧倒的に多いことは明らかであろう。虫や牛、羊などに比べ、登場回数のみならず、鳥は鳩や燕、鳳凰、雀、鶯など具体的な鳥の名が挙げられ、更に「囀り」、「啼く」、「驚く」など、鳥の動きにまでも描写されている。鳥の種類の多いことは、恐らく王維が住居を構えていた山里は鳥など生物にとって棲みやすく、桃源郷のようなところであることを物語っていると捉えられる。蘇心一氏は、「「詩中有畫，畫中有詩。」還不足以描摹清楚王維的詩畫美學，應該再補充：「詩中有樂，畫中有樂。」方才至矣盡矣[15]」（「詩中に画あり、画中に詩あり」という境地にとどまらず、王維の芸術にはまた音楽性も見出せるため、「詩中に楽あり、画中に楽あり」という表現でないと、王維の詩と画の美しさを十分に伝えることができない。）と、王維の漢詩に音楽性を見出し、賞賛している[16]。この音楽的効果というのは、こうした鳥の囀りや啼き声などの表現によるものであるのは明らかであろう。鳥の登場はその音楽的な効果のみならず、「百鳥」、さまざまな種類の鳥が元気になって、このめでたい春を謳歌するように、時には大きな声で鳴いたり、時には友達と会話しているように囀ったりするような表現によって、春の明るさ、わくわくとする躍動感に溢れた春の雰囲気を読者に満喫させる効果もあり得る。つまり、鳥の啼き、囀り[17]、または驚きなどの表現を通して春を謳歌する王維の漢詩は平面な絵画にとどまらず、鳥などがありありと動いているように見え、動画のようなムードをも読者に楽しませることができるのである。

鳥のほか、牛や羊も春を詠嘆する王維の漢詩に登場している。例えば、「田園樂」其四――「萋萋芳草春綠。落落長松夏寒。牛羊自歸村巷。童稚不識衣冠。」――には春の青々しい草原で美味しい草を思う存分に食べて帰ってきた羊や、一日の田んぼ仕事を終えて村に戻ってきた牛、更には遊んでいる子供たちが加わえられることによって、平穏でのんびりとした桃源郷そのものの世界[18]が広がってくるのであろう。

（三）人間の心境

「臨觴」「惆悵」……………………（春中田園作）
「傷我情」……………………（無題）
「漁舟」……………………（桃源行）
「閑坐但焚香」……………………（春日上方即事）
「可憐色」「愁思」「間窗」……………………（晩春閨思）
「思故鄕」……………………（聽宮鶯）
「相歡語笑」……………………（輞川別業）
「人閒」……………………（鳥鳴磵）
「輕舟」……………………（萍池）
「寂無人」……………………（「辛夷塢」『輞川集』）
「愁欲斷」「春色豈知心」……………………（紅牡丹）
「愁心」……………………（雜詩）
「漁父」……………………（「田園樂」其三）
「童稚不識衣冠」……………………（「田園樂」其四）

「鶯啼山客猶眠」……………………………………………「田園樂」其六）
「愁見」「更傷離」「盡日無人誰得知」………………（閨人春思）

（一）と（二）の考察で、春に詠んだ王維の詩は生命力に溢れており、明るく、桃源郷のような雰囲気の季節として春が看做されている詩が多かったことは明らかである。とはいうものの、こうした春に向かって、詩人や登場人物の気持ちが常に晴れ晴れしく居られるとは限らない。それについて、吳啟楨氏及び蘇心一氏は次のようにそれぞれ見解を示している。

(イ)　詩人對於「春」的多情，有喜、有樂、有憂、有悲，處處顯現出詩人的多愁善感情懷，（中略）不論「詠春」，或是「春恨」、「春愁」、「春怨」，顯現在這嚴冬將盡、乍暖還寒的季節裡，特別能引起詩人的浪漫情懷，而能歌詠出曼妙的詩篇[19]。（センチメンタルな詩人である王維の「春」への思いは喜びや楽しみがあれば、愁いや悲しみなどもある。（中略）「詠春」にせよ、あるいは「春恨」、「春愁」、「春恨」などいずれも、厳しい冬が終わり、三寒四温のすばらしい季節の到来に触発されたものであり、ロマンチックな詩人肌が生かされ、美しい詩が生まれたのであろう。）
(ロ)　王維很少用「憐」、「戀」、「惜」、「愛」等主觀情感的詞語，他只是呈現出一幅幅單純客觀的圖畫，但他卻能畫景物成情思，使詩意、禪意透過景物而自然流溢出來[20]，（王維は「憐」や「恋」、「惜」、「愛」など主観的な情感の表現をあまり使わず、殆んど風景をありのままに詠っていた。とはいうものの、その風景描写を通して様々な思いを感じさせたり、禅的雰囲気や詩情などを醸し出すことができたのである。）

(イ)は呉氏の説で、春に対して詩人は喜びや楽しみの気持ちもあれば、また憂いや悲しみを抱いたりする時もあり、いずれにせよ、厳しい冬が終わり、肌寒い春の訪れによって冬眠していた詩人の感情が一層豊かになっているため、ロマンチックで繊細な詩を読み上げることができたという指摘である。一方、(ロ)は蘇氏の説で、王維は「憐れむ」や「恋しい」、または「惜しむ」、「愛」など主観的な表現より、単純で客観的な視点による絵画的なムードを狙っていたが、寧ろそうした叙景を通して、物思いや禅的な雰囲気を醸し出すことが出来たという見解である。気持ちを具体的に表現しているかという点では、両氏の見解はやや異なっているようである。（三）「人間の心境」で挙げた表現から見て取れるように、「臨觴」「惆悵」「傷我情」「愁思」「愁心」「愁見」「更傷離」など、意外に憂いの表現が多いことに驚いた。となれば、(ロ)の蘇氏の指摘より、(イ)の呉氏の見解の方が上記の考察の結果を的確に語っているといえよう。つまり、春はめでたく、喜ばしい季節であるほか、また、それぞれの状況に触発され、さまざまな情感が伴い、その心境をも王維が春の詩に盛り込んだのである。それらの心境を次の三つに分類できる。

（A）愁いや寂しさ

「臨觴忽不御」「惆悵遠行客」（春中田園作）、「訛言傷我情」（無題）、「新妝可憐色」「向晩多愁思」（晩春閨思）、「為此思故郷」（聽宮鶯）、「花心愁欲斷」「春色豈知心」（紅牡丹）、「愁心視春草」（雜詩）、「愁見遙空百丈絲」「春風挽斷更傷離」（閨人春思）などの愁いや悲しみ、また寂しさ（「閒窗桃李時」（晩春閨思）——具体的な心境表現は用いていないが、首聯の「新妝可憐色」などから、ここの「閒窗」とは留守中などの状況にいる女の寂しさと捉えられるだろう）など沈んでいる心境の表現が最も多く、心境表現の半分ほどを占めている。春の明るさとは裏腹のようで、詩人や歌に歌われている主人公は何か気がかりなことがあり、却って気持ちが沈んでしまったり、または遠い所にいる人を思い出して悲しくなったり寂しい思いをしたりするのである。

（B）隠遁者気分

「相歡語笑衡門前」（輞川別業）、「漁舟逐水愛春山」（桃源行）、「會待輕舟迴」（萍池）、「杏樹壇邊漁父」（「田園樂」其三）、「童稚不識衣冠」（「田園樂」其四）などの句のように、風景描写——とりわけ（桃源行）のように桃源郷を想起するような風景――を通して、詩人や主人公が隠遁者気分を満喫することができるのである。そのうち、桃の花や漁師や小船というのが陶淵明の『桃花源記』をなぞった表現であり、「相歡語笑衡門前」や「童稚不識衣冠」などが子供のあどけない姿や農村の長閑な雰囲気を漂わせているのである。そして、「鶯啼山客猶眠」（「田園樂」其六）の場合は、雨が上がった春の朝、青々しい柳に雨が滴っている赤い花、その美しい風景及び最も気持ちのいい季節という絶妙な時間と空間のコンビネーションによって、隠遁に最高の場が構成されているのである。まるで時間がストップしたような第三次元の世界にいる主人公が鶯の囀りでも起こされず、少しでも至福の時間を貪っているのである。いずれも桃源郷と思わせる太平極まりない詩人の長閑な心境が窺われよう。

（C）禅的雰囲気

「閑坐但焚香」（春日上方即事）、「人閒桂花落」「夜靜春山空」（鳥鳴磵）、「澗戸寂無人」（「辛夷塢」輞川集）などの句のように、禅的なムードに溢れている境地の心境も王維の春を詠んだ漢詩には決して珍しくない。

このように、同じ春とはいえ、その風景に気が魅かれ、思わずわくわくするものがあったり、または逆にそのような季節に触発され、悲しくなるのも少なくない。更に、そのような自然の変化に少しも心が動かず、悟りの境地に達している心境も春を詠嘆する王維の詩から垣間見ることができよう。

第三節　漱石の題画詩――春の捉え方

漱石の題画詩について中村宏氏は、「漱石の詩の中には早くから画趣に富む句が見られたが、それが最も顕著になり、しかも“胸中の画”を詠うことが主体となったのはこの時期である[21]」と高く評価している。「画趣に富」んでいるというのは、つまり絵画的な詩――文人画の最高境地である「詩中に画あり」――という質の詩と看做すことができよう。となれば、前述したとおり、漱石の題画詩が「詩中に画あり」と言われる王維の詩の最も適切な比較の対象となるだろう。そうした漱石の詩の質や中国詩人の影響などについて、鄭清茂氏は「當然我們不能否認這些詩裏有唐詩，尤其是王維的影響，然而卻有漱石自己的心境，不只是模仿而已。在這方面，漱石無疑是日本漢詩中的第一人[22]」（それらの漢詩には唐詩、とりわけ王維から深く影響を受けているのは否めないが、漱石は王維の模倣にとどまらず、更に画意及び禅味、そして詩情を一体に融合させた境地にまで達している。まさに、日本の漢詩界において第一人者と称せられよう）と、大いに漱石を賞賛するとともに王維の影響を受けたことをはっきりと指摘している。

さて、三十九首[23]の漱石の題画詩のうち、春の詠嘆と思える作品を表二にまとめておく。それらの題画詩には、果たして王維の模倣や継承がどれほどあったろうか、またそこから漱石が再構築した部分は如何なるものであろうか、次に考察してみよう。

表二[24]

①莫道風塵老　當軒野趣新　**竹深**鶯亂囀　清晝臥**聽春**（94「春日偶成」其一）

②**竹密**能通水　**花高**不隱春　風光誰是主　好日屬詩人（95「春日偶成」其二）

③**細雨看花**後　光風靜座中　虚堂迎晝永　流水出門空（96「春日偶成」其三）

④樹暗幽聽鳥　天明仄**見花**　**春風**無遠近　吹到野人家（97「春日偶成」其四）

⑤抱病衡門老　憂時涕涙多　江山**春意**動　客夢落煙波（98「春日偶成」其五）

⑥渡口**春潮**靜　扁舟半**柳陰**　漁翁眠未覺　山色入江深（99「春日偶成」其六）

⑦流鶯呼夢去　**微雨濕花**來　昨夜春愁色　依稀上緑苔（100「春日偶成」其七）

⑧樹下開襟坐　吟懷與道新　**落花**人不識　啼鳥自殘春（101「春日偶成」其八）

⑨**草色**空階下　**萋萋**雨後青　孤鶯呼偶去　遲日滿閑庭（102「春日偶成」其九）

⑩渡盡東西水　三過**翠柳**橋　**春風**吹不斷　春恨幾條條（103「春日偶成」其十）

⑪**雨晴**天一碧　水暖**柳西東**　愛見衡門下　明明白地**風**（104〔無題〕）

⑫**芳菲**看漸饒　韶景蕩詩情　却愧丹青技　**春風**描不成（105）

⑬雲箋有響墨痕斜　好句誰書草底蛇　九十九人渾是錦　集將**春色**到吾家（110）

⑭山上有山路不通　**柳陰**多柳水西東　扁舟盡日孤村岸　幾度鷺群訪釣翁（112 題自画）

⑮獨坐聽啼鳥　關門謝世嘩　南窓無一事　閑寫**水仙花**（113）

⑯野水辭花塢　**春風**入草堂　徂徠何澹淡　無我是仙鄉（122 閑居偶成似臨風詞兄）

⑰十里**桃花**發　**春溪**一路通　潺湲聽欲近　家在斷橋東（124 題自画）

⑱幽居人不到　獨坐覺衣寛　偶解**春風意**　來吹**竹與蘭**（132）

⑲唐詩讀罷倚闌干　午院沈沈**緑意**寒　借問**春風**何處有　石前**幽竹石間蘭**[25]（133）

上掲した題画詩の中で春につながる言葉や春の象徴と思える表現を（一）植物などの風景描写（太字による表示）、（二）鳥などの動物の登場（囲んである表現）、（三）人間描写（色づきの表現）との三つの部類に分けて分析しながら、漱石の春に詠んだ題画詩の特徴を見出してみる。

（一）植物などの風景表現

「竹深」「聽春」……………………………………………（94「春日偶成」其一）

「竹密」「花高」……………………………………………（95「春日偶成」其二）

「細雨」「看花」……………………………………………（96「春日偶成」其三）

「見花」「春風」……………………………………………（97「春日偶成」其四）
「春意」…………………………………………………………（98「春日偶成」其五）
「春潮」「柳陰」……………………………………………（99「春日偶成」其六）
「微雨」「濕花」……………………………………………（100「春日偶成」其七）
「落花」…………………………………………………………（101「春日偶成」其八）
「草色」「萋萋」「雨後青」……………………………（102「春日偶成」其九）
「翠柳」「春風」……………………………………………（103「春日偶成」其十）
「雨晴」「柳西東」「明明白地風」…………………（104〔無題〕）
「芳菲」「春風」……………………………………………（105）
「春色」…………………………………………………………（110）
「柳陰」…………………………………………………………（112題自画）
「水仙花」……………………………………………………（113）
「春風」…………………………………………………………（122閑居偶成似臨風詞兄）
「桃花」「春溪」……………………………………………（124題自画）
「春風意」「竹與蘭」……………………………………（132）
「綠意」「春風」「幽竹石間蘭」……………………（133）

上記のように、まず草、青、緑、花など春のイメージとしてポピュラーな表現がもっとも頻繁に使われていることは明らかである。それ以外に、具体的な植物と言えば、竹も柳もそれぞれ四回、春のシンボルとして最も多用されている植物である。そして、蘭の花が二回、桃の花と水仙は一回ずつ、つまり具体的な花の名があまり用いられないことが窺える。

一方、上に挙げた春の風景の関連語彙から、興味深く感じられることがある。植物ではなく、「春風」、「春溪」、「聽春」、「春色」、「春意」などのように、春という直接的な表現の頻出である。そのうち、春風の登場回数が七回で、圧倒的にその数が多いことに驚く。草や竹、柳、花などの植物を視覚的な素材とすれば、春風は触覚的な対象、しかも場所には囚われず如何なる場所でも感じられる対象と看做せる。漱石は更に「聽春」という春を楽しむ方法を提案している。となると、触覚にとどまらず、春風、春のせせらぎの音、風に吹かれた竹や木の葉などの音、また雨の音などの聴覚にまで春の楽しみを深めることが可能になるのである。雨の音といえば、「細雨」、「微雨」、「濕花」、「雨後青」、「雨晴」などのように、春を詠んだ題画詩にはしとしとと降る雨の風情や雨上がりの花の可憐な姿や清清しい緑など、漱石はとりわけ雨の風景を好んでいたようでもある。それに対して、前掲した王維の作品には二十首のうち、⑤番の「宿雨乘輕屐」、⑨番の「雨中草色綠堪染」、⑲番の「桃紅復含宿雨」との三首にとどまり、それ以外には見当たらないことから、雨の風景にとりわけ拘る傾向は見られない。王維に比べ、漱石のほうは、王維の「渭城朝雨裛輕塵。客舍青青柳色新」（「送元二使安西」）という有名な送別詩の影響を受け、雨の風景、殊に雨が上がった春の風景に魅せられていたと考えられないこともないだろう。

（二）鳥などの動物の登場

「鶯亂囀」……………………………………（94「春日偶成」其一）
「聽鳥」………………………………………（97「春日偶成」其四）
「流鶯呼夢去」………………………………（100「春日偶成」其七）
「啼鳥自殘春」………………………………（101「春日偶成」其八）
「孤鶯呼偶去」………………………………（102「春日偶成」其九）
「鶯群」………………………………………（112題自画）
「啼鳥」………………………………………（113）

聴覚的な感覚による春のイメージとして、上記の春風以外に、鳥の鳴き声も漱石の愛用表現であることは明らかであろう。しかし、通称の鳥という表現以外に、鶯という具体的な鳥の名しか登場しておらず、五種類もの鳥の名が挙がっている王維の詩に比べ、漱石の漢詩には詠われている鳥の名が限られているのも事実である。鳥の種類が多ければ異なった鳥の囀りが楽しめるが、漱石の鳥の種類の貧弱さから、その囀りが単調になり、また詩の写実性は薄いともいえよう。

また鳥以外の動物としては、「鷺群」しか挙げられない。鷺鳥は春の象徴と看做せるかは疑問であるが、実はこの漢詩は『図説漱石大観』図版39の[26]「山上有山図」(第三章の図録を参照されたい) に添えてある題画詩であり、描かれている画は川で隔てられた奥山の春景色と思える。訪れる客もなく、伴っているのは鷺鳥しかいない程、俗世間の煩いから隔絶され、長閑な雰囲気の桃源郷[27]を、漱石が一つの憧れとして詠っていると捉えられるだろう。つまり、鷺鳥は、ここでは春の象徴と看取できないこともないが、隠遁世界の象徴と看做したほうが適切であろう。

(三) 人間描写

「清晝臥聽春」……(94「春日偶成」其一)
「好日屬詩人」……(95「春日偶成」其二)
「光風静座中」「虚堂迎晝永」……(96「春日偶成」其三)
「抱病衡門老　憂時涕涙多」……(98「春日偶成」其五)
「扁舟半柳陰　漁翁眠未覺」……(99「春日偶成」其六)
「昨夜春愁色」……(100「春日偶成」其七)
「樹下開襟坐」……(101「春日偶成」其八)
「遲日滿閑庭」……(102「春日偶成」其九)
「春恨幾條條」……(103「春日偶成」其十)
「愛見衡門下　明明白地風」……(104〔無題〕)
「却愧丹青技　春風描不成」……(105)
「集將春色到吾家」……(110)
「扁舟盡日孤村岸」「幾度鷺群訪釣翁」……(112題自画)
「獨坐聽啼鳥」……(113)
「春風入草堂」「無我是仙鄉」……(122)
「幽居人不到」「獨坐覺衣寬」……(132)

「唐詩讀罷倚闌干」……………………………………………………(133)

春とは、わくわくと生命力に溢れ、めでたい季節で、詩人や登場人物の喜びの心境が伴うのが一般的な捉え方である。しかし、上掲した漱石の春に詠んだ題画詩には「春風入草堂」、「集將春色到吾家」など春を有難く思う表現もあるが、旺盛な生命力や王維の「相歡語笑衡門前」のような陽気さに欠けており、代わりに「憂時涕涙多」、「昨夜春愁色」、「春恨幾條條」など憂鬱そうな心境描写が沢山織り込まれている。そして、最も目立っているのは「扁舟盡日孤村岸[28]」、「清晝臥聽春」、「光風靜座中」、「獨坐聽啼鳥」など、俗世間に背を向けている隠者のような詩人の姿、それによって醸し出されている禅の雰囲気につながる表現の多用である。そうした悟ったような内面の持ち主であるため、「好日屬詩人」という句が詠まれ、恐らく春という季節のみならず、詩人にとっては春は勿論のこと、他の季節でも「好日」のように有難く居られるのではなかろうか。

王維や陶淵明など中国の詩人の隠逸精神や文人画の世界に憧れていた漱石は、修善寺での大患後に綴った述懐「思ひ出す事など」という一文の中で、「或時、青くて丸い山を向ふに控えた、又的皪と春に照る梅を庭に植へた、又柴門も真前を流れる小河を、垣に沿ふて緩く繞らした、家を見て――無論画絹の上に――何うか生涯に一遍で好いから斯んな所に住んで見たいと、傍らにゐる友人に語つた[29]」と、心にある南画の風景について語った一節がある。典型的な南画（文人画）に描かれている世界の再現である。このような人気のない奥山、つまり屋外である自然界に視点を据えるのが古き昔から文人画、または文人たちの主流であったろう。そうした南画の世界に憧れていながら、漱石は「清晝臥聽春」「虚堂迎晝永」「抱病衡門老」「遲日滿閑庭」「集將春色到吾家」「獨坐聽啼鳥」「獨坐覺衣寛」「唐詩讀罷倚闌干」など、一方では、いずれも室内に視点を据えた生活を盛り込んだ句を沢山詠んでいる。これは普段都会からあまり離れなかった漱石が身の回りから取材した結果、常に視点を奥山など屋外に据える文人画家たちのようにはならなかったと考えられよう。つまり、視点を室内から容易に離れられないのは不完全な隠遁者だった漱石の内面の反映と捉えることもできよう。

第四節　写実性を重んじる王維／想像性の豊かな漱石

王維の隠遁者生活や王維の漢詩の表現に傾倒していた漱石は、自らも中国の文人に倣い、南画や題画詩を沢山創作した。とはいえ、上記の両者の春に詠んだ漢詩への考察のとおり、漱石は王維を完全には継承しなかった。王維のそれらの漢詩の特徴を漱石がどれほど継承したのか、或いは継承しなかったのか、また漱石が更に如何なる表現で自分ならではの味を出しているか、などの点を以下のように纏めることができる。

まず、共通点としては、

⑴　植物では普遍性の草花、柳や桃の花、蘭、竹など具体的な名称を、動物においては鳥の鳴き声や鶯というポピュラーな鳥を挙げて春の雰囲気を醸し出している点では、漱石は王維の影響を受けたと考えられる。

⑵　詩人や登場人物の心境は喜びより、憂いや悲しみが多い点でも、王維の投影があったと看取してもよかろう。

そして、両者の相違点、漱石の再構築した世界は、以下のように考えられる。

⑴写実性を重んじる王維／想像性の豊かな漱石

王維の春を詠う詩には、桃や梅など一般によく知られている春の象徴の植物のほか、杏、梨の花、桂花、茱萸、芙蓉など珍しい植物、更に蕈（きのこ）、菱など食用の植物も詩に織り込まれている。それに比べ、漱石の春の題画詩は植物の種類がかなり限られている。王維の漢詩における植物の豊富さは王維の写実性を物語るほか、豊かな大地に恵まれているという王維の謳歌の姿も想像できよう。一方、漱石の場合はそうした写実性に欠けてはいるが、春風という表現の多用から、漱石の触覚の鋭さが窺えるだろう。更に「聴春」という表現を通して、漱石は風や鳥、またはせせらぎなどあらゆる音に耳を傾けようとバラエティーに富んだ春の楽しみ方を提案してくれたのである。この点において、王維など中国の詩人の継承にとどまらず、漱石ならではの味を練り直したといえよう。

⑵日常性に溢れる王維の詩／叙情性の高い漱石の詩

王維の詩には鶯、鳩、燕、鳳凰、雀など具体的な鳥の名が挙げられている。これは漱石の題画詩には見当たらない点である。「百鳥」、すべての鳥がこの奥山に飛んできているというのは、この土地が棲みやすいことを物語っており、資源の豊かさを賞賛しているという詩人王維の満足している心境も窺えるだろう。のみならず、王維は鶏や牛、羊など昔百姓の生活の象徴である動物を画に盛り込み、それに老人や子供の笑い声を加え、桃源郷の生き生きしている生活風景を読者の前に広げているのである。つまり、庶民の生活の匂いを王維の詩の中では読者もたっぷり楽しめる。一方、そうした日常性に欠けている漱石の題画詩には「細雨」、「微雨」、「濕花」、「雨後青」、「雨晴」など雨の風景に拘り、叙情性を強調している姿を垣間見ることができよう。

⑶自然に身を浸す王維／都会的な漱石

王維の春の漢詩は視点を屋外に据えているのに対して、漱石の題画詩は屋外にもあるが、「清晝臥聽春」「光風靜座中」「獨坐聽啼鳥」など、庵か部屋の中に身を構えている表現の多用から、室内に視点を据える傾向があると見られる。これはとりもなおさず、都会生活から離れられない漱石の内面の一端として捉えられる。こうした内面は、鄭清茂氏が「他的詩畫固然洋溢著桃花源般的太平景象，其實正是他心緒不寧的反動表現[30]」（一見すると桃源郷のような太平の世界に見える漱石の詩や画は、まさに彼の常に葛藤している内面の現れであろう。）と指摘したとおりに、その落ち着かない内面の渇望とみなしてもよかろう。

傾倒していた王維に倣いながら、明治時代を生きていた知識人の自己への凝視の反映だったろうか、漱石は隠遁者を模倣し、隠遁世界に憧れながら桃源郷の世界に身を浸していても、自己への視線を常に忘れないのは、それらの漢詩からも窺われよう。それこそが、王維を継承した上、更に再構築した漱石ならではの独自の世界というべきではなかろうか。

[注]

1　本書の第一章及び范淑文「漱石の南画にみるその隠逸精神――陶淵明の受容――」『関西大学東西学術研究叢刊32　東アジアの文人世界と野呂介石――中国・台湾・韓国・日本とポーランドからの考察――』（中谷伸生編著2009.3.31 関西大学出版部 P61-71）を参照されたい。

2　勿論、漱石の「青嶂紅花図」は竹田の「桃花流水詩意図」を参考にして描かれたことも有り得るだろう。詳しくは本書の第二章を参照されたい。

3　王維の芸術について、明治時代の美術評論家である瀧精一は「史傳に依れば、晋宋の畫に傳神を唱へ、若くは氣韻を論ずるもの起り、（中略）就中王維は蘇東坡に依りて、詩中畫あり、畫中詩ありと評せられ。」（瀧精一「支那畫に於ける山水一格の成立」『國華』No.191 明治四十年四月）と、述べている。また、もう一人の美術評論華である田中豊藏も「蘇東坡も「摩詰の詩を味ふに、詩中に畫あり、摩詰の畫を觀るに、畫中に詩あり」といつて居る。（中略）必ずしも雲の白衣蒼狗と變化するを喜ぶのではなくてたゞ雲を看ては之に遠遊の情を寓する。」（田中豊藏「南畫新論」（二）『國華』No.264 大正一年五月）と語り、瀧精一とほぼ同じ見解を示している。おそらく、二人とも「文人畫自王右丞始。其後董源僧巨然李成范寛為嫡子李龍眠王晉卿米南宮及虎兒。皆從董巨得來。直至元四大家。」（董其昌「畫禪室隨筆巻二」「畫訣」『畫禪室隨筆』1968.6 廣文書局有限公司 P52）という、文人画に関する董其昌の記述に基づいた可能性があるだろう。

4　［唐］王維著［清］趙殿成 箋注『王右丞集箋注』1998.3上海古籍出版社を参照。

5　［唐］王維著［清］趙殿成 箋注『王右丞集箋注』1998.3上海古籍出版社／小林太市郎・原田憲雄『漢詩大系　第十巻』1964.8.30集英社を参照。

6　「以王維詩而言，對於「春」的山川景色善用各種意象的描述，讓詩作充滿氛圍，更讓詩作形成如詩如畫，是真實場境卻又如詩似幻，（中略）而在「春」天的情境中也有「愁」的心境，」（王維の詩には、「春」の山や川などの風景をさまざまな写意的な描写方法を駆使しながら画のような雰囲気を醸し出す詩が多い。詩画一体の境地に達していながら写実的な感覚も与えている。（中略）「春」の風景描写のなかに主人公の「愁い」も織り込まれている。――中国語訳は筆者によるもの。以下同）吳啓楨『王維詩的意象』2008.05 文津出版社 P229

7　表一に掲げている漢詩の表記は『王右丞集箋注』（王維著［清］趙殿成 箋注1998.3　上海

古籍出版社）に基づいている。

8　呉啓楨『王維詩的意象』2008.05 文津出版社 P223

9　嚴七仁「桃源一向絕風塵　柳市南頭訪隱淪――輞川的人文景觀」『大唐盛世 王維在輞川』2005.5 三秦出版社P50

10　貝塚茂樹「詩中に画あり」『文人畫粋編　第一巻　王維』1975.5 中央公論社 P117.118

11　范慶雯『中國古典文學賞析精選　寒山秋水』1985.3.10（1984.10.25 初版）時報文化出版事業股份有限公司 P241

12　陳紅光「王維山水詩中的畫理」『王維研究（第二輯）』師長泰主編 1996. 8 三秦出版社 P17

13　吳啟楨『王維詩的意象』2008.05 文津出版社 P213

14　春鶯囀曙光。欲驚啼暫斷」（聽宮鶯）／月出驚山鳥。時鳴春澗中」（鳥鳴磵）との二箇所とも、同じ詩にある同一対象物である鳥の「驚啼」及び「時鳴」を指しているため、計算に入れない。

15　蘇心一『王維山水詩畫美學研究』文史哲學集成 2007.05 文史哲出版社 P178

16　陶文鵬氏は、「這些作品無論是寫田園或寫山水，寫晴日或寫月夜，寫靜境或寫動態，都有鮮麗的色彩，美妙的音響，迷人的境界，宛若一幅幅有聲有色的圖畫。」（田園描写にせよ、山水を詠う詩にせよ、または晴れた日でも月の夜でも、静かな状況か動的な姿のスケッチにしろ、王維の詩はいずれも鮮やかに彩られ、美しい音楽が伴っている作品であり、まるで音が聞こえるカラーの画である。）と、その絵画性と音楽性を賞賛している。（陶文鵬「論王維的美學思想」『唐宋詩美學與藝術論』2003.05 南開大學出版社 P60）

17　「〈聽宮鶯〉中「春樹繞宮牆，春鶯囀曙光」，「鶯」的鳴叫聲如撥弄是非的言語，諷刺在皇帝面前花言巧語、討取歡心的弄臣，「欲驚啼暫斷，移處弄還長」，既無法使它斷絕；「游人未應返，為此思故鄉」，因此，詩人不由得在暮春鶯啼之時，興起思歸故鄉的情懷。」（吳啟楨『王維詩的意象』2008.05 文津出版社 P216）とあるように、皇帝に媚びたりライバルと想定する人の讒言を皇帝の前で告げたりする人の行動の暗喩として鶯の鳴き声を解釈している捉え方もある。

18　吳啟楨氏は「這些幾乎都是王維親身體驗，所見、所感、所聞的寫景實情，因此讀來特別感到情真意切。如〈田家樂〉以七首組詩的型態，將「牛羊」與「村巷」、「童稚」連結，將春景的悠閒情境做生動的描寫。」（これらはほとんど王維自身で見たり聞いたり、また自ら体験したりした風景であろう。それゆえ、その真実さや詩人の真心が読者に伝わるのである。例えば、「牛羊」を「村落」や「童ら」の世界に織り込んだ手法によって、七首で構成されている〈田園楽〉には長閑で生き生きした春の風景が展開されるのである。）のように、ここに詠われている桃源郷の写実性を指摘している。（吳啟楨『王維詩的意象』2008.05 文津出版社 P236）

19　吳啟楨『王維詩的意象』2008.05 文津出版社有限公司 P212

20　蘇心一『王維山水詩畫美學研究』2007.05 文史哲學集成文史哲出版社 P182

21　中村宏『漱石漢詩の世界』1983.10.5 第一書房 P171

22　鄭清茂『中國文學在日本』1981.10.4 (1968.10 初版) 純文學出版社 P35

23　漱石の題画詩の数について、渡部昇一氏は「「題賛」としてまとめられる漱石の漢詩は三十九首ある。」と言及している。渡部昇一『漱石と漢詩』1975. 9.10 英潮社 P50

24　表二に掲げているのは『漱石全集　第十八巻』の漢詩の欄に基づいて表記している。

25　「石間蘭」の「間」は、『漱石全集　第十八巻』の最初の漢詩表記には「間」と表記されているが、後ろの漢文下し読みの部分には「間」となっている。

26　吉田精一『図説漱石大観』角川書店1981.5.26

27　その南画の境地について、安部成得氏も「漱石はこの画の場面設定に、外界から隔絶された「絶境」(「桃花源の記」に見える語)の、とある川添いの村里の岸べに「わざわざ呑気な扁舟を泛べて」糸を垂れる釣翁をおいたのである。この詩はそうした南画的な世界を説明したことになろう。」とのように、一つの桃源郷と看做しているのである。(安部成得「漱石の題画詩について」『帝京大学文学部紀要　国語国文学　第13号』1981.10.1帝京大学文学部国文学科 P310)

28　漱石が賞賛していた江戸時代の文人画家大家田能村竹田の文人画には隠逸精神のシンボルとして舟や漁師などの画が沢山残されている。また漱石自身の南画作品にも図版29の「漁夫図」や30の「樹下釣魚圖」など、隠逸精神の表現と見られる画がある。『竹田』(編者鈴木進 1963.6.10 日本経済新聞社)／『図説漱石大観』(吉田精一1981.5.26角川書店)などを参照。

29　「思ひ出す事など」『漱石全集　第十二巻』P427

30　鄭清茂『中國文學在日本』1981.10.4 (1968.10初版)純文學出版社P36

第七章

題画詩にみる漱石の「文人」像
——王維の『輞川集』との比較を通して

第一節　漱石と王維のもう一つの接点——「詩中に画あり」

王維も漱石も、膨大な作品を後世に残した文学者であり、文学創作の傍らアマチュア画家として文人画（南画）の創作をも嗜んでいた、また隠遁願望があった、などの点で国も時代も異なる両者ではあるが意外に共通している部分が多い。本書の第三章で、王維の詩集『輞川集』にある「鹿柴」と「竹里館」との二首の漢詩及び漱石の晩年の南画との比較分析を行った。第五章では、親友との交流振り——裴迪と王維・子規と漱石——に焦点を絞り、送別詩や親友との応酬の漢詩の考察を、そして、第六章では、春がモチーフとされる漢詩を中心に両者の春の捉え方、そこから生じた心境や作詩姿勢、更に人生観をそれぞれ探ってきた。言い方を換えれば、人間／人間、及び人間／自然との関係を問題点として見てきた。とりわけ後者の命題の究明を意図しようとする際には、漢詩及び絵画（文人画）との二つのジャンルからアプローチするのが効果的であろう。なぜなら、前にも少し触れたが、そもそも文人画とは、文人が「詩中に画あり、画中に詩あり」という詩画一体の境地を目標として目指していたからである。つまり、画から詩情を、詩から絵画的な味を見出すことができ、文人画家が人間と自然との関係——極端な場合はすなわち隠逸精神——の本質への解明を古来から図り続けられてきたからである。これまでは（1）王維の絵画的な詩／漱石の南画（2）王維の詩／漱石の詩、との二つのルートで人間／自然との関係について論証してきた。それらの論考の題材は王維の場合は春を詠んだ詩及び『輞川集』にある5番の「鹿柴」と17番の「竹里館」にとどまり、漱石のほうは春がモチーフである題画詩のみであった。そのため、両者の「詩中に画あり」という境地の詩の理解は不十分だと思わずにはいられない。殊に最も絵画性が高いと称せられる王維の『輞川集』を全面的に考察しなければ王維の芸術真髄を完全にキャッチできないといえよう。一方、漱石の第四期[1]とされる題画詩は「漱石の詩の中には早くから画趣に富む句が見られた[2]」と中村宏氏が指摘している。「画趣に富む」とは即ち、文人画の所謂「詩中に画あり[3]」という文人画の特徴と同質のものと看做しても良いだろう。つまり、漱石の題画詩は、王維の『輞川集』との比較として最適の素材だと思え、両者の全面的な比較及び分析が必要とされる。よって、この章で改めて王維の『輞川集』と漱石の題画詩の考察を通して王維の芸術精神――文人画精神――が如何なる形で漱石が継承しているか、または漱石が再構築した部分はあるのかなどの問題の解明を試みてみる。ゆえに、一部は第三章や第五章、第六章の内容と重なることを断っておく。

第二節　王維の『輞川集』にみる虚と実

文人画家である王維は、隠居地である輞川の周囲の風景を漢詩のみならずカンバスにも留めた。それがすなわち画壇で広く知られている「輞川図」であり、王維の芸術の究極と思われている。大槻幹郎氏は「輞川荘を絵画化した「輞川図」は後世の画家による三十種に及ぶ倣画があるといわれる[4]」と、その模倣作の数まで言及している。模倣者の数は、この輞川という隠居地周辺の風景の魅力、またこの作品がまさに王維の隠逸精神や芸術の本質の反映であることをも物語っていると看取できよう。しかし、保存が困難で現存している「輞川図」のうち、王維の肉筆だと有力な根拠がないのが現状である。王維直筆の「輞川図」の観賞は難しいかもしれないが、ほぼ同じ主旨で創作された漢詩集である『輞川集』が残されている。このような『輞川集』の芸術性について、伊藤正文氏は「王維が輞川荘を彼の王国、生命をつちかう聖域と考えていたことは、「輞川集」が形成した世界が雄弁に語っている[5]」と述べ、『輞川集』は即ち、王維人生の最高境地であり、王維文学の凝縮であると高く評価している。この点を絵画の視座より王維文学を研究している蘇心一氏は、次のように述べている。

　王維將他領受佳景的愉悅充分抒寫出來，將他熱愛大自然的情懷毫不隱藏表現出來，（中略）因為他是個畫家，對自然景色感受敏鋭；他又是音樂家，對自然界的聲音體會仔細[6]（王維は美しい風景から受けた喜びなどの感覚や自然への感情をそのまま詩に詠っている。（中略）画家であるゆえ、自然を鋭く感じられ、また音楽家でもあるため、自然界の音にも十分に耳を傾けることができた。）（日本語訳筆者、以下同）

『輞川集』に潜んでいる絵画性のみならず、音楽性も見出して称賛している。一方、入谷仙介氏は、『輞川集』の創作方法や詩人の姿勢などについて、次のように述べている。

　私はこれまで何度も王維には一見現實的な風景描寫に見えながら、それが何かそのまま超自然的な他界の風景に轉化する、特有の作詩方法が存在することに注意してきた。こうした方法が最高度に驅使されたのが「輞川集」である[7]。

氏は『輞川集』における「現實的な風景描写」を認めながら、この詩集で王維が独特な手法を駆使し、「他界の風景に轉化」することを完成していると、詩の技法についてユニークな見解を示している。「他界の風景」とは、一種のフィクション性であり、言葉を換えれば、写実から離れ、虚構の手法が用いられると捉えられるだろう。

輞川に別荘を構え、自然と楽しく対話していた王維の内面世界、世俗から離れたその隠遁世界の孤立性を考えれば、『輞川集』に様々なフィクション性が織り込まれたのは十分にあり得る。しかし、隠遁者でありながら王維の内面には現実に気を取られる、否、と言うより無意識にそれから眼を離せずにいる部分はないのだろうか、と問わずにはいられない。よって、以下、『輞川集』に盛り込まれた植物などの特徴や詩の焦点などに注目し、その共通性を解明しながら、『輞川集』の本質及びその芸術性に迫っていく。

表一

番号	詩句				焦点	その他
(1) 孟城坳	新家孟城口	古木餘衰柳	來者復為誰	空悲昔人有	柳・人	心境
(2) 華子岡	飛鳥去不窮	連山復秋色	上下華子岡	惆悵情何極	鳥・風景	視覚的
(3) 文杏館	文杏裁為梁	香茅結為宇	不知棟裏雲	去作人間雨	植物	隠遁・幻想
(4) 斤竹嶺	檀欒映空曲	青翠漾漣漪	暗入商山路	樵人不可知	斤竹・人	隠遁
(5) 鹿柴	空山不見人	但聞人語響	返景入深林	復照青苔上	風景・人語	隠遁・聴覚的
(6) 木蘭柴	秋山斂餘照	飛鳥逐前侶	彩翠時分明	夕嵐無處所	鳥・風景	桃源郷・視覚的
(7) 茱萸沜	結實紅且緑	復如花更開	山中倘留客	置此茱萸杯	茱萸・人	交流
(8) 宮槐陌	仄徑蔭宮槐	幽陰多緑苔	應門但迎掃	畏有山僧來	槐・人	交流
(9) 臨湖亭	輕舸迎上客	悠悠湖上來	當軒對樽酒	四面芙蓉開	芙蓉・人	交流
(10) 南垞	輕舟南垞去	北垞淼難即	隔浦望人家	遙遙不相識	風景	隠遁
(11) 欹湖	吹簫凌極浦	日暮送夫君	湖上一迴首	山青卷白雲	風景・人	交流・聴覚的・隠遁
(12) 柳浪	分行接綺樹	倒影入清漪	不學御溝上	春風傷別離	柳・風景	暗喩
(13) 欒家瀬	颯颯秋雨中	淺淺石溜瀉	跳波自相濺	白鷺驚復下	鷺・風景	聴覚的
(14) 金屑泉	日飲金屑泉	少當千餘歳	翠鳳翔文螭	羽節朝玉帝	金屑泉	幻想
(15) 白石灘	輕淺白石灘	緑蒲向堪把	家住水東西	浣紗明月下	風景・人	日常性
(16) 北垞	北垞湖水北	雜樹映朱欄	逶迤南川水	明滅青林端	風景	視覚的
(17) 竹里館	獨坐幽篁裏	彈琴復長嘯	深林人不知	明月來相照	篁・人	聴覚的・隠遁
(18) 辛夷塢	木末芙蓉花	山中發紅蕚	澗戸寂無人	紛紛開且落	芙蓉・風景	視覚的
(19) 漆園	古人非傲吏	自闕經世務	偶寄一微官	婆娑數株樹	植物	暗喩
(20) 椒園	桂尊迎帝子	杜若贈佳人	椒漿奠瑤席	欲下雲中君	植物	幻想

漢詩の表記や解釈などは次の書籍を参照した。(1)［唐］王維撰［清］趙殿成箋注『王右丞集箋注』1998.3上海古籍出版社／(2)小林太市郎・原田憲雄『漢詩大系　第十巻』1964.8.30株式会社集英社／(3)伊藤正文『中国の詩人⑤王維』1983.8.10集英社／(4)楊文生『王維詩集箋注』2003.9四川人民出版社／(5)蘇心一『王維山水詩畫美學研究』2007.05文史哲出版社／(6)吳啟楨『王維詩的意象』2008.05文津出版社有限公司

なお、詩に網かけしているのは季節が秋、詩文に四角で囲んだのは季節が春と推定できる詩である。詩文に下線を引いたのは詩人を含め、登場人物が複数でそれらの人物の交流が読み取れる詩である。

上記の表から、王維の『輞川集』に見られる特徴及びその意義についてを次の項目に分けて探っていきたい。

(一) 視覚的表現の工夫

例えば、2番「華子岡」では、「飛鳥去不窮　連山復秋色」という表現によって、山が重なっている奥山に、鳥がちらっと見える、淋しい秋の風景が目の前に展開している。一方、「連山復秋色」の「秋色」という簡素な表現は、木々が黄色や赤など鮮やかな秋の色に染まっている、視覚的な雰囲気の示唆としても受け止められよう。また6番「木蘭柴」も同じ秋の風景を詠った詩であるが、「飛鳥逐前侶」という表現から、日が暮れるまでに急いでねぐらに帰ろうと飛んでいる鳥の姿が目に見えるように感じられ、その鳥の羽色で鮮やかな秋の夕暮れが一層鮮明になってくる。次に、16番「北垞」になると、「雜樹映朱欄　逶迤南川水　明滅青林端」の表現から、視点が茂っている雑木林の前に据えられ、それによって青い森の間に赤い欄干や日差しに光っている川が見え隠れしている風景が想像できる。「雜樹」とは、様々な種類の木が生えているため、木の色が単一の緑でなく、見事なグラデーション――濃淡の異なる青――が目の前に広がっている。「朱欄」の赤や小川の透明感や清らかさによって、画面には生気が吹き込まれたような雰囲気に変わり、沈静でありながら「朱欄」のワンポ

イントで頗る魅力的な絵になっている。18番「辛夷塢」では、「澗戸寂無人」の句によって隠遁の世界が広げられ、「紛紛開且落」の表現で、芙蓉の花が咲いたり散ったりしている春麗らかな季節の風景が展開されている。「山中發紅萼」の「發紅萼」で絵画的効果が一段と高まり、鮮やかな赤い芙蓉の開花——艶やかさを競っているような咲き方——によって、元来淋しかった奥山がいきなり輝かしくなってくる。視覚的な雰囲気に満ちた詩であることは明らかであろう。

そのほかに、5番「鹿柴」の「返景入深林　復照青苔上」や、7番の「結實紅且緑　復如花更開」、9番の「四面芙蓉開」、11番の「湖上一迴首　山青巻白雲」などの句は、夕陽が林に差し掛かっている風景、茱萸の赤い実とまだ赤くなっていない緑の実の鮮やかな風景、芙蓉の花が咲き乱れている湖の景色、未練がましく友人を送っている夕暮れの湖や山の姿など、いずれも静かな画面が目に見えるような視覚的な表現といえよう。

（二）『輞川集』にみる写実性

上記の表から、2番の「連山復秋色」、6番の「秋山斂餘照」、13番の「颯颯秋雨中」の三句がいずれも秋とはっきり詠われている詩であり、1番の「古木餘衰柳」という句ははっきり秋とは記されていないが、衰えている柳という表現から秋だと捉えられる。つまり、秋と推定できる詩は四首となっている。春のほうでは、12番の「春風傷別離」の詩が季節が春とはっきり詠われる他、4番の「青翠漾漣漪」、7番の「復如花更開」、18番の「紛紛開且落」も、青々しいという表現や、花が咲き乱れている風景描写から春と推測できるだろう。春と思われる表現や風景の詩が四首あることは推定できるが、それ以外の詩は季節が判明しないものである。つまり、『輞川集』には特定の季節に偏った傾向が見られない。四季折々の風景に感銘した際、その風景の美しさや感動の心境を読者にも楽しませようとする詩人の姿勢が窺える。ふと気づいた風景、その場で感じた季節を素直に詠ったのはまさに写実性の具現と称せられよう。

季節以外に、柳や竹、「文杏[8]」(銀杏)、「芙蓉」などポピュラーな植物のほか、『輞川集』にはまた、「茱萸」、「漆」、「杜若[9]」、「槐」など、珍しい植物も詩に盛り込まれている。なかには、君子や隠遁者の比喩として使われる竹以外に、柳や「芙蓉」のような鑑賞用のものもあれば、「漆」や家の梁にする銀杏の木など実用的なものもあり[10]、また「茱萸」「杜若」など食用性の植物もよく詠われている。

そして、15番にある「浣紗明月下」とは、『漢詩大系　第十巻』によれば、「月かげにきぬをあらえり[11]」とあり、月の光に頼って、川辺で洗濯をしている女性の姿——庶民の生活の一部——が最も写実性を反映している表現と思えるだろう。生計や生活を営むような画面のみならず、例えば、9番の「輕舸迎上客　悠悠湖上來　當軒對樽酒　四面芙蓉開」や11番の「吹簫凌極浦　日暮送夫君」など、友人と長閑に酒を飲みながら歓談したり、惜しげに簫を吹きながら友人を見送ったりする、優雅な一面も文人の実生活のスケッチと看做せるだろう。

更に「山中倘留客」や「畏有山僧來」などの句にあるように、客や僧侶の来訪など友人との交流も王維の隠遁者生活そのままの表現であるのは明らかであろう。つまり、王維が奥山で半ば隠遁生活を目指し、世俗に背を向けていたというのは一般的な認識ではあるが、以上に挙げた『輞川集』の描写からすれば、自分の実生活や周りの庶民の生活ぶりに目を向けた写実的な一面も垣間見ることができたのである。

（三）聴覚的表現の多用

蘇心一氏は、『輞川集』の芸術性について、次のように見解を示している。

其實在他《輞川集》（中略）研究者認為東坡說的：「詩中有畫，畫中有詩。」還不足以描摹清楚王維的詩畫美學，應該再補充：「詩中有樂，畫中有樂。」方才至矣盡矣[12]。（王維の『輞川集』においては（中

略)「詩中に画あり、画中に詩あり」という蘇東坡の言葉では王維の詩と画にある美学を十分に語れないという見解を持っている学者がいる。更に「詩中に楽あり、画中に楽あり」という言葉を付け加えてから王維の芸術性が語り尽くせたと言えるのである。)(下線引用者。以下同)

この引用文から、王維の『輞川集』を絵画性の他に、「詩中有樂,畫中有樂。」(更に詩集や画に音楽性も見出せ)と評価している研究者も少なくないことが窺える。全く同感である。例えば、13番の「欒家瀨」は「颯颯秋雨中　淺淺石溜瀉」という句にある秋の雨やせせらぎの音を音楽として感じられ、それを十分に楽しめる好例と言えよう。「淺淺石溜瀉」とその次の句「跳波自相濺」を合わせて考えてみれば、石や岩の間を流れている冷たい水や、また石と石との落差で迸っている飛沫などの表現に簡単に音楽性を見出せる。「淺淺石溜瀉」の「瀉」(流れる)と「跳波自相濺」の「濺」(撥ねる)という対の表現によって、滑らかな流れ及びスピードの速い撥ね方を容易に想像することができる。「瀉」(流れる)の緩やかな音節と、「濺」(撥ねる)の激しくて速いテンポの音節が交替に登場し、まるで音楽のように聞こえてくるのである。その音楽性の他、更に擬人化された飛沫が互いに戯れているような明るくて楽しい場面も想像できるだろう。

そのような、自然界の音に見い出す音楽的雰囲気にとどまらず、鳥の鳴き声や楽器の音色など聴覚的な表現及びその効果にも注目したい。まず、前掲した13番「欒家瀨」の最後の句「白鷺驚復下」が一つの例として挙げられる。川水の冷たさや飛沫の撥ねる激しさに驚いた白鷺の啼き声が加わることによって、それまで水や飛沫による大自然の音楽にアクセントがつけられたようで、その音楽性が更に豊かになるのである。また、11番の「吹簫凌極浦　日暮送夫君」にあるように、友人に餞別として未練がましい気持ちを表す簫の音、17番の「獨坐幽篁裏　彈琴復長嘯」にある琴の音や詩人の歌い声などの表現によって、聴覚的なムードが漲っているのである。

（四）幻想世界の展開

上述した『輞川集』にみられる写実性のとおりに、王維は輞川での実生活や庶民の姿などに取材し、それを如実のように詩に詠い、視覚的また聴覚的な雰囲気作りに工夫を凝らした。一方、3番の「不知棟裏雲　去作人間雨」のように、奥山にある家の周囲を漂っている雲が暫くして雨と化し、人間の世界に降りかかる、という日常性から離れた虚構の世界が詩の題材にされるのも見られる。雲がかかっている世界という表現は、日常的空間から遠く離れ、仙人の世界につながり、幻想が更に広がっていくのである。また、20番の「桂尊迎帝子　杜若贈佳人　椒漿奠瑤席　欲下雲中君」にあるように、さまざまな酒を古人に捧げ、古人と語り合ったりする描写によって、現実世界から暫し離れ、幻想の世界に身を浸すことが成り立つのである。そして、14番の「金屑泉」について、伊藤正文氏は「「金屑泉」「椒園」が盛る浪漫的な幻想性も彼の世界の構築には必須であった[13]」と、王維の隠棲願望につながるようなその幻想性の重要性を強調している。「日飲金屑泉　少當千餘歳」とは、隠棲地である輞川荘にある金屑泉――質の優れた泉――の素晴らしさ、その大地の豊かさを称えると共に、一方では、その泉は即ち、不老の薬効を有する命の泉であることも暗喩している詩句として捉えられる。ただその泉がどれ程の薬効があるかは不明であるが、長い歳月の象徴である「千餘歳」という表現によって、仙界への幻想性が高まってくる。入谷仙介氏は、「輞川荘はたしかに人間が営んだものであった。しかし王維にとってはもはや単なる人間の造營物でなく、超俗の靈境であり、神的なものと交わる聖所でさえあった。それであるがゆえに人間を超えて美しくあらねばならなかった[14]」と、輞川荘、その建物及びその土地を「神的なものと交わる聖所」と見なしている。輞川荘は心の癒しや隠棲の積りで営まれた別荘であり、住み心地の絶好な空間であることは改めていうまでもない。が、厳密に言えば、王維にとって「神的なものと交わる聖所」とは、実在の輞川荘や周囲の風景というより、『輞川集』という漢詩集を指していると考えた方が合理的であろう。何故なら、言葉や詩句の力を通して、輞川荘が清められ、再構築され、仙界へ通じることも可能になるからである。仙人との交わりの場として、漢詩集『輞川集』は無限大にその働きが発揮されると言えるのである。

第三節　漱石の題画詩にみる漱石の「文人」肌

さて、瀧精一などの文人画の評論家と親しかったり、文人画の始祖である王維のライフスタイルや芸術に傾倒していた漱石は、文人画の真髄である「詩中に画あり、画中に詩あり」の境地を知っていたと考えても差し支えはないだろう。現に、漱石が晩年に南画（文人画）を創作したり、数多くの題画詩を詠んだりしている。その題画詩の創作背景や時期について、渡部昇一氏は「これは実際に自分の画いた絵に題したもの、あるいはすぐ絵になりそうなもので、時間があったら絵にしたろうと思われるようなものである[15]」と述べている。つまり、例えば、「山上有山路不通」（「山上有山図」）のような出来た南画に添える類の漢詩もあれば、「莫道風塵老　當軒野趣新　竹深鶯亂囀　清晝臥聽春」というような、何かの理由で実際には画が描けなかった、詩のみの類もある。前者のほうは詩の境地が理解できない場合でもそこに描かれている画に頼ることが出来る、また逆に視覚的な画の含意が解けない時、添えてある漢詩に頼ることが出来る。つまり、画と漢詩が互いに補い合うことが出来る一方で、時には画の表現に左右され漢詩の捉え方が変わってしまう可能性もあり得る。後者の漢詩のみの作品を理解するにはそこに用いられている文字に頼るしかないが、逆に画の先入観という妨害がないため、作者の文字や表現の視覚的センスで絵画性が決まるということも言えよう。いずれにせよ、如何なる事情だったのか、今日残っている三十九首[16]の漱石の題画詩には画が付いていないのが大半を占めている。

若いころから画が堪能だった王維の場合は、おそらく後から画をつけるという発想が毛頭なく、詩を詠む瞬間に頭の中に同時に画も存在していたのであろう。それゆえ、「詩中に画あり」と称せられたのである。一方、漱石の場合は、題画詩に限って、一枚の画を意識的に想像した上で漢詩を詠んだのであろう。そういう意味で画が付いていない題画詩の方こそを漱石の文人画世界への捉え方や美意識、または文人のあるべき姿などの理解に最も有力な根拠と看做すべきではないだろうか。つまり、王維の絵画的漢詩集と言われる『輞川集』の比較の対象としては、漱石の漢詩のみの題画詩に制限すべきであろう。よって、ここで「山上有山路不通　柳陰多柳水西東」など画に添えてある――画趣がはっきりしている――漢詩、または「酬横山画伯恵画」（横山画伯の画を恵まるるに酬ゆ）のような謝礼のしるしとされる漢詩や「題結城素明画」（結城素明の画に題す）のような他人の絵に添える漢詩などは論証外とする。残り二十一首の漢詩のみの題画詩を今回の考察の対象とし、それらの題画詩にみるそれぞれの特徴を次の表に示しておく。

表二[17]

番号	詩句				場所	焦点	その他
(94)	莫道風塵老	當軒野趣新	**竹**深鶯亂囀	清晝臥聽春	室内	人・竹・鳥	春
(95)	**竹密**能通水	**花高不隱春**	風光誰是主	好日屬詩人	庭	人・竹・花	春
(96)	細雨**看花**後	光風静坐中	虚堂迎晝永	流水出門空	室内	人・花	春・雨
(97)	樹暗幽聽鳥	天明仄**見花**	**春風**無遠近	吹到野人家	外	花・鳥	春
(98)	抱病衡門老	憂時涕涙多	江山**春意**動	客夢落煙波	室内	人	春
(99)	渡口**春潮**静	扁舟半**柳陰**	漁翁眠未覺	山色入江深	外	人・柳・舟	春
(100)	流鶯呼夢去	微雨**濕花**来	昨夜春愁色	依稀上緑苔	室内	花・鳥	春・雨
(101)	樹下開襟坐	吟懐與道新	**落花**人不識	啼鳥自殘春	外	人・花・鳥	春
(102)	**草色**空階下	**萋萋**雨後**青**	孤鶯呼偶去	遲日滿閑庭	庭	植物・鳥	春・雨
(103)	渡盡東西水	三過**翠柳**橋	**春風**吹不斷	春恨幾條條	外	柳	春
(104)	雨晴天一碧	水暖**柳**西東	愛見衡門下	明明白地**風**	外	柳	春・雨
(105)	**芳菲**看漸饒	韶景蕩詩情	却愧丹青技	**春風**描不成	外	花	春
(106)	高梧能宿露	**疎竹**不藏秋	静坐團蒲上	寥寥似在舟	室内	竹・人	秋
(107)	緑雲高幾尺	葉葉疊清陰	雨過更成趣	蝸牛跡翠岺	外	風景	春・雨
(111)	蕭條古刹倚崔嵬	溪口無僧坐石苔			外	瀧・人	夜
	山上白雲明月夜	直為銀蟒佛前来					
(114)	夜色幽扉外	辭僧出**竹林**	浮雲回首盡	明月自天心	外	竹・人	夜
(116)	**竹裏**清風起	石頭白暈生	幽人無一事	好句嗒然成	外	竹・人	春
(122)	野水辭**花塢**	**春風**入草堂	徂徠何澹淡	無我是仙郷	室内	花・仙境	春
(123)	樓頭秋雨到	樓下暮潮寒	澤國何蕭索	愁人獨倚欄	室内	人	秋・雨
(132)	幽居人不到	獨坐覺衣寛	偶解**春風意**	來吹**竹與蘭**	室内	竹・蘭・人	春
(133)	唐詩讀罷倚闌干	午院沈沈緑意寒			室内	竹・蘭・人	春
	借問**春風**何處有	石前**幽竹石間蘭**					

番号に網がかかっているのが秋を詠んだ詩であり、詩句が四角で囲んであるのが鳥などによって聴覚的なムードが感じられる詩である。黒字体で示してある詩句は描写の植物かまたは春の関連用語であり、下線の引いてある「獨坐」「臥聽春」などの部分は視点が部屋の中に据えられている印である。

上記の表から、漱石の題画詩に見られる幾つかの特徴を次に纏めておこう。

(一) 詩の題材として最もよく扱われる竹

二十一首のうち、竹が詠われているのは七首で、全体の33%強[18]を占めている。中村宏氏は、「このあたり竹の詩が続く。漱石は大患後、松山の人・蔵沢の墨竹を贈られ、それをきっかけにしきりに竹を描いたという[19]」と漱石の身辺から、この時期によく竹を描くようになった理由を推論している。また、渡部昇一氏も次のようにその理由を述べている。

又植物では竹が比較的多く題材になっている。これは大患の後に松山出身の知人に蔵沢の水墨の竹図を見舞にもらって、大いに絵心を動かされたことが一因であろう。又竹は文人画の画題としては蘭、梅、菊と共に四君子の一であり、又、茎の中が空であるので、無心、虚心、去私に通ずるとされているので、漱石が特に好んだものらしい[20]。

氏は中村氏と同じく、漱石が友人より竹の絵を見舞いに贈られたことを契機に大患後よく竹を題材にした絵を描いていたと語っている。さらに、竹は四君子のシンボルの一つであり、中国の文人に好まれている画題であるゆえ漱石がよく描いていたことにも言及している。文人画に描かれる題材について、『文人画粋篇　第一巻王維』には、次のような一節がある。

文人画においては山水画を第一とする。しかも水墨に重きをおく。花木にも及ぶが、宋元時代では墨竹、墨梅をたっとぶ。また枯木樹石などの淡白な題材をえらぶ[21]。

このように、山水以外に、竹や梅など四君子の植物も文人画の題材として王維を始め、古くから文人画家に好まれていた。幼い頃から南画（文人画）を嗜み、晩年には画家津田青楓に本格的に画を習い、専ら南画を描いていた漱石は上記のように友人から貰った水墨の竹図に触発された他、文人画における竹の象徴や意義などを十分に知っていたというのも要因の一つで頻りに竹を描いていたとも考えられるだろう。現に、上記の竹を詠う詩のうち、「静坐團蒲上」や「辭僧出竹林」、「幽人無一事」、また表二には挙げていないが、画に題する115番の「君子不憂貧」や117番の「山人須解友虚心」などの詩句から、竹は僧侶か参禅と結びつくか、または隠遁者や高潔な君子と思われるシンボルとして詠われているのが窺える。それら竹を詠う詩のうち、最も徹底的に文人画の味を表現しているものとしては132番の「幽居人不到　獨坐覺衣寛　偶解春風意　來吹竹與蘭」を挙げるべきであろう。安部成得氏は次のような詩評を下している。

　この詩画や、次の詩画あたりになると文人夏目漱石の面目が躍如としているといってよいと思う。画に遊び、詩に遊んで、いかにも楽しそうな漱石の気持が溢れている。右は青楓氏が、漱石は、現実の生活の圧迫からの逃避場所を画にもとめて、遊んだことをいわれたのである。もともと淵明や王維の詩境にあこがれた東洋趣味の漱石の描く山水画が「人間世界を逃避する一種の隠逸主義を出」すのは、当然の帰結といってよい[22]。

　氏が漱石の親友であった津田青楓の言葉を引用しながら漱石の文学人生における漢詩の位置づけを語っている一節である。この「幽居人不到」という詩が青楓のいわゆる「現実の生活の圧迫からの逃避場所を画にもとめて、遊んだ」ことを最もよく現している例だと思える。漱石の実生活と合わせて首聯の「幽居人不到」を読めば、陶淵明の「結廬在人境　而無車馬喧」という有名な詩句と同工異曲の効果を持っていると捉えられるだろう。俗世界から離れられない漱石は漢詩作りを通して、「隠棲」している主人公のところを訪れる人が絶えた「幽居」の生活を味わうことが成り立つのである。庭には君子のシンボルである竹が植えてあり、蘭の花が咲いている。春風の中を揺らいでいる竹と蘭になんとも言えない風情を見蕩れている主人公の姿が想像できるだろう。四君子のシンボルである竹と蘭が同時に詩の中に、否、画の中に盛り込まれ、竹や蘭という「君子」に俗世界からガードされ、主人公自身も竹や蘭と同じく俗世界に流れず、高潔な精神を有していることを、漱石はこの詩の創作にあたり狙っていたと捉えられる。

つまり、漱石の題画詩で詠われている竹は食材など実用性との関連は薄く、むしろ単なる風景描写にとどまらず、詩人や主人公の精神——君子のような高潔な内面——の反映として詠われる傾向が強いと言えよう。「幽居人不到」という詩において、春風に靡かれているのは竹や蘭などの植物のみならず、この竹のような主人公自身も「偶解春風意」——春風の優しさや温もりなどが感じられる——至福の境地に至っているのである。この春風に魅了される詩人の姿は、また133番の「唐詩讀罷倚闌干　竹院沈沈綠意寒　借問春風何處有　石前幽竹石間蘭」という詩にも窺える。春風を擬人化してそれを求めようとする詩人の姿がありありと見えるのである。この二首の詩から、「画に遊び、詩に遊ん」で「春風」の奥深さを味わうことが出来、思わず微笑んでいる漱石の姿が私にははっきりと目に見えてくるのである。

（二）春がモチーフとされる漢詩が圧倒的に多い

「春風」をはじめ、春という季節を漱石が最もよく詠った季節であることは表二から窺えよう。しかし、『中国書画 2 山水画[23]』によれば、山水は春とは限らず、秋や冬も文人画の題材とされていたことが明らかである。また、漱石が大いに賞賛していた江戸末期の文人画家田能村竹田[24]の作品にも春のほか、秋や風雨、または雪がモチーフとされる作品は少なくない。つまり、春のみならず、夏、秋、冬などの季節はいずれも文人画の題材としてはおかしくはない。にもかかわらず、上記の漱石の題画詩からは、秋を詠った詩が二首しかなく、一方春を詠じた詩が十七首、全体のほぼ八割を占めており、圧倒的に多いという結果が出ている。ここでは漱石が修善寺の大患後綴った散文『思ひ出す事など』に収められている、南画に対する漱石自身の思い出の一節が思い浮かぶ。

或時、青くて丸い山を向ふに控えた、又的皪と春に照る梅を庭に植へた、又柴門も真前を流れる小河を、垣に沿ふて緩く繞らした、家を見て——無論画絹の上に——何うか生涯に一遍で好いから斯んな所に住んで見たいと、傍にゐる友人に語つた[25]。

子供の頃から南画に憧れ、よく一人で絵の前に坐って楽しい一時を過ごしていた述懐である。そして、そのような南画の風景に囲まれた家に住んでみたいという気持ちを友人に語っている。その南画の風景と言えば、上掲した引用文から、山も川もある清閑な郊外であるのは容易に想像できる。ここで、漱石は忘れずに、「的皪と春に照る梅」と、季節を春と定めていることに注目したい。幼少時にみた南画の風景を彷彿させる描写は小説の中にも見られる。

春はもの丶句になり易き京の町を、七条から一条迄横に貫ぬいて、烟る柳の間から、温き水打つ白き布を、高野川の磧に数へ尽くして、長々と北にうねる路を、大方は二里余りも来たら、山は自から左右に逼つて、脚下に奔る潺湲の響も、折れる程に曲る程に、あるは、こなた、あるは、かなたと鳴る[26]。『虞美人草』(一章)

主人公である甲野が親友の宗近に誘われ京都へ遊びに行った時の春麗らかな風景描写である。こうした春の風景描写が「まさに春風駘蕩たる南画に似た世界[27]」という、玉井敬一氏の指摘のとおり、南画の世界であることは明らかであろう。『草枕』においても、俗世界の煩いから遁れようとする主人公画工の願望に応えているように、「柳と柳の間に的皪と光るのは白桃らしい」と、季節は春——桃の花が咲いている美しい春——に設定されている。述懐文である『思ひ出す事など』にある「的皪と春に照る梅」と『草枕』の「的皪と光るのは白桃らしい」が一致した表現であるのは明白であろう。『広辞苑』によれば「的皪」とは、「白くあざやかに光り輝くさま」と解釈されている。つまり、春を迎え、凍っていた川水でも、湖の湖水でもすっかり氷が溶けてしまい、この季節の喜び、大地の生命力の甦ったのを謳歌している一つの象徴として捉えられるだろう。南画や桃源郷の世界に触れる際、漱石の脳裏に思い浮かぶのは、「的皪と光る」「的皪と春に照る」などのイメージのような、明るくて輝かしい、生き生きとした生命力の強い春の雰囲気につながる傾向が見られる。言い換えれば、冬や秋などに比べ、春は希望に満ちた、苦しみや悩みのない桃源郷とも捉えられるからではなかろうか。

このように、漱石が小説の創作に臨む時の季節設定の傾向を合わせて考えてみれば、漱石の中には南画（文人画）に言及する際、春——桃源郷のシンボル——が必須条件のように常に付随している傾向があると言えよう。四季に拘らず、四季折々の画趣に目を向けていた王維の写実性に対して、他の季節に比べ春が遥かに画趣に溢れているという漱石の発想はより虚構性が高いと看做すことが出来る。漱石の中には、南画に生命力、エネルギーを求めようとする願望が無意識的に働いていたのかもしれない。

（三）聴覚的表現が目立っている

王維の詩は視覚的な味にとどまらず、更に「詩中有樂，畫中有樂[28]」という、蘇心一氏の指摘にあるように、また聴覚的な醍醐味も楽しめるのである。王維の影響を受けたか、漱石の詩にもこのような聴覚的な表現を見出すことが出来る。例えば、「竹深鶯亂囀」、「樹暗幽聽鳥」、「流鶯呼夢去」、「啼鳥自殘春」、「孤鶯呼偶去」などが挙げられる。この鳥の鳴き声による音楽性は王維の詩ほど纖細とは言えないかもしれないが、鳥の囀りや「残春」への思いのような鳥の鳴声に詩人が耳を傾けている姿勢が見える。そして、鳥以外に詩人は更に「竹裏清風起」、「來吹竹與蘭」の句で詠われているように風の中を揺れている竹が触れ合う音などに気を配っている。とりわけ、「清晝臥聽春」にある「聽春」——「春風」を含む様々な春の音を聴く——という表現が聴覚的な効果を最大限に発揮しようと勧める詩人の意図が窺える。春風、春の音という聴覚的な表現に関しては第六章で論述したのでここでは贅言しないが、優しい春風に吹かれ、竹などの植物の葉が囁いているように耳に入り、小川のせせらぎの音が清清しく聞こえてくる。またここには挙げていないが、漱石の画に題している115番の「枝垂聽雨新」で詠じられている雨の音――しとしとと降る春の雨が枝や葉に滴る音――がまさに音楽のように聞こえるのではないだろうか。

絵画的表現や視覚的表現を通して画趣を醸し出そうと漱石が努めていたことはいうまでもないが、のみならず、春風や鳥の鳴き声、せせらぎの音、雨の音などに耳を傾けようと、勧めた漱石は更に「詩中に楽あり」という趣を発見し、様々な可能性をこの時期の題画詩で試みたと言えよう。

（四）人間に焦点を据える傾向

主人公や詩人に焦点を当てているのは合計十二首で、ここに挙げている題画詩のほぼ六割を占めている。山や川など風景描写をする傍ら、漱石は人間の心境を決して忘れることはなく、鳥の鳴き声やせせらぎの音、自然界の音に耳を傾けている主人公の姿を頻りにクローズアップしている点を見落としてはなるまい。「清晝臥聽春」、「細雨看花後　光風靜坐中」、「抱病衡門老」、「漁翁眠未覺」、「樹下開襟坐　吟懷與道新」、「靜坐團蒲上　寥寥似在舟」、「辭僧出竹林」、「愁人獨倚欄」、「獨坐覺衣寛」、「唐詩讀罷倚闌干」などの詩句には、春の麗らかさを存分に貪っているのんびりしている姿もあれば、老いていく自分を憐れんだりするのもあり、また悟ったような知者の姿勢も見られるが、いずれも自然界より主人公に焦点が据えられている詩ばかりである。その中には、「靜坐」や「獨坐」など禅につながるポーズの多用から分かるように、隠遁者に憧れていながら、自然への関心とともに主人公や詩人が自己内省の姿勢を常に構えており、人間と自然との関係に気兼ねていたその姿を垣間見ることも出来よう。

（五）室内に視点が据えられる詩が多い

文人画に描かれている山水画やその題材の由来について、『文人画粋篇第一巻王維』には、次のように述べられている。

> 郭熙の『林泉高致』のなかに「山水訓」がある。これには君子が山水を愛する所以をといて丘園に素を養い、泉石に嘯傲し、漁樵の隠逸に擬し、猿鶴の飛鳴を懐い、塵世の束縛を厭い、烟霞の仙聖を願うに、仕官や家族生活に制約されてその希みもかなえられないが、名手の山水画によってその本意が遂げられるという[29]。

古来、たとえ生活の事情で「塵世の束縛」を離れられなくても、奥山へ隠遁する願望が叶わなくても、君子は山水画によって「本意が遂げられる」というのが文人画における山水の意味である。すなわち、文人、極端に言えば隠遁志向の文人の俗世界から離れた人気のない奥山への憧れで、山や瀧などの辺鄙なところに筆の焦点を据えるのが一般的な文人画への認識である。こうした文人画の約束や理想を漱石も十分に知っていたはずであるが、その題画詩には果たして反映されているだろうか。

勿論、室外に視点を据え風景を描写する詩もそれなりの数がある。が、表二にある題画詩から「清晝臥聽春」、「光風静坐中」、「虚堂迎晝永」、「抱病衡門老」、「静坐團蒲上」、「獨坐覺衣寛」、「愁人獨倚欄」、「唐詩讀罷倚闌干」など、はっきりと主人公が室内にいる表現の他、「遲日滿閑庭」など庭――住居から離れていない場所――を含める表現が挙げられ、全体のほぼ半分を占めていることが明らかになっている。写実的ではなく、殆どが虚構である漱石の漢詩創作の背景には理由があると考えられるかもしれないが、視点を勤める主人公の位置が室内や庭など住居の周囲から容易に離れられない傾向が上掲の題画詩から窺えよう。室内や住居の周囲から離せない、或いは離れられないのは、王維や竹田のような自然に身を浸す経験が漱石には欠けていたのが要因の一つとして考えられ、また自然に目を向けるより自己を見詰めなければなるまいと近代化社会を生きていた一知識人である漱石が痛感していたのも大きな要因として考えられるのではなかろうか。表二には挙げていない漱石の画に題した113番の「獨坐聽啼鳥　關門謝世嘩　南窓無一事　閑寫水仙花」という詩が最も有力な根拠として挙げられるのであろう。

第四節　実→虚構性を見せる王維の『輞川集』／虚→写実性を示す漱石の題画詩

文人である王維、隠遁者である王維を慕い、またその文人画の世界に憧れていた漱石も絵画的な漢詩——題画詩——を沢山残した。勿論それらの漢詩には王維芸術の痕跡も見られるが、以上の王維の『輞川集』と漱石の題画詩の考察を通して、漱石が自分なりの隠遁者世界を新たに築き、文人画のあり方を再構築したことも窺われる。その漢詩における画趣や両者の相違点は次のように纏められる。

（一）バラエティーに富んでいる聴覚的な表現

王維の『輞川集』には、せせらぎや様々な鳥の鳴き声、更に簫などの楽器の音によって、音楽的な詩として楽しむことが可能になっている。漱石の題画詩では、鳥の鳴声は王維ほど豊かではないが、春風の中を揺らいでいる竹などの音、春風などの表現によって、聴覚的な効果が上がり、バラエティーに富んでいる。詩人に誘われ、春という季節で生じたすべての音に耳を傾けようと読者はそれらの題画詩から、視覚的な趣以外に聴覚的なムードをも満喫することができるのである。

（二）写実的な王維／虚構性を見せる漱石

漱石の題画詩のうち、春を詠じた詩が圧倒的に多かった。特定な季節に拘らなく、どの季節でも詩の題材に取り上げる王維の『輞川集』とは趣がやや異なっている。そして、実際の南画作品にも春に執着する傾向が見られる。『図説漱石大観』に納められている漱石の南画作品のうち、50番の「寒林図」及び46番の「秋景山水図」の二点を除き、他の山水画はすべて春の風景である。のみならず、『草枕』や『虞美人草』の冒頭にも、南画と思われる春の風景が主人公の精神の癒しとして描写されている。それらの小説における季節の設定の傾向と共に以上の題画詩を考えた場合、漱石にとっては、題画詩＝南画のような世界、その南画のような世界とは、写実性を持っておらず[30]、『桃花源記』に描かれている桃源郷の原点――桃の花が咲いている春麗らかな世界――俗世界から切り離された別世界が求められる。そこには春の象徴である柳が青々しく、さまざまな花が綺麗に咲いており、鳥なども心地よく囀ったりしているのである。

そのような漱石の題画詩における虚構性は、竹がモチーフとされる作品にも見られる。竹の外形や食用性より、竹の高潔さに主人公の精神を託す意図で詠われているのが殆んどである。これはまさに王維など自ら君子と自称していた古き文人の姿に自分の姿を重ね、俗世界と一線画す文人のライフスタイルに憧れていた漱石の内面を示唆していると捉えられよう。

（三）自然に目を向ける王維／自己を見詰める漱石

植物や風景描写が大半を占めている王維の『輞川集』に比べ、漱石の題画詩には、主人公に焦点を据えている詩が意外に多かった。渡部昇一氏が、「単なる風流な世界の再発見のみでなく、もっと生命の根本に対する宗教的反省である[31]」と漱石の漢詩に再構築された部分を見出してその含意を解釈している。題画詩の時代には「宗教的反省」と言い切れるかは、もう少し考える余地があると思うが、題画詩にある隠遁者世界や文人の風流を満喫する一方で、漱石はそこから近代知識人が自己の内面を見詰め、自然と人間との関係といった命題に関心を持っていたことは明らかであろう。漱石の題画詩における主人公の視線や心境の働きなどが近代「文人」のあるべき姿を示唆しているとも捉えられよう。つまり、漱石は定着している南画のイメージや文人に付着しているライフスタイルなどの既定約束に従い、フィクションの世界を構築する一方、実生活にある自己への凝視を忘れず、詩の中に顔を覗かせているのである。

一方、文人画の理想的な世界にぴったりする輞川に王維が別荘を構え、そこに題材を求めて詠じた漢詩集『輞川集』には、上記の考察を通して高い写実性を見出すことが出来た。その写実性によって、文人画の世界が広げられており、読者が絵画性を満喫することができる。とは言え、写実のままにとどまらず、王維が更に幻想的な世界に心を馳せ、仙境への通路を設けたりしたことにより、『輞川集』のロマン的な雰囲気が漲っているのも注目すべきであろう。

言葉を変えれば、王維は写実からスタートし、幻想的な世界に転化している。それとは逆のベクトルで、漱石は幻想的な世界から筆を下ろし、実世界に転化している。実の中に虚が潜んでいる王維の『輞川集』に対して、漱石の題画詩には虚の世界に実が見出せると思われるのである。従って、王維に憧れ、その模倣と思われる部分があることは否めないが、漱石は、近代を生きる知識人と自然との関係はどうあるべきかという命題を見詰めながら、漱石ならではの文人の世界を晩年の題画詩を通して再構築し、近代社会風の「文人」顔を描き上げたと言えよう。

[注]

1　中村宏氏は鄭清茂氏の研究を踏まえながら、漱石の漢詩を（1）学生時代（2）松山・熊本時代（3）大患直後（4）題詩時代（5）『明暗』時代とのように五期に分けている。第四期である題詩時代の詩は題画詩とも称せられている。中村宏『漱石漢詩の世界』1983.9.5 第一書房／佐古純一郎「漱石の漢詩文」『講座夏目漱石　第二巻』1982.2.25 有斐閣／鄭清茂『中国文学在日本』1982.10 純文学出版社などを参照。

2　中村宏『漱石漢詩の世界』1983.9.5 第一書房 P171

3　明治時代の美術評論家である瀧精一は「就中王維は蘇東坡に依りて、詩中畫あり、畫中詩ありと評せられ。」と文人画の目標やその始祖について述べている。瀧精一「支那畫に於ける山水一格の成立」『國華』No.191 明治四十年四月

4 大槻幹郎『文人画家の譜——王維から鉄斎まで』2001.1.10 株式会社ぺりかん社 P10

5 伊藤正文『中国の詩人⑤王維』1983.8.10 集英社 P207

6 蘇心一『王維山水詩畫美學研究』2007.5 文史哲出版社 P125

7 入谷仙介『王維研究』1981.10.30（第一刷り 1976.3.10）創文社 P615

8 「文杏館」の文杏について、「文杏：銀杏、白果樹。」とされている。（楊文生『王維詩集箋注』2003.9 四川人民出版社 P333）

9 《尔雅翼》：“杜若，苗似山薑，花黄赤，大如棘子，中似蔻，一名杜蘅。”（楊文生『王維詩集箋注』2003.9 四川人民出版社 P364）

10 例えば、伊藤正文氏は「王維が別荘を購入した目的は、長安近郊のこの地で生活の安息をはかる以外に、六朝時代の貴族のように別荘の土地を農場として用い、生産した作物を生活の資にあてるという経済的目的も、当然含まれていたはずである。（中略）篇名に「漆園」「椒園」というのは、漆畠や山椒畠を設けていたことを示すものである。」と、輞川周辺の経済性を指摘している。（伊藤正文『中国の詩人⑤王維』1983.8.10 集英社 P199）

11 小林太市郎・原田憲雄『漢詩大系 第十巻』1964.8.30 集英社

12 蘇心一『王維山水詩畫美學研究』2007.5 文史哲出版社 P178

13 伊藤正文『中国の詩人⑤王維』1983.8.10 集英社 P207

14 入谷仙介『王維研究』1981.10.30（第一刷り 1976.3.10）創文社 P616

15 渡部昇一『漱石と漢詩』1975.9.10 英潮社 P50

16 漱石の題画詩の数について、渡部昇一氏は「「題賛」としてまとめられる漱石の漢詩は三十九首ある。」と言及している。渡部昇一『漱石と漢詩』1975.9.10 英潮社 P50

17 表二に掲げているのは『漱石全集　第十八巻』の漢詩一欄表に基づいて表記している。なお、漢詩の前に付けてある番号は『漱石全集　第十八巻』に従っている。

18 画に添えている漢詩を計算に入れたらその割合がもっと高くなる。

19 中村宏『漱石漢詩の世界』1983.10.15 第一書房 P191-192

20 渡部昇一『漱石と漢詩』1975.9.10 英潮社 P51

21 『文人画粋篇　第一巻王維』1975.5.5 中央公論社 P151

22 安部成得「漱石の題画詩について」『帝京大学文学部紀要　国語国文学　第13号』1981.10.1 帝京大学文学部国文学科 P343

23 余成『中国書画 2 山水画』1983.3 再版 光復書局股份有限公司

24 田能村竹田『竹田』（編者 鈴木進 1963.6.10 日本経済新聞社）に収められている作品には雪が描かれているのが四点、風雨がモチーフのが四点、秋がモチーフになっているのが七点とそれぞれなっている。

25 『漱石全集 第十二巻』P427

26 『漱石全集 第四巻』P6

27 玉井敬之「虞美人草」『国文学　解釈と教材の研究』特集十四巻五号 1969. 4.20 学燈社

28 蘇心一『王維山水詩畫美學研究』2007.5 文史哲出版社 P178

29 『文人画粋篇　第一巻王維』1975.5.5 中央公論社 P151

30 木村由花氏も、「漱石は「南画」において恐らく「実風景」は描いておらず専ら「心象風景」や画本から得られた風景を描いているのである。（中略）私たちはそこに漱石におけ

る文人の伝統への強い回帰願望を見ることができる。」（木村由花氏「漱石と文人画——「拙」の源流——」『日本文学の伝統と創造』1993.6.26 きょういく出版センター P269））と、漱石の南画を非写実的と看做している。

31　渡部昇一『漱石と漢詩』1975.9.10 英潮社 P54

結論

文人の系譜にある漱石の「文人」像

中国の詩人である陶淵明や王維、日本の近世文人画家である田能村竹田や池大雅など、こうした人物に触れる際、文人という言葉やイメージが伴ってくる。しかし、これが、近代に至ると俳句の革新者である正岡子規にせよ、小説家である夏目漱石にせよ知識人と称せられはするが、文人とはあまり呼ばれてはいないようである。そこには時代性がその理由を物語っているとも考えられるだろうが、この文人という言葉には学問や文学の教養が必須条件であることは言うまでもなく、それ以外の要素として、世間一般の法則や価値観に囚われず、超俗的な態度で世間を遠くから眺めているという点が挙げられるのではなかろうか。とはいえ、近代知識人である漱石は「文人」肌を持っていなかったのか、漱石の「文人」像造りは有り得るのだろうか、つまり、漱石という近代知識人に、中国の詩人や竹田などの近世の文人の顔が見出せる可能性はないのかと問いたくなる。その命題の解明を主旨として、漱石が生涯憧れていた陶淵明や王維など中国の文人及び日本近世末期の文人画家である竹田、更に漱石の文学人生に最も影響を与えた親友である子規などとのかかわりを考察してきた。

本書のこうした命題を解明するに、文人画（南画）と漢詩との二本柱に重点を据え、漱石とのかかわりの可能性を最大限に推測しながら、それらの文人顔を漱石がどれほど継承したのか、また新たに自己流のものをどのように再構築したのかなどを探り、それらの考察の結果に基づいて漱石なりの「文人」像を明らかにすることを努めてきた。それぞれのかかわり方に対して様々な可能性を考え、考察した結果を次の四つの方向に分けてまとめることができる。

（一）「悠然見南山」に倣いながら新たに生成した漱石の隠逸精神

陶淵明に触れる際、隠遁詩人、田園詩人、その代表的な田園詩句「採菊東籬下　悠然見南山」を誰しもが思い浮かべる。この詩は、日が暮れるころ庭に植えてある菊の花を採りながら、悠々と遠くの山や夕陽を眺めるという設定によって、生活の生臭さを匂わせない効果を上げている。それに、我が胸には世界があり、閑静極まりない空間が広がり、詩情が充満している趣を享受することが出来る、という我を忘れて感銘感謝で胸が一杯になっている情況を湛えているため、中国でも日本でも「悠然見南山」が隠遁の最高境地の一つと看做されていると言えよう。「雲無心以出岫　鳥倦飛而知還」、「羈鳥戀舊林　池魚思故淵」という詩句のように淵明は、自由な鳥に自分を喩えながら田園への隠棲願望を語っているが、最初から「帰田」を求めていたわけではなく、実際には、隠遁後、官界に完全に背を向けていたとは言い切れない面もある。仕官に未練があるというより、官界の腐敗を憂えていながらどうする術もなかったゆえ、一人で煩悶を抱えざるを得なかった。その反映であろうか、空を飛んでいる鳥に自分の姿を重ねながらも「栖栖失群鳥　日暮猶獨飛　徘徊無定止　夜夜聲轉悲」という詩で苦悶や孤独さを吐露している。「帰田」という願望が叶ったにもかかわらず、内面の自由を獲得できず、とうとう鳥には成り切れなかった淵明の空しさや悲しさが一層募っているのである。

陶淵明の「悠然見南山」を隠遁の最高境地と讃えていた漱石は、それに倣い『草枕』では「逍遥随物化　悠然対芬菲」（「春興」）という、「住みやす」い世（「桃源郷」）を徹底的に味わおうとする姿勢を画工に構えさせている。漱石の「悠然対芬菲」や「闢門謝世嘩」、また「却住大都清福新」などいずれも淵明の「結廬在人境」、「悠然見南山」にある隠逸精神と同工異曲の姿勢や効果があると思える。しかし、厳密に言えば、淵明の「而無車馬喧」の境地に達するために、それらの役人の訪問を絶とうとする消極的な手段に対して、漱石の「却住大都清福新」や画工の「非人情」、または大徹住職の「竹影払階塵不動」などに見出せる姿勢は、前向きで積極的なものだと言わざるを得ない。それこそが淵明を受け継ぎながらも、漱石が再構築した明治社会を生きる知識人の持つべき隠逸精神と看做すことができよう。金原弘行氏の所謂「市井に隠れる[1]」隠逸そのものであろう。

とはいえ、この類の境地の確固やその姿勢を保つことは、漱石の一生の課題であることは言うまでもない。他者との関わりが煩わしくなった際、漢詩創作を通して「獨坐無隻語」の姿勢を構え、他者との関わりを断ち切り、非日常的空間･時間のゾーンを設け、たとえ暫しの間でも享受し、心身ともに癒されるのである。

（二）隠遁世界でありながら生活の匂いを感じさせる竹田と漱石の画

文人画とは一種の現実逃避であり、俗世界とかけ離れた超現実の世界を仮構するのが一般的な印象である。が、竹田の「暁粧図」（図版は本書の第二章を参照されたい）には鏡に向かって化粧をする女性の姿が盛り込まれており、「小青緑山水図」では人家が集まり、人々の交流が頻繁に行われているように描かれている。また「船窓小戯帖」や「舟中売章魚図」などの作品には漁に頼る庶民の生活が如実に描かれ、登場人物の豊富な表情やその躍動する仕草に富んだダイナミックさなどからは、いずれも生活の匂いが濃い作品であると称せずにはいられない。そこが即ち竹田の写実性と看做せよう。

その点について、漱石の「煙波漂渺図」や「秋景山水図」に描かれている市の様子やイベントっぽい舟の集まりなどの写実的な構図には竹田の影がしっかり落ちていると言えよう。更には、「竹林農夫図」に見える夫婦や、雄鶏と雌鶏のペア性は庶民の生活をそのまま反映していると共に、生命を重んじる作者の内面の反映としても捉えられ、漱石独特の捉え方と看做せよう。

生活性以外に、両者の画に描かれている主人公の内面性の相違点にも注目すべきであろう。例えば「梅花書屋図」、「稲川舟遊図」、「軽舟読画図」などの作品のように、花見——君子の象徴である梅の花の観賞——や釣り、画の鑑賞といった高尚な趣味——文人画家が唱える「雅」——を通した文人との交流が画のモチーフとされるのは少なくない。また、それらの画の一角にお茶を点てる風景が描かれ、友人や仲間とお茶を味わいながら寛ぎ、楽しんでいる光景も目立っている。つまり、花見、釣り、絵画の鑑賞や茶道などの「雅」の趣味を以って友に会す、というのは竹田の文人画にみられる主なモチーフであると同時に、江戸後期を生きていた文人のライフスタイルの反映とも捉えられよう。

一方、漱石の「閑来放鶴図」、「孤客入石門図」、「樹下釣魚図」など隠遁世界を思わせる山水画にも人物が織り込まれている。が、二人から四、五人ほど盛り込まれている竹田の作品とは異なり、漱石の場合は大抵一人の設定であり、その主人公の仕草や真剣そうな表情から、主人公が内省しているか考え込んでいるのが殆んどである。即ち、友に会すことやその交流を重んじる反映として橋を意識的に設けている竹田の画に溢れる明るい雰囲気と異なり、漱石の南画に描かれている人物には比較的暗くて厳しいムードが流れているのは、外界との接触を拒んでいる姿勢を物語っていると看取することができよう。

（三）裴迪を徹底的に労る王維／子規と労り合う漱石

文人が友との交流を通して文学を切磋琢磨し、芸術観や人生観などを語り合い、友情を深めるのは、中国でも日本でも昔から文壇でよく見られることである。王維には裴迪、漱石には子規、それぞれ心を交わす知友がいて、いずれもその知友と応酬した詩が沢山残っている。

王維は年下の裴迪を極めて労る一方で、裴迪が仕官の途で躓いたりした際には、世俗に背を向け、いっそう隠遁を目指そうと勧めたり酒などを持成して慰めたりするところから、王維が親友である裴迪を如何に大事にしていたか、裴迪と文学を語り合ったりすることが王維の人生を如何に豊かにしていたかは裴迪を相手とする漢詩や裴迪への書簡風漢詩から窺われる。

更に、「軒に當って　樽酒に對す」（「臨湖亭」）にあるように酒を先に用意して待ち構える詩にも、また「酒を酌んで君に與ふ君自ら寛うせよ」（「酌酒與裴迪」）や「君に勧む　更に盡せ一杯の酒」（「送元二使安西」）など有名な送別の詩にも酒が欠かせないものとされていることは明らかである。酒を飲むのは夜とは限らず、王維にとっては親友と会う場面、あるいは文学や芸術を語るなど文人との集いには酒は欠かせないもの、否、酒は自分の気持ちの表れであり、それを介して友情を更に深めることが出来るとともに文筆の切磋琢磨の働きもあると思われていたようである。勿論、酒を通して王維、隠遁者である王維は心身とも寛いだ境地に達することができ、「酒を以って友に会す」という狙いもあったに違いない。

一方、子規を相手とする漱石の漢詩の中には親友との応酬とはいえ、酒に触れたのは「斗酒　乾坤を凌ぎ」という、昔の思い出を思い浮かべた一句しか見当たらなかった。酒の代りに、子規に送った漱石の漢詩の中には「功名」という表現の多用が目立っている。世の中の功名に執着する必要はないと悟っているような詩句が見られるとは言うものの、「功名」の多用は漱石の内面を暗喩していると思わずにはいられない。本意が文学の創作にありながら文壇に本領を発揮できず、一教師としてしか活躍できなかった二・三十代の漱石が、文壇での出世を願わないはずはなかったろう。その焦りの気持ちが、思わず「功名」の多用という形で吐露したのではなかろうか。「前程望めども見えず　漠々として愁雲横たわる」というこの一句は、当時漱石が「功名」に執着していた最も有力な証と看做すことができよう。

そして、「馬齢　今日　廿三歳　／始めて佳人に我が郎と呼ばる」及び「朱顔を僘き尽くして　痘痕爛れ／軽傘を失い来たって　却って昏を開く」などの諧謔的表現から二人の交際の深さ、子規とは心の通じ合う親友であることも垣間見できよう。こうした諧謔表現を通して友情の深さを語るのは漱石ならではの表現と言えよう。

つまり、友への感情は王維の裴迪へのものとは異なり、漱石は相手を労りながらも、相手にも労られたいという気持ちが強かったためか、常に自分を忘れずに、焦点を子規より自分に移したりしたことに違いがある。つまり、一方通行ではなく、相手に関心を寄せながらも自分の内面も知らせ、相手に甘えるような付き合い、こうした交流こそが真の心の通いだと漱石が考えていたのであろう。

（四）南画（詩的絵画）及び絵画的漢詩にみる王維と漱石のアイロニー現象

王維と漱石の接点に言及する際、「詩中に画あり、画中に詩あり」という文人画（南画）の理想境地が大きなヒントとして考えられる。つまり、その命題を明らかにするには、詩情が漂っている画も絵画的な詩も効果的な素材として挙げられる。拙著では、漱石の南画と王維の絵画的な詩、及び漱石の絵画的な漢詩と思われる題画詩と王維の絵画的漢詩で知られる『輞川集』、という二つの方向から芸術観や自然との関係における漱石の継承、或いは再構築の部分を見出すように努めてきた。その結論を次のように纏めることができる。

（A）個への凝視

王維の「鹿柴」と「竹里館」との二首の漢詩から、奥山に隠遁を志していながら誰かの来訪に時々気を取られ、人懐こいという心境を吐露している詩人の姿勢を垣間見ることができる。これは、自分の理想や志が認められない孤独感や空しさや悲しさなどの心境の吐露なのである。終生官職に就いていながら、都まで一日の距離の輞川に住居を構えた王維の隠遁は、社会への関心を完全に断ち切れない証であり、世間に完全に背を向けているとは言いがたいであろう。

一方、漱石の「秋景山水図」、「煙波漂渺図」などに見られる写実性（社会性）は相反しているようで「樹下釣魚図」、「山上有山図」、「閑来放鶴図」、「孤客入石門図」及び「山下隠栖図」などの南画の構図から、社会やそこに存在するあらゆる人間をすべて他者と看做し、生活の中で暫し他者と遮断し、一人という場を味わいたい、という漱石の一側面が窺えた。一人の時間と空間による第三次元の場を味わうことによって、漱石は隠遁者の心境で自然と対話することが出来、心の苦悶を癒すことが可能になったのであろう。つまり、一人の空間と時間のコンビネーションによる第三次元の場――他者との関わりを断ち切っている場――と、一方の社会を断ち切れないもう一つの漱石の内面とは、あたかもアイロニーでありながら、漱石の中に同時に存在しているのである。このような矛盾を抱えた文人である漱石は、生涯煩悶を抱きながら、明治時代を生きぬいていたのであろう。こうして見ると、確かに隠逸精神を抱いていながら、社会への関心を断ち切れない点は王維と共通していると言える。とはいうものの、王維に比べ、漱石の南画の場合は、人間に注ぐ視線が更に強く感じられ、より濃厚であると感ぜずにはいられない。

（B）実→虚である王維／虚→実である漱石

一般には、陶淵明の『桃花源記』から文人画のジャンルに至って桃源郷を表現する場合、何故か前提として春という季節が設定されるのは、中国でも日本でも暗黙の了解である。それを受けてか、王維にも漱石にも春を詠った漢詩が数多くある。しかし、両者とも春の風景描写にとどまることなく、異なった視点から春を表現している傾向が見られる。

王維の漢詩には様々な植物や鶏、牛、羊など昔農家の生活の象徴である動物が盛り込まれ、それに老人や子供の笑い声が加わることによって、桃源郷のような生き生きしている人々の生活風景、つまり、庶民の生活の匂いをたっぷり楽しむことができるのである。それらの王維の漢詩から、写実性のほか、豊かな大地に恵まれているという王維の謳歌の姿も想像できよう。片方の漱石の題画詩の場合は、そうした日常性に欠けている代わりに、春風という表現や鳥、せせらぎなどの多用から、バラエティーに富んだ春の楽しみ方が可能になり、漱石の触覚の鋭さが窺える。また漱石が「細雨」、「微雨」、「濕花」、「雨後青」、「雨晴」など雨の風景に焦点を据えたことによって、漱石の題画詩における叙情性も存分に味わうことができるのである。

南画と同じく、漱石の題画詩には「清晝臥聽春」、「光風静座中」、「獨坐聽啼鳥」など、庵か部屋の中に身を構えている表現の多用から、室内に視点を据える傾向が見られ、主人公の視線や心境の働きなどが、近代「文人」のあるべき姿を示唆している漱石の顔であることを見落としてはいけない。つまり、漱石は、定着している南画のイメージや文人に付着しているライフスタイルなどの所謂既定約束に従い、フィクションの世界を構築する一方で、実生活にある自己への凝視を忘れず、詩の中に顔を覗かせているのである。そうした一人の場といえば、修善寺の大患後、綴った回想文である「思ひ出す事など」にある「小供のとき家に五六十幅の画があつた。ある時は床の間の前で、ある時は蔵の中で、又ある時は虫干しの折に、余は交るがわるそれを見た。さうして懸物の前に独り蹲踞まつて黙然と時を過すのを楽とした。」という南画との出会いの思い出と実に重なっており、漢詩や南画にみる一人の場の内質は同じとは言えないにしても、それがこうした一人の場の原点と看做せよう。

一方、文人画の理想的な世界にぴったりの輞川に王維が題材を求めて詠じた漢詩集『輞川集』は、上述したとおり、その高い写実性によって文人画の世界が広げられ、読者に絵画性を満喫させている。とはいえ、写実のままにとどまらず、王維が更に幻想的な世界に心を馳せ、仙境への通路を設けたりしたことにより、『輞川集』のロマン的な雰囲気が漲っているのも注目すべきであろう。

言葉を変えれば、王維は写実からスタートし、幻想的な世界に転化している。それとは逆のベクトルで、漱石は幻想的な世界から筆を下ろし、実世界に転化している。実の中に虚が潜んでいる王維の『輞川集』に対して、漱石の題画詩には虚の世界に実が見出せると思えるのである。即ち、王維に憧れ、その模倣と思われる部分があることは否めないが、漱石は、近代を生きる知識人と自然との関係はどうあるべきかという命題を見詰めながら、漱石ならではの文人の世界を晩年の題画詩を通して再構築し、近代社会風の「文人」顔を描き上げたと言えよう。

漱石と陶淵明や王維、田能村竹田、正岡子規らとのつながりを探り、そうした文人の系譜に視座を据えた研究は、漱石の芸術観や内面の一側面を解明する方法として看做すことが出来る。それらの文人との接点の考察こそ、近代化社会を生きていた一知識人である漱石が、漢詩や南画に古来の文人の隠遁嗜好や自然との交流を求めながら、そうした文人らの模倣にとどまらず、更に漢詩や南画に見出す隠遁世界、精神的に他者を断ち切る場——時間と空間とも一人の場——で自己の内省を繰り返していたという近代「文人」である漱石像を浮き彫りにすることが出来るのである。

「秋景山水図」や「煙波漂渺図」などの南画にみる社会を断ち切れない集団的な構図の写実性と、他者を遮断する一人の場——での自己内省はあたかもアイロニーでありながら、漱石の中に同時に存在している。そのような矛盾は、鄭清茂氏が「他的詩畫固然洋溢著桃花源般的太平景象，其實正是他心緒不寧的反動表現[2]」（一見すると桃源郷のような太平の世界に見える漱石の詩や画は、まさに彼の常に葛藤している内面の現れであろう。）と指摘したとおりに、常に相克している漱石の煩悶や内面の葛藤の反映と看做してもよかろう。いうまでもなく、その自然と個との関係——他者とのかかわり——はどうあるべきか、というのは漱石が生涯見詰続けていた命題であった。今回は漱石の南画と題画詩を中心に、陶淵明と王維、竹田、そして子規との比較を通して、その一端を垣間見ることができた。殊に自然と個との問題の解明は漱石の漢詩を全面的に考察し、漱石に影響を与えた文人との比較を更に進めなくてはなるまい。そちらは、今後の課題とする。

[注]

1　金原弘行『日本の近代美術の魅力』1999.9.20 沖積社 P64
2　鄭清茂『中國文學在日本』1981.10.4 (1968.10 初版) 純文學出版社 P36

あ と が き

長年、漱石研究を重ねてきた私には、常日頃から思うところがあった。それは、作家としての漱石の素顔の部分にある、「文人」という言葉である。

周知のとおり、漱石には、文学作家としての顔と画家という顔がある。無論文学作家とは、プロ小説家のことであり、画家とはアマチュア南画家のことであるのは言うまでもない。この二つの顔が、同じ時間を共有しながら、時を重ねていったのが、漱石の人生だとも言える。

とは言うものの、共有する時期は漱石がイギリス留学した後のことであり、南画への憧れや漢詩への素養、漢詩をとおしての自然の描写などの方が、文学人生の中ではずっと長い歴史を持つ。つまり、漢詩からスタートした漱石は、漢詩で養ったものを見る目を持った後小説へと進んだと言える。そういう意味では、漱石の一連の作品をより深読みするためにも、こうした土台に流れる漱石の視線を認識することは、意義あることだし、作品の理解に寄与するところが多いのは明らかである。

では、漱石の「文人」はどのようなものか。これが気になっていた問題であった。今回、この疑問への究明を形にしたものが、この本である。謂わば、文学と絵画のクロスである。文学と絵画をしかも文学から見ていき、その真髄に迫る研究はこれまで、あまり見当たらないのが現状であるからだ。

何故かこの「文人」は、南画という絵画のジャンルで語られる言葉というイメージが強い感が一般にあるようだ。中国南宋時代の職業画家に対して、「文人」は営利目的ではなく、あくまで趣味の域を出ない素人画家として扱われ、理想の境地たる虚構世界に身をおき、暫し一人世俗を離れ、安堵の境地をさまよう隠逸精神的な高等遊民的な人物として見られるのが普通であろう。しかし、これを文学の立場から捉えてみると、どうだろうか。詩中に画あり画中に詩あり、というように同じ隠逸精神を追求する漱石の漢詩を含む南画や題画詩、及びそのクロスの関連研究からは些か見えてくるものが異なっていた。詳しくは本文を参照していただきたいが、要は、漱石の生きた近代化が進む日本では、王維や田能村竹田などが生きた時代とは大きく異なり、社会は東西文化の混在によるパラダイムの転換期を迎えていたからか、漱石は「文人」という本来の精神を継承しながらも、当時の社会に合わせて自分流の構築を行ったのである。

本来、文学は絵画と違って、人間のあり様を言葉という道具でいかようにも語ることができる。そのため漱石と王維、漱石と陶淵明、漱石と田能村竹田と並べてみて分かるのは、文人には、隠逸精神というはっきりとした目標はあるが、そこには、それぞれの時代のしがらみに生きる人の有り様が描かれているのが分かる。私は、何も漱石が反体制主義者だとか、パラダイム転換のできない人間だと言うつもりはまったくない。私はこの本で取り上げた「文人」というものが、これからの時代にも未来系の形で、文学は「文人」の精神を継承していくのではないかとも考えている。何故なら、この「文人」の基本精神である隠逸精神は、いつの世にも存在する人間の一つの姿だと思うからである。漱石は、正にその先駆者の一人だと言える。漱石は、言葉でしっかりと当時の社会を伝えているのである。

文学作家漱石における「文人」の意味が何であったのか、読者の皆様に少しでも伝われば、幸いである。無論多くの異論やご指摘もあるとは思われるが、今後の課題にさせていただきたいと思う。

最後に、出版をお引受けくださった三和書籍社長の高橋考氏には心より御礼申し上げたい。また、編集長である下村幸一氏には、重なる原稿の遅延により多大なご迷惑をお掛けしたにもかかわらず最後まで激励、お付き合いくださり、この場を借りてその温情に対し、深く感謝の意を表しておきたい。

二〇一二年　二月十日

范　淑文

初出一覧〔本書は次の論文を中心に改題、加筆修正を施したものである。〕

序　章　書き下ろし

第一章　漱石と絵画
『漱石文学と絵画のクロス——絵画的ダイナミズム——』（博士論文）の第三章「漱石と美術」（2010.10）（未出版）

第二章　田能村竹田から漱石へ——文人画を軸に
「田能村竹田の文人画にみる個と社会の関係——身体論の視点による試み——」『日本語日本文学　第三十七輯』輔仁大学外国語学院日本語文学系（2012.3出版の予定）

第三章　王維から漱石へ——文人画を介して
「夏目漱石の南画——王維の投影——」『台大日本語文研究18』／台大日文系2009.12

第四章　陶淵明から漱石へ——隠逸精神を介して
「漱石の南画に見るその隠逸精神—陶淵明の受容」『関西大学東西学術研究所研究叢刊32——東アジアの文人世界と野呂介石——』関西大学東西学術研究所
株式会社遊文社2009.3

第五章　漢詩にみる文人の友情——王維と裴迪・漱石と子規
「漱石の早期漢詩の中国文化の受容——子規との往来に視点を据える——」
「文化における歴史——伝承・断絶・再生」2009年度輔仁大学日本語文学科国際シンポジウム2009.11

第六章　自然に身を浸す王維／都会的な漱石——春に因んだ詩を中心に
「王維の文人画世界の痕跡——漱石の題画詩を例として——」『お茶の水女子大学　大学院教育改革支援プログラム　日本文化研究の国際的情報伝達スキルの育成大学院教育改革支援プログラム平成21年度活動報告書　学内教育事業編』お茶の水女子大学
2010.3

第七章　題画詩にみる漱石の「文人」像——王維の『輞川集』との比較を通して
「漱石の題画詩にみる画趣——王維の『輞川集』と比較しながら——」
『台大日本語文研究19』／台大日文系2010.6

結　論　書き下ろし

参考文献（本文中引用もののみ）

テクスト『漱石全集』全28巻　1993 ～ 1999岩波書店

《中国語文献》（発行年月順）

1968.6　董其昌「畫禪室隨筆卷二」「畫訣」『畫禪室隨筆』廣文書局有限公司
1971.4　莊申「王維的藝術」（莊申『王維研究上集』萬有圖書公司）
1981.10　鄭清茂『中国文学在日本』純文学出版社
1983.3　余成『中国書画 2 山水画』光復書局股份有限公司
1985.3　范慶雯『中國古典文學賞析精選 寒山秋水』時報文化出版事業股份有限公司（1984.10初版）
1996.8　崔康柱「超脱與救贖——王維山水詩文化意蘊試釋」『王維研究（第二輯）』師長泰主編 三泰出版社
1996.8　陳紅光「王維山水詩中的畫理」（『王維研究（第二輯）』師長泰主編 三泰出版社）
1996.8　張曉明「試論王維山水詩的空靈之美——兼及莊學本體論對王維的浸潤」『王維研究（第二輯）』師長泰主編三泰出版社
1998.3　［唐］王維著［清］趙殿成箋注『王右丞集箋注』上海古籍出版社
1998.3　王維[唐]撰、趙殿成[清]箋注『王右丞集箋注』中國古典文學叢書 上海古籍出版社
2003.5　陶文鵬「論王維的美學思想」『唐宋詩美學與藝術論』南開大學出版社
2003.9　楊文生『王維詩集箋注』四川人民出版社
2005.2　陶文鵬『中國詩詞賞析典藏版〈10〉戀戀桃花源 陶淵明作品賞析』德威國際文化事業有限公司
2005.5　嚴七仁「即此羨閑逸　悵然吟《式微》——王維在輞川的詩文創作」嚴七仁著『大唐盛世 王維在輞川』三秦出版社
2005.5　嚴七仁「桃源一向絕風塵　柳市南頭訪隱淪——輞川的人文景觀」『大唐盛世 王維在輞川』三秦出版社
2007　孟冬二『陶淵明集譯注及研究』北京昆侖出版
2007.5　蘇心一『王維山水詩畫美學研究』文史哲出版社
2008.5　呉啓禎『王維詩的意象』文津出版社有限公司
　岳飛《岳武穆遺文》『清文淵閣四庫全書』（台湾大学付属図書館所蔵電子書籍）

《日本語文献》（発行年月順）

＊新聞雑誌資料

明治四十年～大正二年『國華』No.191 ～ 281
明治三十八年四月十八日『スケッチ月刊』第一号スケッチ会支部
明治三十八年十月二十日『美術新報』第四巻第十五號（復刻版 1983.7 八木書店）

＊単行本

大正十一年11月11日瀧精一『文人畫概論』改造社
1940.3　和田利男『漱石漢詩研究』人文書院
1941.12　佐久節『陶淵明の詩』日本放送出版協会
1951.1　斯波六郎『陶淵明詩　譯注』東門書房

1963.6　編者：鈴木進　解説：佐々木剛三『竹田』日本経済新聞所
1964.8　小林太市郎・原田憲雄『漢詩大系 第十巻』株式会社集英社
1968.2　鈴木虎雄『陶渕明詩解』弘文堂書房（初版1948.1.15）
1970.1　レッシング『ラオコオン』斉藤栄吉訳岩波書店
1974.11　都留春雄『中国詩文選11　陶淵明』筑摩書房
1975.5　『文人画粋篇　第一巻王維』中央公論社
1975.9　渡部昇一『漱石と漢詩』英潮社
1976.2　吉澤忠『水墨画美術大系／別巻第一　日本の南画』株式会社講談社
1981.1　山内長三『日本南画史』瑠璃書房
1981.5　吉田精一『図説漱石大観』角川書店
1981.10　入谷仙介（第一刷り1976.3.10）『王維研究』創文社
1983.8　伊藤正文『中国の詩人⑤王維』集英社
1983.10　中村宏『漱石漢詩の世界』第一書房
1984.6　荒正人『増補改定漱石研究年表』集英社
1985.11　井出大『漱石漢詩の研究』銀河書房
1991.6　竹盛天雄『漱石文学の端緒』筑摩書房
1992.1　芳賀　徹『絵画の領分——近代日本文化史研究』朝日新聞社
1993.9　高階秀爾『日本近代の美意識』青土社
1994.10　飯田利行『新訳漱石詩集』柏書房株式会社
1997.5　一海知義『陶淵明——虚構の詩人——』岩波書店
1997.8　陳明順『漱石漢詩と禅の思想』勉誠社
1998.5　小川裕充『故宮博物院 南宋の絵画』日本放送協会
1998.12　佐々木丞平・佐々木正子『文人画の鑑賞基礎知識』至文堂
1999.9　金原弘行『日本の近代美術の魅力』沖積社
1999.10　加藤二郎『漱石と禅』翰林書房
2001.1　大槻幹郎『文人画家の譜——王維から鉄斎まで』株式会社ぺりかん社
2001.1　田部井文雄・上田武『陶淵明集全釈』明治書院
2003.12　中山和子『漱石・女性・ジェンダー』翰林書房
2004.8　匠秀夫『日本の近代美術と文学』沖積社
2010.3　伊藤直哉『桃源郷とユートピア——陶淵明の文学』春風社

＊雑誌論文（雑誌及び叢書など所収論文）

1969.4　玉井敬之「虞美人草」『国文学 解釈と教材の研究』特集十四巻五号 学燈社
1975.12　高階秀爾「ｂ絵画——「詩は絵の如く」の伝統をめぐって」『岩波講座　文学一　文学表現とはどのような行為か』猪野謙二 大江健三郎等 岩波書店
1981.2　桜庭信行氏「漱石と絵画」（『大正文学論』編者 高田瑞穂 有精堂）
1981.10　安部成得「漱石の題画詩について」『帝京大学文学部紀要 国語国文学 第13号』帝京大学文学部国文学科
1982.2　上垣外憲一「漱石の帰去来——朝日新聞入社をめぐって——」（『講座夏目漱石第四巻』有斐閣）
1982.2　佐古純一郎「漱石の漢詩文」（『講座夏目漱石　第二巻』有斐閣）

1983.11 「高階秀爾・平川祐弘・三好行雄三人による座談会」『国文学解釈と教材の研究』第8巻14号 学燈社
1983.11 熊坂敦子「三四郎――西洋絵画との関連で――」(『国文学解釈と教材の研究　第28巻14号』学燈社)
1988.11 加藤二郎「漱石と陶淵明」(『日本文学研究資料新集　夏目漱石・作家とその時代』編者石崎等　有精堂)
1988.11 北山正迪「漱石の文学と「絵」――『一夜』などから――」『日本文学研究資料新集――夏目漱石』石崎等編 有精堂
1989.4 中島国彦「南画・長唄・土蔵」『国文学解釈と教材の研究　第三十四巻　第五号』学燈社
1990.9 佐藤泰正「漱石の男性観・女性観――作品の軌跡を追いつつ」『国文学解釈と鑑賞』第55巻9号至文堂)
1990. 9 上田正行「『虞美人草』――「型」の美学」(『国文学解釈と鑑賞』第55巻9号 至文堂)
1990.12 前田　愛「世紀末と桃源郷　『草枕』をめぐって」(『漱石作品論集成　第二巻』編者片岡豊・小森陽一　桜楓社)
1990.12 佐々木充「「草枕」――根源の記憶の地への旅――」『漱石作品論集成　第二巻』編者片岡豊・小森陽一桜楓社
1991 平岡敏夫「『虞美人草』論」(『漱石作品論集成第三巻』桜楓社)
1991.3 木村由花「漱石とターナー――二〇世紀初頭の問題――」(片野達郎編著『日本文芸思潮論』桜楓社)
1991.7 平川祐弘「クレオパトラと藤尾」(『漱石作品論集成　第三巻』桜楓社)
1993.6 木村由花「漱石と文人画――「拙」の源流――」(『日本文学の伝統と創造』きょういく出版センター)
1994.3 尹相仁「ヒロインの図像学－漱石のラファエル前派的想像力」(川本皓嗣編『美女図像学』思文閣)
1994.11 関礼子「「装い」のセクシュアリティ――『草枕』の那美の表象をめぐって――」『漱石研究第3号』小森陽一・石原千秋編集　翰林書房
1994.11 津島佑子「動く女と動かない女――漱石文学の女性たち　津島佑子・小森陽一・石原千秋鼎談」『漱石研究第3号』小森陽一・石原千秋編集　翰林書房
1996.8 田能村竹田『山中人饒舌伝』『[定本]日本絵画論大成　第七巻』高橋博巳編集株式会社ぺりかん社
1997.3 松井貴子「近代「写生」の系譜――子規とフォンタネージの絵画論」『比較文学』三十九巻日本比較文学会
1997.11 黒田泰三「田能村竹田の「自娯」」(『江戸文学18　文人画と漢詩文Ⅱ』徳田武・小林忠監修 ぺりかん社)
1997.11 宮崎法子「「南画」の向こう側」『江戸文学18　文人画と漢詩文Ⅱ』徳田武・小林忠 監修ぺりかん社)
1997.12 宮崎法子「女性の消えた世界――中国山水画の内と外」『美術とジェンダー――非対称の視線』鈴木杜幾子・千野香織・馬渕明子編著株式ブリュッケ
1999 祝振媛「白雲郷」の系譜――漱石の作品中の「理想郷」を探って――『中央大学国文学』四十二巻二号

2000.4　太田孝彦「文人画の変容——画論を手がかりにして」『日本の芸術論』神林恒道ミネルヴァ書房
2006.11　安藤信廣「陶淵明の虚構と敍景」『陶淵明　詩と酒と田園』編者　安藤信廣・大上正美・堀池信夫東方書店
2008.3　安藤信廣「陶淵明の時代」『陶淵明　詩と酒と田園』編者 安藤信廣・大上正美・堀池信夫（初版第一刷2006.11.20）株式会社東方書店
2008.3　櫻田芳樹「隠逸の伝統——酒と田園」『陶淵明　詩と酒と田園』編者 安藤信廣・大上正美・堀池信夫（初版第一刷2006.11.20）株式会社東方書店
2008.3　稀代麻也子「陶淵明の人生と時代」『陶淵明　詩と酒と田園』編者　安藤信廣・大上正美・堀池信夫（初版第一刷2006.11.20）株式会社東方書店
2008.3　安立典世「運命の在処——楽天の思想」『陶淵明　詩と酒と田園』編者　安藤信廣・大上正美・堀池信夫（初版第一刷2006.11.20）株式会社東方書店
2008.12　高橋博巳「題画詩の世界」『国文学　解釈と鑑賞』第七十三巻十二号至文堂
2009.3　范淑文「漱石の南画にみるその隠逸精神——陶淵明の受容——」『関西大学東西学術研究叢刊32　東アジアの文人世界と野呂介石—中国・台湾・韓国・日本とポーランドからの考察——』中谷伸生編著 関西大学出版部

【著者紹介】

範　淑文（ハン・シュクブン）

1954年台湾生まれ。
現職　台湾大学　日本語文学科　副教授
学歴　日本国立お茶の水女子大学　博士（2010年9月）
　　　日本国立お茶の水女子大学　修士（1984年3月）
著作『漱石研究「場の模索」――チャイニーズとの接点を通して――』凱侖出版社 2006
　　『漱石文学と絵画のクロス――小説の方法としての南画――』2010（博士論文）
論文「漱石の初期小説にみる「トレンディ女性」像――彼女らの運命を追いながら――」『日本語日本文学　第三十六輯』輔仁大学外国語学院日本語文学科 2011／「夏目漱石・『一夜』論――小説と南画のクロス――」『國文』114号お茶の水女子大学国語国文学会 2010／「夏目漱石の題画詩――王維の投影――」『アジア文化交流研究　第五号』関西大学アジア文化交流研究センター 2010／「漱石流の写生文――漢詩世界の趣――」『第32回国際日本文学研究集会会議録』国文学研究資料館 2009／「漱石の「桃源郷」とは――『草枕』を例にして――」『台大日本語文研究 14』2007など。

文人の系譜
――王維～田能村竹田～夏目漱石

2012年3月5日　第1版第1刷発行

著　者　範　淑文
©2012 Syukubun Han
発行者　高橋　考
発　行　三和書籍

〒112-0013　東京都文京区音羽2-2-2
電話 03-5395-4630　FAX 03-5395-4632
sanwa@sanwa-co.com
http://www.sanwa-co.com/
印刷／製本　モリモト印刷株式会社

乱丁、落丁本はお取替えいたします。定価はカバーに表示しています。
本書の一部または全部を無断で複写、複製転載することを禁じます。
ISBN978-4-86251-128-7 C3090